Jorge Amado

Leute aus Bahia

SERIE PIPER
Band 1596

Zu diesem Buch

»Im Süden« erzählt von einem ungleichen Paar, das gleichsam für das Mißverhältnis der brasilianischen Gesellschaft steht. José Cardeiro arbeitet als Tagelöhner auf einer Kakaoplantage und liebt Maria, die stolze und schöne Tochter des habgierigen Plantagenbesitzers. Das Leben der Arbeiter ist hart und entbehrungsreich, das der Besitzenden hingegen zeichnet sich durch Verschwendung und Genußsucht aus.

»Das Mietshaus« führt direkt in die Hafenstadt Bahia: Hier leben Fabrikarbeiter, Bettler, Diebe, Dirnen und Arbeitslose. Sie darben und hungern, sie lieben und genießen die kleinen Freuden des Alltags ...

Die beiden Romane aus dem Frühwerk Amados zeigen bereits die Meisterschaft des Autors: farbenprächtig, frisch und eindringlich schildern sie das Leben in Bahia.

Jorge Amado, 1912 als Sohn eines Kakaoplantagenbesitzers im brasilianischen Staat Bahia geboren. Journalistische Tätigkeit ab 1927. Studium der Rechtswissenschaften in Rio de Janeiro. War als engagierter Sozialist mehrfach inhaftiert, 1941–1945 im Exil in Argentinien. 1945 Parlamentsabgeordneter in Brasilien, 1948–1952 in Europa und in Asien im Exil. Lebt heute in Salvador, Bahia und Paris.

Amados Bücher wurden in 35 Sprachen übersetzt; in Deutschland wurde er bekannt durch die Romane »Gabriela wie Zimt und Nelken«, »Die Abenteuer des Kapitäns Vasco Moscoso«, »Nächte in Bahia«, »Viva Teresa« und andere.

Jorge Amado

Leute aus Bahia

Zwei Romane

Aus dem brasilianischen Portugiesisch von
Johannes Klare

Piper
München Zürich

Von Jorge Amado liegen in der Serie Piper
außerdem vor:
Nächte in Bahia (411)
Dona Flor und ihre zwei Ehemänner (666)
Jubiabá (687)
Tote See (697)
Tieta aus Agreste (926)
Die Abenteuer des Kapitäns Vasco Moscoso (1187)
Die drei Tode des Jochen Wasserbrüller (1341)
Die Geheimnisse des Mulatten Pedro (1504)
Das Verschwinden der heiligen Barbara (1568)
Viva Teresa (2098)

»Im Süden« erschien 1933 unter dem Titel »Cacau«
und »Das Mietshaus« 1934 unter dem Titel »Suor«
in São Paulo.

ISBN 3-492-11596-9
November 1994
R. Piper GmbH & Co. KG, München
Lizenzausgabe mit Genehmigung des Verlags
Volk & Welt, Berlin

Umschlag: Federico Luci,
unter Verwendung eines Gemäldes von Fulvio Pennacchi
Foto Umschlagrückseite: Zélia Amado
Satz: Karl-Marx-Werk, Pößneck
Druck und Bindung: Clausen & Bosse, Leck
Printed in Germany

Im Süden

Für
Maria Nícia de Mendonça
Maria Teresa Monteiro
Alves Ribeiro
Da Costa Andrade
João Cordeiro
und Raul Bopp

Mit einem Minimum an literarischem Bemühen und einem Maximum an Ehrlichkeit habe ich in diesem Buch versucht, das Leben der Arbeiter auf den Kakaopflanzungen im Süden Bahias darzustellen.

Wird es ein proletarischer Roman sein?

Rio, 1933 J. A.

Fazenda „Fraternidade"

Wolken verhüllten den Himmel, ein Platzregen rauschte hernieder. Nicht das geringste Blau mehr am Himmel. Der Sturm rüttelte an den Bäumen, und die zerlumpten Männer erschauerten. Das Wasser, das von den Blättern tropfte, durchnäßte sie. Nur den Eseln schien der Regen nichts auszumachen. Sie fraßen das Gras, das vor dem Lagerschuppen wuchs. Ungeachtet des Unwetters arbeiteten die Männer weiter.

„Wie viele Arrobas habt ihr denn schon herunter?" fragte Colodino.

„Zwanzigtausend."

Der Eseltreiber Antônio Barriguinha fügte hinzu: „Achtzigtausend erntet der dieses Jahr."

„Kakao in Hülle und Fülle!"

„Ein Heidengeld ..."

Sie banden die Esel los, und Barriguinha trieb sie an: „Lauft, armseliges Pack!"

Widerwillig setzten sich die Tiere in Bewegung. Antônio Barriguinha schlug mit der Peitsche auf sie ein. „Verdammter Esel! Lauf, du schwarzer Teufel!"

Vorn bimmelte Mineira, das Leittier, mit den Glöckchen. Ein mächtiger Gewitterregen strömte hernieder. Im Hause des Obersten waren die Fenster geschlossen. Honório, der von der Pflanzung kam, frotzelte Barriguinha: „He, du verweichlichter Eseltreiber!"

„Wie geht's, du Bettkriecher, du Kakaohauer?"

„Was macht deine Alte?"

„Mit deiner ist nicht mehr viel los ..."

Die mit Kakaosäcken beladene Karawane verschwand in einer Wegbiegung. Von hinten schmitzte Antônio Bariguinha, ein großer, kräftiger Mulatte, mit der langen Peitsche über die Esel hin.

Honório ging die Straße hinauf und grüßte Colodino: „Guten Tag."

„Ein scheußlicher Tag. Es hört überhaupt nicht wieder auf zu regnen." Dann fuhr er unvermittelt fort: „Zwanzigtausend Arrobas sind schon herunter, Honório."

„Da wird Mané Frajelo zufrieden sein."

„Und ob."

Honório setzte sich neben Colodino auf einen Stein, mit dem Rücken zum Lagerschuppen, dessen Tore geschlossen waren. Vor ihnen lag in einem hübschen Garten mit Jasmin- und Rosensträuchern das Hauptgebäude der Fazenda mit blaugestrichenen Fenstern und grüner Veranda. Oben hing eine Tafel, auf die gemalt war: „Fazenda Fraternidade des Obersten Manuel Misael de Sousa Teles".

Honório lachte, deutlich hoben sich seine prächtigen weißen Zähne von dem schwarzen Gesicht mit den wulstigen Lippen ab.

„Mané Frajelo."

„Mané Miserável Saqueia Tudo."

Honório spuckte aus. „Merda Mexida Sem Tempêro."

Sie sahen sich alles an. Wie groß das Haus des Obersten doch war! Und so wenige Leute wohnten dort. Der Oberst, seine Frau, die Tochter und der Sohn, ein geckenhafter, dümmlicher Student, der nur in den Ferien auftauchte und die Arbeiter wie Sklaven behandelte. Sie betrachteten ihre Häuser an der Straße, die Häuser, in denen sie schliefen, ungefähr zwanzig mit Stroh gedeckte, vom Regen aufgeweichte Lehmhütten.

„Welch ein Unterschied ..."

„Gott bestimmt das Glück."

„Was heißt Gott ... Gott ist für die Reichen."

„Ich möchte Mané Frajelo hier schlafen sehen."

„Das muß Spaß machen."

Colodino zündete sich eine Zigarette an. Honório griff nach dem Messer, mit dem er die Kakaofrüchte erntete, und sagte: „Die Pflanzung drüben am anderen Ufer strotzt von Kakao. Eine tolle Ernte."

„Dieses Jahr erntet der Mann an die achtzigtausend."

Wir verdienten täglich 3500 Réis und schienen zufrieden. Wir lachten und machten Witze. Doch keinem von uns gelang es, auch nur einen roten Heller zu sparen. Alles, was wir hatten, ging für das Essen drauf. Die meisten Arbeiter hatten Schulden bei dem Obersten und waren dadurch an die Fazenda gefesselt. Wer sollte auch durchschauen, wie João Vermelho, der Lebensmittelverteiler, alles berechnete? Wir waren ja alle Analphabeten. Und wir hatten Schulden ... Honório schuldete mehr als neunhundert Milréis und konnte sich nicht einmal mehr behandeln lassen. Wegen eines chronischen Sumpffiebers war er kaum imstande zu laufen.

Trotzdem ging er morgens um sechs Uhr, nachdem er einen Teller Bohnen mit getrocknetem Fleisch gegessen hatte, zur Arbeit auf die Pflanzung. Honório war ein seltsamer Bursche. Dieser große, kräftige schwarze Kerl arbeitete seit fast zehn Jahren auf der Fazenda. Er war ein guter Kamerad, der sich für die anderen aufopfern konnte. Der Oberst behielt ihn trotz seiner hohen Schulden.

Man munkelte, er habe auf Befehl Mané Frajelos bereits einige Mordtaten begangen. Ich weiß nicht, ob das stimmt, aber ich weiß, daß Honório der beste Kamerad der Welt war. Er trank die Cachaça gleich aus der Flasche, doch bisher hatte keiner ihn jemals betrunken gesehen. Mané Frajelo respektierte ihn.

Den Namen Mané Frajelo hatte der Oberst in der Stadt bekommen, und er war ihm geblieben. Dieser siebzigjährige dicke Mann mit der schleppenden Stimme und der schäbigen Kleidung war in der Tat eine Strafe. In Wirklichkeit hieß er Manuel Misael de Sousa Teles. Er besaß mehr als 80 000 Contos, und seine Pflanzungen erstreckten sich über das ganze Gebiet von Ilhéus. Abends stellten wir unsere Berechnungen an. Der Mulatte João Grilo, der hager war wie eine Hopfenstange, immer gut aufgelegt und voller Späße, machte den Rechenkünstler. Er setzte sich auf die Bretter, die ihm als Bett dienten, und während Colodino auf der Gitarre klimperte, rechnete er: „80 000 Arrobas zu 12 500, das sind ..."

„... tausend Contos."

„Und das verdient Merda Mexida Sem Tempêro allein am Kakao."

Wir rissen vor Staunen die Augen auf. Tausend Contos ... Und uns zahlte er je Tag 3500 Réis.

Kindheit

An meinen Vater erinnere ich mich kaum. Wir waren noch klein, als er starb, meine Schwester war drei, ich fünf Jahre alt. Ich weiß nur noch, daß meine Mutter schluchzte, daß ihr das Haar in das bleiche Gesicht hing und daß mein Onkel, ganz in Schwarz, mit Trauer heuchelnder Miene alle Anwesenden umarmte. Es regnete heftig. Die Männer, die den Sarg trugen, hatten es eilig und kümmerten sich nicht um das Schluchzen unserer Mutter, die nicht zulassen wollte, daß sie ihr den Gatten wegtrugen.

Wenn Papa aus der Fabrik kam, nahm er mich auf den Schoß und lehrte mich mit seiner schönen Stimme das Abc. Er war zartfühlend und hätte, wie man so sagt, keiner Fliege etwas zuleide tun können. Er scherzte mit Mama, als wären sie noch immer ein Liebespaar. Mama war sehr groß und blaß und hatte feine, schlanke Hände; sie war von auserlesener Schönheit, wie eine Romanfigur. Zuweilen weinte sie ohne jeden Anlaß, rein aus Nervosität. Dann schloß mein Vater sie in seine starken Arme und sang, bis sie wieder lächelte. Niemals sagten sie zu uns ein hartes Wort.

Der schwere Verlust, als er starb, machte Mama halb wahnsinnig. Ein Jahr lang rauchte und weinte sie nur und kümmerte sich weder um uns Kinder noch um die Kleidung. Mitunter hatte sie schreckliche Anfälle. Ihre schmerzvollen Schreie hallten durch die stillen Nächte meiner Heimat Sergipe.

Als sie nach einem Jahr wieder normal wurde und sich um Papas Geschäfte kümmern wollte, wies ihr mein Onkel auf Grund zahlreicher Schriftstücke nach, daß die Fabrik ihm ganz allein gehöre. Mein Vater, so behauptete mein Onkel mit hochrotem Gesicht und empört erhobenen Händen, sei ja halb verrückt und halb künstlerisch angehaucht gewesen und habe nur Schulden hinterlassen, die er, der Onkel, nun bezahlen wolle, damit der Name der Familie nicht in den Schmutz getreten werde.

Unsere bedauernswerte Mama schloß uns still in ihre Arme. Aber wir zitterten jedesmal, wenn mein Onkel mit seinem hochroten Gesicht, seinem wohlgerundeten Bauch, seinem Segeltuchanzug und seinen perversen kleinen Augen auftauchte.

Mein Onkel konnte nun die Hände in den Schoß legen. Zehn Jahre älter als mein Vater, war er schon zeitig nach

Rio de Janeiro gegangen; dort war er lange geblieben, ohne ein Lebenszeichen von sich zu geben. Niemand wußte, was er dort trieb. Als die Geschäfte meines Vaters florierten, schrieb er meinem Vater, er habe das Leben dort satt und wolle zurückkehren. Unmittelbar nach dem Brief traf er ein. Papa nahm ihn als Teilhaber in die Fabrik auf.

Der Onkel brachte seine Frau, Tante Santa, mit, die wirklich eine Heilige war, da sie das Leben mit diesem Dummkopf ertrug.

Papa lebte allein für uns und sein altes Klavier. In der Fabrik unterhielt er sich mit den Arbeitern, hatte ein offenes Ohr für ihre Klagen und half ihnen, wo er nur konnte. Er lebte mit seinen Arbeitern wirklich in gutem Einvernehmen, und die Fabrik entwickelte sich daher recht gut. Trotzdem besaßen wir keine Reichtümer. Mein Vater war kein Geschäftemacher, er ließ sich immer die besten Möglichkeiten entgehen. Er war in Europa erzogen worden und hatte die Lebensgewohnheiten eines Nomaden. Er war viel in der Welt herumgekommen und hatte eine Vorliebe für Antiquitäten, zerbrechliche Dinge und schwächliche Menschen, für alles, was bald gesunden oder vergehen würde. Daher rührte vielleicht auch seine Leidenschaft für Mama. Ihre hagere, blasse Erscheinung erinnerte an eine Kasteite und gab ihr den Anschein ewiger Rekonvaleszenz. Papa küßte ihr die zarten Hände so behutsam und leicht, als fürchtete er, sie könnten zerbrechen. Stundenlang saßen sie still beisammen wie Verliebte, die einander verstehen und sich selbst genug sind. Ich kann mich nicht erinnern, jemals gehört zu haben, daß sie Luftschlösser gebaut hätten.

Wir, ich und meine Schwester, waren für Papa und Mama wie Puppen. Als mein Onkel kam, wurde alles anders. Er war nicht in Europa gewesen und ähnelte sehr der Großmutter, die achtzehn Jahre gemeinsamen Lebens mit dem Großvater verbracht hatte – eine jener zahlreichen, namenlosen und schrecklichen Tragödien, die eine Heirat aus Dummheit und Gefühlsduselei verursacht. Er schlug die Kinder der Arbeiter, und das war gar nicht verwunderlich, denn wie man in der Stadt munkelte, prügelte er ja auch seine Frau.

Arme Tante Santa! Sie war so gut, hatte Kinder sehr gern und betete, bis sie von den Perlen des Rosenkranzes Schwielen an den Fingern bekam. Dann starb sie, und schuld an ihrem Tode war ihr Mann. Mein Onkel hatte eine Arbeiterin verführt und darauf öffentlich mit ihr zusammen gelebt. Diesen Kummer überwand Santa nicht, sie starb mit dem Rosenkranz in der Hand, nachdem sie Papa noch gebeten hatte, den Elenden nicht im Stich zu lassen.

Die Fabrik blühte auf. Ich konnte nie verstehen, warum die Löhne der Arbeiter sanken. Papa, der von Natur schwach war, fand nicht den Mut, den Onkel aus der Fabrik zu weisen. Und eines Tages, als er gerade eins seiner Lieblingsstücke auf dem Klavier spielte, starb er an einem Herzschlag.

Die Stadt zog sich die Berghänge hinauf bis an das riesige Kloster; dort kam sie zum Stillstand. Wenn man von oben hinuntersah, erblickte man die Fabrik am Fuße des Berges, um den sich die Stadt wie eine Schlange mit einem Kopf und unzähligen Körpern wand. Vielleicht war das alte São Cristóvão, die frühere Hauptstadt des Bundesstaates Sergipe, nicht schön, aber es war malerisch mit den vielen Häusern aus der Kolonialzeit. Hier herrschte Stille wie am Ende der Welt, die Kirchen und die Klöster erstickten die Fröhlichkeit der fünfhundert Spinnerinnen, die in der Textilfabrik arbeiteten.

Ich glaube, mein Vater hatte die Fabrik in São Cristóvão gebaut, weil die Stadt allmählich verfiel, weil es hier ruhig und friedlich war. Es war eine traurige, auf dem toten Punkt angelangte Stadt, die seine Blicke und seinen mit Landschaften und Abenteuern übersättigten Geist stark anziehen mußte.

Damals wohnten wir in einem jahrhundertealten großen Herrenhaus, dem früheren Privatbesitz des Gouverneurs; es hatte ein wuchtiges Portal und ungleichmäßige Fenster – alles rot gestrichen – und große Zimmer, in denen wir – ich und Elza – uns tagsüber beim Versteckspiel verirrten. Wenn wir abends wegen eines Spielzeugs in eins der Zimmer gingen, hatten wir Angst vor den büßenden Seelen aus dem Jenseits, die beim Umherirren pfiffen und schlurften, wie Virgulina beteuerte, eine hundertjährige Negerin, die schon Mama aufgezogen hatte und nun auch uns großzog.

Neben unserem Haus lag der sehr baufällige ehemalige Gouverneurspalast. Man hatte aus ihm eine Kaserne gemacht, in der schmutzige und faule Soldaten ihr Quartier hatten. Gegenüber war das Waisenhaus, dort lebten sechs Nonnen und achtzig Mädchen, Töchter von Arbeitern und elternlose Kinder. Diese Mädchen verließen das Haus nicht. Wenn sie herangewachsen waren, kehrten einige von ihnen in die Fabrik zurück, in der sie geboren waren. Von dort schickten sie wieder neue Mädchen ohne Familiennamen in das Waisenhaus. Andere, und zwar die reinsten, wurden Nonnen und zogen ins Land hinaus.

Weiter unten stand das Kloster des heiligen Franziskus, das so groß und still war, daß ich es niemals ohne eine gewisse Beklemmung betrachten konnte. Nur vier Mönche bewohnten dieses Kloster, aber diese vier Mönche beherrschten die Stadt. In ihren Predigten malten sie die Hölle in den schwärzesten Farben. Da sie all das halb in deutscher, halb in brasilianischer Sprache vorbrachten, erschien es noch viel schrecklicher. Wir Kinder fürchteten die Hölle, weit mehr aber die Mönche.

Wie mir Sinval, mit dem ich später umherzog, erzählte, zwangen sie die Arbeiter, unentgeltlich Ausbesserungsarbeiten an der Kirche zu leisten. Dort stand eine riesengroße vergoldete Statue des heiligen Christoph, der sich an eine Kokospalme lehnte und ein winziges Christuskind trug. Die Mönche meldeten die Arbeiter, die sich weigerten, meinem Onkel, der häufig bei den Patres zum Abendessen eingeladen war. Er entließ sie dann.

Am Klosterplatz reihten sich altmodische Backsteinhäuser, die sich mühten, auf den abschüssigen Straßen das Gleichgewicht zu halten. Abends wurden Stühle auf den Bürgersteig gestellt, und die alten Frauen erzählten lustige Geschichten aus der Zeit, in der mein Großvater gelebt hatte. Die Kinder jagten rings um das große Steinkreuz, das im Laufe der Zeit schwarz geworden war.

Die Töchter der wenigen Reichen besuchten die von Nonnen geleitete Privatschule in Aracaju. Wenn sie dann als Lehrerinnen zurückkehrten, hatten sie einen studierten Bräutigam, waren voller Bosheit und malträtierten, wie mein Vater zu sagen pflegte, das Klavier mit moderner Musik.

Hier an dem Platz und in den abschüssigen Straßen wohnten die feinen Leute, die Elite, die Aristokratie. Dort unten war die Fabrik, das Arbeiterviertel, das niedere Volk.

Die Fabrik war ein großer weißer Kasten voller Lärm und Leben. Siebenhundert Arbeiter, davon mehr als fünfhundert Frauen. Die Männer zogen anderswohin, sie meinten, die Arbeit in der Spinnerei sei Frauensache. Nur die Schwächsten von ihnen blieben, heirateten und bekamen zahlreiche Töchter, die an die Stelle ihrer Großmütter und Mütter traten, wenn diese nicht mehr arbeitsfähig waren und den Betrieb verließen.

Die Geburt einer Tochter wurde freudig begrüßt. Zwei Hände mehr für die Arbeit. Einen Sohn dagegen betrachtete man als Unglück. Der aß nur und ging, wenn er groß war, aus schnödem Undank auf die Kaffeeplantagen von São Paulo oder die Kakaopflanzungen von Ilhéus. Bei der Fabrik führte ein Steg über einen Bach; so gelangte man in den Stadtteil Cu com Bunda, in dem fast alle Arbeiter wohnten. Die Häuser stießen in einem großen Rechteck aneinander, daher der pittoreske Name, den man dem Viertel gegeben hatte. Inmitten dieser Häuschen lagen die kleine Krankenstation und die Praxis des Zahnarztes, der zweimal wöchentlich aus Aracaju herüberkam.

Sinval sagte: „Ein Arbeiter darf eben nur dienstags und freitags Zahnschmerzen haben."

Der Krankenpfleger wohnte in São Cristóvão, aber er war Wahlmanager meines Onkels und wandte dafür viel Zeit auf.

Im Stadtteil Cu com Bunda vergnügte sich abends das Volk. Die Gitarre spielte Volkstänze aus Nordostbrasilien, die Schnapsflasche wanderte von Hand zu Hand, und die Arbeiter lasen die Briefe, die ihre Verwandten aus Ilhéus geschrieben hatten, und nahmen sich vor, gemeinsam dorthin auszuwandern.

Der Kakao übte eine krankhafte Anziehungskraft auf sie aus. Ab und an kamen die Mönche herunter; sie achteten darauf, daß sie nicht in die Nähe der verlausten Kinder gerieten, lächelten den Arbeitern zu und sprachen von einer „ganz kleinen Reparatur" in der Kirche oder im Kloster.

Als mein Vater tot war und mein Onkel uns unser Elend klargemacht hatte, bezogen wir eine Hütte am Anfang einer abschüssigen Straße. Hier war ich dem Proletariat von Cu com Bunda wesentlich näher als der Aristokratie der verfallenden Stadt São Cristóvão.

Ich gewöhnte mich daran, mit den Arbeiterkindern Fußball zu spielen. Der Ball war eine luftgefüllte Ochsenblase – ein armseliger, kümmerlicher Ball. Ich freundete mich mit dem Jungen Sinval an, dem einzigen Sprößling einer Arbeiterin, deren Mann in São Paulo umgekommen war, weil er, ich weiß nicht warum, Schwierigkeiten mit der Polizei gehabt hatte. Ich weiß nur, daß die Arbeiter von ihm als einem Märtyrer sprachen. Sinval forderte die Unternehmer heraus, wo er nur konnte. Er war zart und hager, aber er hatte eine kräftige Stimme und einen aggressiven Blick. Er führte uns an, wenn wir in der Nachbarschaft Mango- und Cajufrüchte stahlen, und immer, wenn mein Onkel auftauchte, spuckte er verächtlich aus. Er sagte, wenn er erst sechzehn sei, würde er mit dem Schiff nach São Paulo fahren, um wie sein Vater zu kämpfen. Erst viel später sollte ich begreifen, was all das zu bedeuten hatte.

Ich und Elza besuchten die Schule. Mama bezog eine Rente, und ihre Eltern steuerten zu unserem Unterhalt bei. Mit fünfzehn Jahren ging ich in die Fabrik arbeiten. Ich war ein kräftiger, stämmiger Bursche. Aus dem bleichsüchtigen kleinen Jungen war ein junger Mann mit starken, in Raufereien trainierten Muskeln geworden.

Ich sah viel älter aus, als ich in Wirklichkeit war. Ich hatte schon immer unter den Armen der Stadt gelebt, ich war genauso arm wie sie. Jetzt als Fabrikarbeiter war ich ihnen völlig gleich. Sinval würde nun nicht mehr spöttisch lächelnd zu mir sagen: „Reicher Junge ..."

Fünf Jahre lang ertrug ich in der Fabrik die Brutalität meines Onkels. Sinval hatte mit siebzehn Jahren alles, was er besaß, verkauft und war nach São Paulo gegangen, um dort in einer Fabrik oder auf einer Fazenda zu arbeiten. Die erste und letzte Nachricht erhielten wir von ihm zwei Jahre später. Er hatte an einem Streik teilgenommen, und seine Verhaftung stand unmittelbar bevor. Dann kam nichts mehr, kein Brief, keine Karte, nichts. Die Arbeiter meinten: „Ihm ist es ebenso ergangen wie seinem Vater." Und sie ballten zornig die Fäuste. Aber dann pfiff die Fabriksirene, und sie beugten sich, abgemagert und still.

Meine Hände hatten damals Schwielen, und meine Schultern waren breit. Ich hatte viel von dem wenigen vergessen, was ich in der Schule gelernt hatte. Aber ich war bis zu einem gewissen Grade stolz, ein Arbeiter zu sein. Ich würde meine Arbeit in der Spinnerei nie mit der Position eines Unternehmers vertauschen. Mein Onkel, der Eigentümer, war wesentlich älter, von blühenderem Äußeren und reicher. Der Bauch war das Zeichen seines Wohlstandes. Je reicher mein Onkel wurde, desto mehr nahm er an Umfang zu. Er sah wuchtig, abstoßend und scheußlich aus. In Sergipe gab es damals wenige Vermögen, die dem seinen glichen. Nur dem Kloster, wo er sich das Abendessen schmecken ließ, und dem Waisenhaus spendete er Geld. Das Waisenhaus erhielt von ihm Almosen und Waisenkinder. Man konnte die Arbeiterinnen, die mein Onkel verführt hatte, nicht mehr an den Fingern abzählen; selbst wenn man die Zehen dazunahm, reichte es nicht.

Mit vierzehn Jahren verliebte ich mich leidenschaftlich in ein verbrauchtes, syphilitisches Straßenmädchen. Bei ihr begann mein Geschlechtsleben. Mit achtzehn packte mich eine platonische Liebe zu einer kleinen Blondine aus dem Waisenhaus, die später Nonne wurde, und mit zwanzig schließlich fiel es mir ein, mich mit Margarida einzulassen, die wie ich in der Fabrik arbeitete. Das endete schlimm. Mein Onkel hatte ebenfalls ein Auge auf Margarida geworfen, die uns mit ihren vollen weißen Brüsten und dem kecken Kindergesicht herausforderte. Eines Tages erzählte mir Margarida, daß der Chef sie belästigt habe. Sie lachte aufreizend. Ich glaube, dieses Lachen brachte mich dazu, zu meinem Onkel zu gehen und ihm in das scheinheilige Gesicht zu schlagen. Ich wurde entlassen.

São Paulo schien für meine Mutter und Elza am Ende der Welt zu liegen. Auf keinen Fall würden sie es erlauben, daß ich dorthin zog. Immer wieder erzählte ich von Ilhéus, dem Land des Kakaos und des Geldes, wohin die Leute in Scharen übersiedelten. Und da man von Aracaju bis Ilhéus kaum zwei Tage mit dem Schiff brauchte, waren sie schließlich einverstanden, daß ich mich an einem wunderbaren sonnigen Morgen in die dritte Klasse der „Murtinho“ begab, die Kurs nahm auf das Land des Kakaos, das Dorado, von dem die Arbeiter wie von dem Land Kanaan sprachen.

Mama und Elza weinten, als sie mich an dem Nachmittag umarmten, an dem ich nach Aracaju fuhr, um dort an Bord des Schiffes zu gehen. Wehmütig sah ich auf die alte Stadt São Cristóvão. Ich war sicher, daß ich nie in meine Heimat zurückkehren würde.

Die Kinder der Arbeiter spielten Fußball mit der luftgefüllten Ochsenblase.

Die Reise

Die Passagiere der ersten Klasse versicherten, die „Murtinho“ könne jeder Schiffahrtsgesellschaft nur schaden. Sie fanden die erste Klasse einfach miserabel. Man kann sich vorstellen, wie die dritte aussah.

Doch in der amtlichen Zeitung von Aracaju stand folgende Anzeige:

Wir erwarten
den Luxusschnelldampfer
„MURTINHO"
zwischen dem 24. und dem 29. dieses Monats.

Vermietet

In Ilhéus ging ich mit 16 400 Réis, einem kleinen Bündel Sachen und großer Hoffnung – ich weiß nicht einmal, worauf – an Land.

Von einem Lastenträger erfuhr ich, daß Arbeitssuchende nur auf der Ilha das Cobras Unterkunft fänden, einem Gassengewirr, das sich am Rande der betriebsamen kleinen Stadt verbarg. Er empfahl mir sogar das Haus der Dona Coleta, wo es Sarapatel mit viel Fleisch gebe. Es war wirklich viel Fleisch darin. Aber dafür und für das Bett mußte ich täglich zwei Milréis zahlen. Vierzehn Tage verbrachte ich in Dona Coletas Pension. Dann schuldete ich ihr bereits vierzehn Milréis, und sie machte mir klar, daß sie recht entgegenkommend zu mir gewesen sei und ich wenigstens das Zimmer und die Verpflegung einem zahlungskräftigen Gast überlassen solle. Sie sei arm und könne schließlich nicht ...

Ich packte mein Bündel und ging. Der Kakaopreis fiel in diesen Jahren bereits, und es war gar nicht leicht, Arbeit zu finden. Ergebnislos klopfte ich an verschiedene Türen.

„Hier gibt's keine Arbeit."

Diese Antwort dröhnte mir regelrecht in den Ohren. Seit dem Tage, da ich Dona Coletas Pension verlassen hatte, suchte ich Arbeit. Die Obersten hatten keine. Die

Ernte hatte noch nicht begonnen, und Arbeiter waren mehr als genug da. Sie betrachteten mich wie einen Feind, der sie bestehlen wollte.

Am Hafen blieb ich stehen. Ein Schiff legte gerade von der Mole ab mit Kurs auf die Hauptstadt. Die Uhr eines Geschäftshauses schlug vier. Aber ich war gar nicht hungrig. Ich empfand Haß gegen alle. Bis zum Abend streifte ich ziellos durch die Straßen. Mit Päckchen beladen, gingen die Leute nach Hause. Da bekam ich Hunger. Unzählige Ratten schienen an meinem Magen zu nagen. Es war so sonderbar, daß ich am liebsten geweint hätte und weggelaufen wäre.

Die Nacht senkte sich auf die Stadt herab. Nur die elektrische Straßenbeleuchtung flackerte ein wenig. Vor einer Bäckerei schaute ich zu, wie dicke Neger und Angestellte durch die Tür verschwanden und mit eingewickelten Broten und mit Gebäck wieder erschienen. Ich ging ebenfalls hinein. Staunend stand ich vor einem großen Brotstapel. Er reichte bis an das Bild des heiligen Georg, des Schutzpatrons der Feinbäckerei „X do Problema“. Ich mußte an Jesus denken, daran, wie er das Brot mehrte. Aber bald sah ich Jesus nicht mehr. Ich sah den Hunger, den Hunger mit Jesu Haar und seinem milden Blick. Der Hunger mehrte die Brote, füllte die ganze Bäckerei damit und ließ kaum eine Ecke für den Verkäufer frei. Nachdem er das Brot gemehrt hatte, teilte er es aus. Jetzt trug der Hunger eine Richterrobe, und sein Gesicht war genauso gütig wie das Antlitz Jesu. Aber er gab das Brot all den Reichen, die wie in einer Prozession hintereinander hereinkamen und Hundertmilréisscheine in den ringgeschmückten Händen hielten; den Armen, die ihm an der Tür ihre mageren Arme entgegenhoben, streckte er lang die Zunge heraus. Aber die Armen stürmten die Bäckerei „X do Problema“, warfen das Bild des Hungers zu Boden und bemächtigten sich der Brote. Zusammen mit ihnen war ich eingedrungen. Aber der Verkäufer hielt mich fest.

„Was wollen Sie denn?"

Ich fuhr mir mit der Hand über den Kopf. Ich schwitzte. Die Ratten in meinem Magen nagten unaufhörlich. Ich sah mich um und bemerkte, daß die Brote und der heilige Georg bis in die hinteren Ecken der Bäkkerei reichten. Der Verkäufer schickte sich offenbar an, die Polizei zu rufen.

„Entschuldigen Sie. Ich möchte nichts, nein", murmelte ich.

Die Neger kamen mit Geld und gingen mit Brot.

Die Stadt war klein, ich streifte durch alle Straßen. Ich hatte mich gewissermaßen an den Hunger gewöhnt. Verschüchtert sah ich die wenigen Leute an, die noch durch die Stadt bummelten. Manchmal blickten auch sie mich an. Dann lächelte ich verwirrt, als schämte ich mich, Hunger zu haben.

Es war gewiß schon Mitternacht, als ich genau vor der Verwaltung ein Gespräch mit einem Polizisten anknüpfte. Ihm gefiel offenbar der Garten, und er bot mir eine Zigarette an. Ich weiß nicht, was mich dazu bewegte, ich weiß nur, daß ich ihm meine ganze Geschichte erzählte. Gierig rauchte ich die Zigarette, sie war das erste, was ich an diesem Tage zu mir nahm. Der Polizist ging mit mir in die Bäckerei, dort erhielt ich ein Brot zu fünfhundert Réis. Ich aß es in kleinen Stücken. Dann sagte ich: „Danke schön, Bruderherz."

„Keine Ursache. Sehen Sie, ich habe auch schon oft großen Hunger gehabt. Vor allem am ersten Tag ist das schlimm. Dann gewöhnt man sich daran... Woran gewöhnt sich unsereiner nicht in dieser Welt? Am schlimmsten ist's" – der Polizist sah ganz eigenartig zu den Sternen auf –, „wenn man Kinder hat. Sie sind ledig, nicht?

Ich jedoch, so wie Sie mich hier sehen, verdiene hundertzwanzig Milréis und habe eine Frau und sechs Kinder. Sechs ..."

Er öffnete die Hände, sein Gesicht verkrampfte sich seltsam. Man spürte seinen Haß, der ich weiß nicht wem galt. Wir schlenderten langsam weiter, und er fuhr fort: „Sechs Kinder. Das Jüngste ist kaum ein Jahr. Und die Frau hat schon wieder einen dicken Bauch."

Mit seinen knochigen Händen deutete er unmißverständlich das Aussehen seiner Frau an. Er spuckte aus und sprach wütend weiter: „Ein Scheißdreck, dieses Leben. Die Reichen haben schon mehrmals zu mir gesagt: Warum setzen Sie so viele Kinder in die Welt, Roberto? Ja, warum wohl ... Was kann man denn anderes machen als Kinder? Man kommt nicht ins Kino, hat überhaupt kein bißchen Vergnügen ..." Er wies auf den Conquistahügel. „Dort oben wohne ich, Kamerad. Es gibt nur wenig zu essen für so viele Mäuler. Aber wenn wir Hunger haben, findet sich immer noch was Eßbares."

Dann waren wir am Hafen. Ein mächtiges Gebäude ruhte im Dunkel der Nacht.

„Das gehört Oberst Manuel Misael de Sousa Teles", erklärte Roberto. „Er ist steinreich. Das dort unten ist seine Bank. Der hat Geld ..." Er spuckte aus. „Ein Dummkopf. Er genießt nicht mal das Leben. Diesem miserablen Kerl macht es nur Spaß, anderen Leid zuzufügen. Seine Mutter ist als Bettlerin gestorben, und sein Bruder lebt hier krank, mit wundem Körper, und er läuft schäbiger herum als wir. So etwas Elendes habe ich noch nie gesehen. Er hat zwei Geliebten."

„Ist er noch jung?"

„Keine Spur, siebzig ist er ... Er muß schon recht klapprig sein."

„Wozu hat er dann Geliebten?"

„Vielleicht zum Knutschen. Wer weiß?“

Wieder spuckte er aus. Wir standen jetzt auf der Brücke. Große Kähne lagen regungslos auf dem Wasser. Der Mond schien. Roberto lehnte sich gegen das Geländer.

„Ich war nicht immer Polizist, so wie Sie mich hier sehen. Ich hatte mal Geld. Ich besaß einen Laden. Dann habe ich alles verloren, aber ein Gauner bin ich nicht geworden. Ich habe den Hunger kennengelernt, und jetzt verdiene ich hundertzwanzig Milréis. Trotzdem bin ich zufrieden, wissen Sie. Lieber arm sein als reich und so leben wie dieser elende Kerl. Wozu sind die denn nütze? Sie verstehen sich nur aufs Stehlen... und aufs Beten. Ja, sie beten, glauben Sie mir. Sie wollen in den Himmel. Vielleicht kaufen sie sich sogar schon einen Platz für da oben. Heutzutage ist ja alles zu kaufen. Sehen Sie, ich bin stolz darauf, Polizist zu sein. Ich bin wirklich stolz darauf. Eines Tages, eines Tages...“

Ich mußte an das denken, was sich alle Arbeiter und nun auch schon ein wenig ich erhofften.

„Dieser Tag wird nicht mehr lange auf sich warten lassen...“

Roberto wies auf das Gebäude des Obersten. „Ich muß hierbleiben.“

Noch am Mittag streifte ich durch die Straßen. Ich lief gedankenlos, halbverhungert. Vielleicht wäre ich doch noch in eins der Geschäfte eingedrungen, um etwas zu essen zu stehlen. Da traf ich plötzlich Roberto wieder.

„Gehen wir essen, Kamerad!“

Wir betraten zusammen ein Lokal nahe am Hafen, wo schon etwa fünfzehn Männer zu Mittag aßen. Roberto bestellte zweimal Bohnensuppe. Wir grüßten die bereits essenden Männer. Einer von ihnen, ein Neger mit nacktem Oberkörper, setzte sich zu uns. Die Bohnensuppe wurde gebracht.

Roberto machte uns bekannt: „Der 98. – Einer aus Sergipe, der Arbeit sucht."

98 sah mich lächelnd an. „Zur Zeit sieht es schlecht aus mit Arbeit. Es sei denn, Sie wollen schwer arbeiten."

„Wo?"

„Auf den Pflanzungen, mit der Hacke."

„Warum nicht? Ich habe schon versucht, auf den Fazendas Arbeit zu bekommen."

„Es ist möglich, daß Oberst Misael jemanden braucht. Waren Sie schon dort?"

„Nein."

„Dann gehen wir gleich mal hin."

„Danke, 98."

Nach dem Mittagessen gingen wir zu Mané Frajelos Bank. Er musterte mich von oben bis unten und fragte: „Wie alt?"

„Zwanzig."

„Aus welchem Bundesstaat?"

„Sergipe."

„Haben Sie bereits auf einer Pflanzung gearbeitet?"

„Ja", log ich.

„In Ordnung. Sie können auf der Pflanzung anfangen. Haben Sie Geld für die Fahrt dorthin?"

„Nein."

„Dann sehen Sie zu, wie Sie's bekommen. Ich gebe es Ihnen nicht. Sie fahren mit dem Zug bis Pirangi. Dort fragen Sie jemanden nach meiner Fazenda. Stellen Sie sich dort meinem Verwalter vor. Er weist Ihnen Arbeit zu. Und versuchen Sie nicht, mich zu bestehlen."

Wie sehr der Oberst doch meinem Onkel glich!

98 wandte sich zu mir. „Jetzt haben Sie sich an den Oberst vermietet."

Mir schien dieses Wort seltsam. „Maschinen, Esel, alles kann man vermieten, aber nicht Menschen."

„Hier im Süden vermieten sich auch Menschen."

Dieser Ausdruck demütigte mich. Vermietet – jetzt war ich weniger als ein Mensch.

Sie verschafften mir das Geld für die Fahrt. Die Nacht verbrachte ich in Robertos Hütte oben auf dem Conquistahügel. Am nächsten Morgen stieg ich in einen Wagen zweiter Klasse der Eisenbahn Ilhéus–Conquista mit dem Ziel Pirangi, dem jüngsten und größten Distrikt des Kakaogebiets. Ich dachte an Sinval. Was würde er wohl sagen, wenn er erführe, daß der „reiche Junge" mit der Hacke arbeiten würde?

Zweiter Klasse

Es regnete. Die zweite Klasse war mehr als schäbig. Man konnte sich nicht einmal setzen. Das Wasser tropfte vom Dach herunter, die Holzbänke waren naß. Ein alter Mann hatte in einer Ecke den Regenschirm aufgespannt und las eine Zeitung. Ab und an spuckte er um sich und schnalzte dabei komisch mit der Zunge. Das Abteil war besetzt. Nur zwischen dem Alten und einem stark geschminkten Straßenmädchen war ein einziger Platz frei. Ich legte mein Bündel auf den Boden und ließ mich nieder. Der Alte sah mich verstohlen an und spuckte wieder aus, mit dem gleichen Geräusch. Das Mädchen lächelte und gab mir mit einer Handbewegung zu verstehen, der Alte sei verrückt. Wir waren still, als hätte man es uns befohlen. Aus der ersten Klasse drang Stimmenlärm und Lachen herüber. Ein Zeitungsverkäufer lief bei uns durch, um rasch in die erste Klasse zu gelangen. Er trat dem Alten auf den Fuß, der Alte brummte ein paar Schimpfwörter, die Dirne mußte darüber lachen. Die Lokomotive pfiff, und der Zug setzte sich langsam in Bewegung. In der ersten Klasse nahm man tränenreichen Abschied voneinander. Aus den Wagenfenstern und vom Bahnsteig winkten Taschentücher ein letztes Lebewohl.

„Gute Reise! Komm bald wieder!"

In unserer Klasse rührte sich fast niemand. Offenbar hatte keiner eine Familie. Nur ich verabschiedete mich von Roberto und von 98, und das Mädchen winkte allen, die auf dem Bahnsteig standen, grüßend zu – den Reichen wie den Armen, den Obersten wie den Lastträgern. Sie lächelte unaufhörlich.

Die Stadt entschwand allmählich unseren Blicken. In dem Abteil begann bereits eine Unterhaltung. Den Gesprächsstoff bildete ein Verbrechen, das kurz zuvor in Itabuna geschehen war. Der Alte neben mir faltete die Zeitung zusammen und sagte: „Der Mann ist von dort, er wird verurteilt."

„Welcher Mann?"

„Der Herr weiß nicht Bescheid?" Er sah mich verwundert an. „Die Zeitungen haben doch auch darüber berichtet."

„Ich bin hier fremd."

Er musterte mich mißtrauisch. „Geht es Ihnen nicht gut?"

„Wie man's nimmt. Ich komme aus Sergipe und suche Arbeit."

„Aus Sergipe?" wandte sich das Straßenmädchen an mich. „Ich bin aus Maroin."

„Und ich aus São Cristóvão."

Der Alte sah die Frau böse an. Er fuhr fort: „Aber der Mörder wird verurteilt werden."

„Ach ja, das Verbrechen! Erzählen Sie!"

Die Dirne bewunderte die Landschaft und drückte

ihren Ellbogen gegen meine Schulter. Der Alte erzählte; dabei spuckte er immer wieder aus, so daß das Abteil noch schmutziger wurde. Die anderen Reisenden hörten zu.

„Ein furchtbares Verbrechen. Der Mörder ist über siebzig. Ich kannte ihn sehr gut. Wir arbeiteten zusammen auf der Fazenda des Dr. João Silva in Macacos. Dr. João Silva war ein Gauner. Er ließ die Leute aus irgendwelchen Gründen einfach umbringen. Miguel war sein Vertrauter."

„Er hat demnach viele umgebracht", unterbrach ihn ein kleiner Mann mit kantigem Schädel.

„Ich weiß nicht, Cearense. Miguel war ein gläubiger Mensch. Jeden Sonntag ging er sechs Stunden zu Fuß, um in Itabuna die Messe zu besuchen. Ich habe die Leute nie gemocht, die den Pfaffen am Rock hängen."

„Das ist Weibersache", erwiderte der Mann aus Ceará.

Mißtrauisch musterte ihn der Alte. „Ich weiß nicht, Cearense."

„Stört es Sie, daß ich aus Ceará stamme? Die Leute aus Ceará sind gut."

„Ich weiß. Aber du bringst mich dauernd durcheinander. Ich weiß gar nicht mehr, wo ich stehengeblieben war."

Das Straßenmädchen mischte sich ein. „Laß den Alten doch weitererzählen."

Der Alte spuckte aus und fuhr fort: „Also, Miguel war nun auf der Fazenda des Obersten Chico Arruda in der Nähe von Itabuna. Er hatte eine Tochter, ein Prachtstück von einer Mulattin. Jedes Bein ..."

„Nanu, Alter, was soll das? Gefällt dir so was noch immer?" Die Dirne hängte sich an meine Schulter.

„Willst du's mal probieren?"

„Nein, Alter, du bist schon darüber hinaus."

„Da irrst du dich, Mädchen. Das schaffe ich ohne weiteres. Ich kann dir bestimmt noch einen Sohn machen."

Das ganze Abteil lachte. Der Mann aus Ceará widersprach: „Das bezweifle ich, Alter. Ja, wenn's mit der Zunge ginge."

„Erzähl doch weiter", warf ich ein, „das ist interessant."

„Also ... Das Mädchen wurde die Braut von Filomeno, einem Akkordarbeiter des Obersten. Sie heirateten in Itabuna standesamtlich. Als sie in die Kirche kamen, war der Pfarrer nicht da. Sie kehrten auf die Pflanzung zurück. Miguel ärgerte sich mächtig darüber. Solange seine Tochter nur standesamtlich getraut sei, würde er nicht erlauben, daß sie in das Haus ihres Mannes mitging. Das hatten ihm die Pfaffen in den Kopf gesetzt. Die Kleine traf dann ihren Mann nachts im Busch."

„Das sollte Liebe sein ..."

„Miguel war mißtrauisch. Er schlich ihr nach, und als er sah, daß sie sündigten, erschlug er beide mit einer Hacke. Er sagte, sie hätten sich ohne kirchliche Trauung nicht gehören dürfen. Jetzt wird er dreißig Jahre dafür kriegen."

„Viel zuwenig", meinte die Frau neben mir, „er hätte mehr verdient."

„Alles nur Unwissenheit", erwiderte ich. „Auch bei uns zu Hause geben die Pfaffen den Ton an."

„Ein Pfaffe bringt nur Unglück", bestätigte der Cearense.

Ein großer Mann mit krausem Haar und einer mächtigen, von einem Buschmesser herrührenden Narbe im Gesicht mischte sich in das Gespräch ein: „Ein Pfaffe reinsten Wassers ist Pater Sabino in Itapira. Kennen Sie ihn?"

„Ich kenne ihn gut", antwortete der Alte.

„Er hat zwölf Kinder."

„Man sagt, die Geliebte ist als Mula-sem-cabeça zu ihm gekommen."

„Er hat eine Hostie in Algemiros Arm eingesetzt, so daß ihn keine Kugel treffen kann. Ihm geschieht nichts."

„Daran glaub ich nicht."

„Ach, hör doch auf, Sergipano. Du hast nichts gesehen, wieso glaubst du nicht daran? Du bist hier ja fremd... Ich bin alt, bald fünfundsechzig, und ich habe haarsträubende Dinge gesehen."

„Sie sind hier geboren?"

„Nein, mein Junge. Doch ich bin seit dreißig Jahren hier und habe unterdessen bei mehr als fünfzig Fazendeiros gearbeitet. Ich war sogar schon selber Fazendeiro. Eines Tages hat mir Mané Frajelo alles weggenommen, was ich hatte. Heute bin ich wieder Arbeiter. Als ich hierherkam, war Itabuna noch Tabocas, und Pirangi gab es noch gar nicht. Menschen wurden umgebracht, als wären es Affen. So wahr ich hier stehe" – der Alte spuckte aus und schlug sich an die Brust –, „drei Kugeln hab ich schon abbekommen."

„Und wie viele haben Sie umgebracht, Onkelchen?" fragte der Mann aus Ceará.

Der Alte lächelte. „Sie sind aber ganz schön neugierig."

Der Zug hielt in Água-Branca. Negerjungen boten grüne Kokosnüsse an. Die Leute in der ersten Klasse kauften einige. Das Straßenmädchen nahm auch eine. Genüßlich stöhnend, schlürfte sie die Milch. Der Zug fuhr weiter. Die Unterhaltung begann von neuem. Die Dirne kam auf den Gedanken, den Mitreisenden Kokosmilch anzubieten.

„Möchten Sie?"

„Danke."

Sie wandte sich mir zu. „Und du, mein Jungchen, möchtest du nicht?"

„Vielen Dank."

„Warum nicht? Trink doch ein bißchen."

Der Alte und der Mann aus Ceará hörten jetzt dem

Reisenden mit der Narbe im Gesicht zu. Er erzählte mit unheimlicher Stimme tolle Geschichten und unterstrich sie mit düsteren Gesten.

„Die Leute wurden nur so umgebracht... Der Doktor durfte doch die Wahlen nicht verlieren. Ich schlief quer vor der Tür seines Zimmers mit dem Selbstlader in der Hand. Nicht einer hat sich dorthin gewagt. Das waren noch schöne Zeiten..."

„Heute wird keiner mehr umgebracht, alles ist ruhig."

Auf dem Knotenpunkt Rio do Braço hatte der Zug dreißig Minuten Aufenthalt. Fast alle stiegen aus. An einem Kiosk wurden Kaffee und Brot verkauft. Die Reisenden versammelten sich rings um den Kiosk. Der Alte bot mir eine Tasse Kaffee an.

„Bei wem wirst du denn arbeiten, Kleiner?" fragte er.

„Bei Mané Frajelo."

„Bei diesem elenden Kerl? Da hast du dir ja was Schönes eingebrockt. Was zahlt er dir denn? Fünfzehnhundert Réis?"

„Ich weiß nicht. Sein Verwalter wird es mir sagen."

„Ein Arbeiter bekommt dort nie was ausgezahlt. Vicente hat bei ihm gearbeitet... Vicente!"

Vicente war der Mann mit der Narbe im Gesicht.

„Du hattest dich doch bei Mané Frajelo verdungen, was hältst du von ihm?"

„Ein Hurensohn ist er. Drei Jahre hab ich dort geschuftet. Rate mal, was ich bekommen habe, als ich aufhörte."

Der Alte lächelte.

„Fünf Milréis. Schlimmer als der ist nur João Vermelho, der Lebensmittelverteiler."

Die Lokomotive pfiff. Wir stiegen rasch wieder in unser Abteil ein.

Der Mann aus Ceará sagte: „Ich werde bei Oberst Chico Vieira arbeiten. Wie ist denn der?"

„Immer noch besser als Mané Frajelo."

„Einer ist wie der andere."

Die Dirne betrachtete angelegentlich die Narbe in Vicentes Gesicht.

Er bemerkte ihre Neugier.

„Diesen Schnitt, meine Liebe, hab ich wegen einer Braunhaarigen bekommen. Sie war dir ähnlich. Es war in Itabuna. Der Mann verpaßte mir den Hieb, er aber wanderte auf den Friedhof."

„Bist du geschnappt worden?"

„Ach wo! Der Doktor gab damals den Ton an. Der Polizeikommissar machte gar nichts mit mir."

„Das scheint ja eine verfluchte Gegend zu sein. In Ceará hat man mir gesagt, hier wär ein Heidengeld zu verdienen."

„Vor etwa zwei Jahren gab's hier wirklich Geld. Der Kakao stand bei vierzig Milréis. Die Obersten warfen nur so mit dem Geld um sich. Fünf Milréis wurden pro Tag verdient."

„Haben Sie was gespart?"

„Nicht ein bißchen. Alles ist draufgegangen für Trokkenfleisch, Mehl und Bohnen. Keiner ist zu Geld gekommen. Für unsereinen ist's egal, ob der Kakao hoch oder tief im Kurs steht. Bei den Obersten ist das natürlich anders. Ich bin gar nicht böse, wenn der Kakao fällt."

Der Alte wandte sich zu dem Mann aus Ceará um. „Du bist aus Ceará hergekommen, als hier noch ein Heidengeld zu verdienen war... Die Zeitungen haben darüber geschrieben, ich hab's gelesen. Die Regierung hat garantiert, daß niemand aus Not umkam."

„Ach Gott, wer weiß. Die haben das Geld, und wir sterben vor Hunger. Geld haben wir jedenfalls nicht gesehen. Meine Frau ist unterwegs gestorben, und meine Tochter ist in der Straße der ‚Sieben Todsünden' gelandet."

„Was ist denn das für eine Straße?"

„Das ist eine Straße für diese Sorte." Er zeigte auf die Dirne.

All das sagte er gleichmütig und resigniert, er hielt es fast für natürlich.

Vicente kratzte sich am Kopf und meinte: „Alles großer Mist!"

Der Alte begann zu philosophieren. „Die Welt ist eben so. Ich bin nun mal hier . . ."

Das Mädchen packte mich plötzlich am Arm und flüsterte mir zu: „Willst du meine Geschichte hören?" Sie lehnte den Kopf an meine Brust.

Der Zug langte in dem Endbahnhof Sequeiro de Espinho an.

Der Alte und das Straßenmädchen fuhren mit dem Bus weiter nach Pirangi. Ich, Vicente und der Mann aus Ceará gingen zu Fuß und unterhielten uns. Pirangi lag etwa eine halbe Stunde von dem Bahnhof entfernt. Ich hörte, daß der Cearense auf einer nahe gelegenen Pflanzung arbeitete und daß Vicente in einem zehn Wegstunden entfernten Ort namens Baforé Vieh hütete. Auf dem ganzen Wege erzählte er mir von Baforé.

„Wir sind nur wenige Männer dort, Frauen gibt's überhaupt nicht. Man könnte höchstens mit einem Jaguar oder einem jungen Ding schlafen. Stellen Sie sich vor, ein Mann über sechzig läßt sich mit einem neunjährigen Mädchen ein. Das würde ich nicht machen, das wäre ja Unfug. Aber der arme Alte hat seit fünf Jahren keine Frau gesehen."

„Das ist schlimm."

Vicente sah mich lächelnd an.

„Du bist jung, du hast noch nichts gesehen. Hier wirst du vieles lernen."

Die Straße führte an einem Flußarm entlang. Am anderen Ufer sahen wir die ersten Pflanzungen. Mit Kakaosäcken beladene Kähne schwammen flußabwärts.

Ich zeigte auf die Bäume, die sich unter dem Gewicht der gelben Früchte beugten, und fragte: „Das ist doch Kakao, nicht?"

„Kanntest du ihn noch nicht?"

„Ich auch nicht", erklärte der Cearense, „ich sehe ihn zum erstenmal."

„Ich bin hier geboren, ich stamme aus der Hauptstadt. Ihr kommt aus dem Norden und glaubt alle, hier reich zu werden, was?"

„Ich nicht. Sobald es bei uns mit der Dürre besser wird, kehre ich in meine Heimat zurück."

„Und du, Sergipano?"

„Was weiß ich ... Ich bin Fabrikarbeiter gewesen, jetzt werde ich Landarbeiter." Ich erinnerte mich an Robertos Worte. „Aber eines Tages ..."

„Was ist eines Tages? Wirst du dann reich sein?"

„Was weiß ich."

Mitten in Pirangi zeigte mir Vicente einen Mann. „Das ist Algemiro, der Verwalter von Oberst Misael."

„Ich werde mit ihm sprechen."

„Auf Wiedersehen, Sergipano."

„Auf Wiedersehen, Kameraden."

Ich ging auf Algemiro zu und stellte mich vor.

„Hat der Oberst Sie hergeschickt?"

„Ja."

„Hat er Ihnen gesagt, was Sie verdienen werden?"

„Nein."

„3500 Réis täglich. Einverstanden?"

„Einverstanden."

„Kennen Sie die Arbeit schon?"

„Nein, ich komme geradenwegs aus Sergipe."

„Da sind Sie ja ein Landsmann von mir. Auf der Pflanzung werden Ihnen die anderen alles zeigen. Dort weise ich Ihnen Ihre Arbeit zu. Sie wissen den Weg nicht, was? Dann gehen Sie mit Antônio Barriguinha."

„Wer ist das?"

„Das ist der Eseltreiber. Er hat Kakao hergebracht und nimmt Fleisch und Bohnen für die Arbeiter mit zurück. Warten Sie hier, bis ich mit ihm herkomme."

Ich wartete eine gute halbe Stunde, dann erschien Algemiro mit Antônio Barriguinha. Mit zweiundzwanzig Eseln zogen wir los zu der Fazenda „Fraternidade". Unterwegs überholte uns Algemiro wohlgesattelt auf einem grauen Esel.

Gleichgültig ging ich meinem Schicksal entgegen und dachte, daß mir der stille und wenig entgegenkommende Antônio Barriguinha vielleicht etwas zu Mittag anbieten würde.

Die Fazenda lag zweieinhalb Stunden von Pirangi entfernt. Nach einem tüchtigen Fußmarsch erblickten wir die großen, flachen Tafeln, auf denen der Kakao trocknete, und das Hauptgebäude mit dem Schild „Fazenda Fraternidade".

Ich hatte einen Bärenhunger und dachte an meine Reisegefährtin, das Straßenmädchen.

Bewaffneter Held im Hinterhalt

Antônio Barriguinha gab mir an jenem Tage kein Mittagessen. Er gab mir Honório. Ich sollte zusammen mit ihm in einer Strohhütte hausen, deren einziger Raum als Schlafraum, Wohnzimmer und Küche dienen mußte.

„Groß ist hier nur die Latrine", erklärte mir Colodino. Er breitete die Arme aus, als wollte er das ganze Land umfassen. „Der Busch ..."

Wir wohnten zu viert in der Hütte. Der riesengroße Honório mit den weißen Zähnen, die immer lachten in seinem schwarzen Mund; Colodino, ein Zimmermann, der für den Oberst große, flache Tafeln zum Kakaotrocknen baute, und João Grilo, ein hagerer Mulatte, der viele Witze wußte.

Sie waren mir gegenüber nicht mißtrauisch. Honório bot mir ein Stück getrocknetes Fleisch, ein paar Bohnen und Brotfrüchte an. Wir aßen schweigend. Dann griff Colodino zur Gitarre, und João Grilo fragte mich: „Weißt du schon, wo du arbeitest?"

„Nein."

„Sicherlich auf der Pflanzung, die früher João Evangelista gehört hat. Honório arbeitet dort."

Ich erzählte ihnen meine Geschichte. Sie wunderten sich nicht darüber. Colodino meinte dazu: „Hier taucht manchmal einer auf, der schon reich gewesen ist. Hier im Süden gibt's viele Leute aus Sergipe."

„Woher bist du?"

„Ich komme aus der Hauptstadt. João Grilo stammt aus dem Sertão, und Honório ist auch von hier, aus der Hauptstadt."

Honório zeigte ein schrecklich buntes Jackett.

„Oh! Genau das Richtige für die Kneipe."

„Gehst du Sonnabend nach Pirangi?"

„Vielleicht."

„Bei wem soll ich mich denn wärmen?"

„Der Oberst regelt das schon."

Ich arbeitete tatsächlich mit Honório zusammen. Wir waren viele auf der riesigen Pflanzung. Das Laub der Kakaobäume bedeckte den Boden, auf dem sich nach den langen Regentagen im Juni die Schlangen sonnten. Wie altmodische Lampen hingen die gelben Früchte an den Bäumen. Ein wundervolles Farbengemisch verschönte alles und ließ es unwirklich erscheinen, nur die schwere Arbeit blieb. Schon früh um sieben waren wir da und schlugen Kakaofrüchte ab, nachdem wir unsere Kaimanbuschmesser vor der Tür des Ladens geschärft hatten. Ein Schluck Schnaps und ein Teller Bohnen um fünf Uhr morgens gaben uns die Kraft für die Arbeit des ganzen Tages.

Honório lernte mich bei der Arbeit an. In dem angenehmen Schatten der Kakaobäume, durch deren Laub die Sonne nicht dringen konnte, wurden wir gute Kameraden. An meinen Füßen haftete bald eine dicke Kruste Kakaobutter, die auch beim Baden im Bach nicht abging, so daß es außerordentlich mühevoll war, die Schuhe anzuziehen. Ich gehörte bald zu den wenigen, die die Geschichte des riesigen Negers kannten. Er hatte sanftmütige Augen wie ein Lamm, strahlendweiße Zähne und schwere Hände wie ein Mörder. Honório war der bewaffnete Held im Hinterhalt. Dies war die Erklärung dafür, daß der Oberst ihn trotz seiner neunhundert Milréis Schulden im Lebensmittelladen nicht hinauswarf, ja ihm sogar Geld gab, damit er in Pirangi Cachaçaorgien feiern konnte.

Honório stammte aus der Umgebung. Er war in den guten Zeiten geboren, als man rasch zu Vermögen gelangte und wegen einer Kleinigkeit Mordtaten beging. Er wurde groß zwischen Schießerei und Totschlag. Sein Vater war einige Male Júri die Antwort nicht schuldig geblieben und wurde schließlich mit einem Beil erschlagen. Honório hatte schon mit zwölf Jahren Leute umgebracht, die als die besten Schützen im Umkreis von zehn Meilen galten. So war er aufgewachsen. Wie viele er umgebracht hatte, wußte er nicht. Dann wurden die Kakaopflanzungen gesäubert. Die Anzahl der Mordtaten wurde zwar geringer, aber – welche Hoffnung! – sie hörten nie ganz auf. Noch heute sieht man an den Straßen viele

Kreuze ohne Namen. Das macht der Hinterhalt. In mondloser Nacht kommt der Reisende aus einer Ansiedlung. Der einsame Guavenbaum am Wegrand verbirgt den Mann mit dem Selbstlader. Ein Schuß kracht. Der Körper bricht in sich zusammen. Der Schütze meldet seinem Auftraggeber, daß er die Tat ausgeführt hat, und empfängt die versprochenen hundert Milréis. Am nächsten Tag findet man den Toten und scharrt ihn an Ort und Stelle ein. Alles geht weiter seinen gewohnten Gang.

Honório war ein Fachmann auf diesem Gebiet, und Oberst Misael hatte unzählige Feinde ... Ich weiß nicht, ob der Oberst Gewissensbisse hatte, Honório hatte keine. Er hatte ein reines Gewissen, rein wie Quellwasser. Er war ein guter Kamerad, und wir schätzten ihn sehr.

Er kannte Geschichten von Glanz und Elend. In den langen Mondnächten, in denen die Cachaça reichlich floß, erzählte er uns die geheimnisvollsten Fälle, die die Justiz niemals geklärt hat. Er lungerte herum, fast kein Tag verging, an dem Algemiro sich nicht über ihn beschwerte.

Honório sah ihn mit seinen sanftmütigen Augen an. „Ich habe so ein Verlangen nach diesem Kerl ..."

Er brachte ein tolles Durcheinander in die Freudenhäuser von Pirangi und tat groß damit, daß er keiner Frau Geld gab. Hatte er mal kein Geld, dann ging er mit dem Kaimanbuschmesser in der Hand zu dem Obersten und bat ihn inständig darum. Der Oberst tobte und nannte ihn einen Faulpelz, aber Honório kehrte nie mit leeren Händen zurück.

João Vermelho, der Lebensmittelverteiler, hatte Angst vor ihm. Eines Tages hatte er sich geweigert, Honórios Tasche zu füllen, und gesagt, der Oberst, der in der Stadt war, habe es so angeordnet. Der Neger regte sich nicht auf. Er sprang einfach über den Ladentisch und wog sich selbst seine Bohnen und sein Fleisch ab. Dann drehte er

João Vermelho mit seinen riesigen schwarzen Händen die spitze weiße Nase um. Wir bogen uns vor Lachen.

Honório konnte auch singen. Seine Stimme drang, begleitet von Colodinos Gitarre, durch die Stille der Nacht.

Wir sprachen über die Freudenmädchen in Pirangi. Fast jeder Landarbeiter hatte ein Liebesverhältnis. Einige heirateten kirchlich, andere lebten einfach so zusammen, und das war weit häufiger. Die vielen Kinder halfen ihren Eltern auf den Pflanzungen. Wenige konnten lesen; eine richtige Schulbildung hatten nur ich und Colodino genossen. Colodino schrieb und las für die ganze Mannschaft.

Seit einigen Jahren schlug sich Honório mit dem Abc herum; aber über die Vokale kam er nicht hinaus. Er wollte lesen lernen, um die Versgeschichten von Lucas da Feira, João do Telhado und Lampião lesen zu können. João Grilo, den sie Doktor nannten, kannte diese Geschichten auswendig und trug sie uns zu unserem Entzücken vor. Honório behauptete allerdings, das Abc schon zu kennen. Colodino betätigte sich als Lehrer. Aber das ging einfach nicht in den Kopf des Riesen hinein.

João Grilo, ein echter Mulatte, machte seine Witze darüber.

„Das liegt daran, daß du ein Neger bist, Honório. Wir Weißen wissen das. Ich, Doktor João Nabuco da Silveira Nascimento, genannt João Grilo ..."

„Und was bist du, du Negerjunge?"

„Ich bin doch ein Weißer, wer könnte daran zweifeln. Wäre ich auch nur eine Minute lang ein Schwarzer, ich würde mich aufhängen."

Honório lachte laut, und Colodino entlockte seiner Gitarre schwermütige Lieder von fernen Ländern und von braunen Mädchen in Kattunkleidern.

Um neun Uhr abends wurde es still. Wir streckten uns auf den Brettern aus, die unsere Betten waren, und schliefen traumlos, hoffnungslos. Wir wußten, am nächsten Tage ernteten wir weiter Kakao, um 3500 Réis zu verdienen, die man uns im Lebensmittelladen wieder abnehmen würde. Sonnabends gingen wir nach Pirangi, um etwas für unser Geschlechtsleben zu tun. Manche verließen die Fazenda monatelang nicht, sie suchten bei den Stuten Befriedigung. Die kleinen Bengel übten sich an Ziegen und Schafen.

Keiner beschwerte sich. Es war eben alles so. Wir lebten fast außerhalb der Welt, und unser Elend interessierte niemanden. Wir lebten, um zu leben. Nur ganz unbestimmt tauchte der Gedanke auf, daß sich eines Tages alles ändern könnte. Wie, das wußten wir nicht. Alle würden wir nie Fazendeiros werden können. Von tausend brachte es nur einer zu Vermögen. Auf der Fazenda „Fraternidade“ hatte allein Algemiro etwas erreicht. Der Oberst hatte für ihn eine Pflanzung gekauft, die etwa dreißig Contos wert war und die er mit Ernteerträgen bezahlen mußte. Wie sollten wir aber dann aus unserer elenden Lage herauskommen? Manchmal dachten wir darüber nach. Vor allem Colodino.

Honório versicherte: „Eines Tages bringe ich diesen Oberst um, und wir werden alles aufteilen.“

Wir lachten. Ich weiß nicht, warum uns der Reichtum nicht besonders lockte. Wir wollten nur ein wenig Erleichterung in unserem übergroßen Elend. Wir waren mehr Tiere als Menschen, unser Wortschatz, in dem gemeine Ausdrücke vorherrschten, war sehr beschränkt. Wie die anderen Landarbeiter wußte ich damals noch nichts vom Klassenkampf. Aber wir ahnten bereits etwas.

Wir dachten bis zum Sonnabend an Honórios Worte, dann gingen wir nach Pirangi.

João Grilo brachte das Inserat, das ich laut vorlas:

„Achtung, frohe Jugend!

Wir machen darauf aufmerksam, daß in dem Vergnügungslokal

CINE ALIANÇA

des malerischen kleinen Ortes Pirangi zur Verschönerung des beliebten Karnevalsumzugs der Bacuraus em Folia folgendes stattfindet: Picknick und Ball unter freiem Himmel. 2 Milréis Eintritt für alles und jedermann. Am Nachmittag Versteigerung, Jahrmarkt und Roskof. Schon am Vormittag steht alles bereit. Am Abend läuft der außergewöhnliche Film

‚Genies unserer Tage'.

Bedienung an Bar und Büfett tadellos. Zur Beachtung: Am Morgen des 6. werden sich auf einem Wagen, der das Fest eröffnet, junge Damen und ein ausgezeichnetes Orchester präsentieren, die das Fest zu einem vollen Erfolg führen werden. Alle, die das Fest durch ihre Anwesenheit verschönern wollen, machen wir aufmerksam, daß das Auto Nr. 51 zu ihrer Verfügung steht und für jeden Geldbeutel erschwinglich ist.

Wir erwarten Blumen, Musik und Fröhlichkeit."

Als ich zu Ende gelesen hatte, rief Honório aus: „Oh, da zieh' ich mein Jackett an!"

Wir beschlossen hinzugehen, eine große Schar: ich, Honório, Antônio Barriguinha, João Grilo, Nilo, João Vermelho und einige andere. Colodino wollte auch kommen, und zwar mit seiner Braut Magnólia, dem hübschesten braunen Mädchen der ganzen Gegend.

Colodino arbeitete seit langem auf der Fazenda, er stellte die großen Tafeln her, auf denen der Kakao getrocknet wurde. Hier hatte er Magnólia kennengelernt, die Tochter Dona Júlias, einer Frau von fünfzig Jahren. Die beiden Frauen hatten sich auf der Fazenda für die Kakaoernte verdungen. Magnólia war hübsch, jawohl. Nicht so wie die auf den Pflanzungen arbeitenden Heldinnen in den Romanen von Schriftstellern, die nie eine Pflanzung zu Gesicht bekommen haben. Sie hatte schwielige Hände und große Füße. Niemand, der auf einer Kakaofazenda arbeitete, hatte kleine Füße. Ihre üppigen Brüste waren oft durch die Löcher in ihrem abgetragenen Kleid zu sehen. Aber keiner kümmerte sich darum. Sie war Colodinos Braut, und das respektierten alle. Vielleicht wirkte sie etwas zu alt für ihre zwanzig Jahre. Aber Colodino liebte sie, er improvisierte auf seiner Gitarre Lieder für sie. Abends gingen sie manchmal auf einen Sprung zu der alten Júlia, um einen Schluck Cachaça zu trinken und ein wenig zu schwatzen. Man darf nicht glauben, daß sich Magnólia gepflegt unterhielt. Das gibt es auf der Pflanzung nicht. Sie kannte tolle Ausdrücke, die sie bei jeder Gelegenheit gebrauchte. Abgesehen davon und von ihrem Nacktbaden im Fluß war sie gegenüber anderen recht zurückhaltend, und Colodino wäre zweifellos mit ihr sehr glücklich geworden.

Aber auf allen Kakaofazendas gibt es etwas, was sich Sohn des Obersten nennt, in Bahia studiert und dumm ist wie Bohnenstroh. Auch Mané Frajelo hatte einen Sohn, Osório, der sich seit einigen Jahren an der juristischen Fakultät herumdrückte.

Pirangi besteht aus einer einzigen, fast zwei Kilometer langen Straße. Das „Vergnügungslokal Cine Aliança" lag etwa in der Mitte des Ortes. Dort hatte man auch die

Buden für die Versteigerung und den Jahrmarkt errichtet. Viele Leute kamen aus den Ansiedlungen und Fazendas der Umgebung. Die ortsansässigen arabischen Händler redeten sich den Mund fusselig. Junge Mädchen aus Pirangi und Mädchen von den Fazendas in altmodischen Kleidern schlugen die Augen nieder. Sie hatten sich nach dem Vorbild der vornehmen Damen fürchterlich geschminkt. Die Negerkapelle belustigte die Zuhörer durch falsches Spielen. Ein ambulanter Fotograf machte in einer Viertelstunde Abzüge.

Man sprach über den angekündigten Karnevalsumzug der Bacuraus em Folia. Manche meinten, der Umzug werde gar nicht stattfinden. In der Direktion habe es Streit gegeben. Andere wieder glaubten das nicht. Man diskutierte lebhaft, schimpfte und lachte.

„Das ist wieder ein Durcheinander. Die Bacuraus bringen es fertig und kommen überhaupt nicht."

„Wenn sie nicht kommen, dann verlange ich meine zwei Milréis zurück."

Landarbeiter kamen vorbei. Unschwer war die Pistole unter der Jacke zu erkennen. Selten endete ein Fest ohne Schlägerei. Die vier Soldaten, die in dem Ort Polizeigewalt hatten, repräsentierten würdig die brasilianische Ordnung. Sie tranken mehr als alle anderen und belästigten die Mulattinnen.

„Laß mich doch, hab dich nicht so."

„Komm her, Mädchen, sei nicht dumm."

„Mit mir nicht, du Teufel, das schwör' ich dir."

„Ich bin ein Heiliger, meine Liebe."

„Rutsch mir den Buckel 'runter!"

„Dumme Gans!"

Die Belästigungen und Witzeleien gingen weiter. Die Soldaten rauchten Zigarren zu fünfzig Réis, und ihr lautes Lachen hallte überall wider.

Die Familien der Ärzte und der reichen Geschäftsleute setzten sich abseits auf Stühle, die auf dem Bürgersteig standen. Für die „feine Gesellschaft" gab es einen Ball im Hause des Apothekers Dr. Domingos. Aber er begann erst um zehn Uhr, vorher wollten die Reichen das Fest der Armen miterleben.

Man kaufte sich Eintrittskarten für den Ball unter freiem Himmel und für das Kino. Hier und da gab es schon eine Schlägerei, die Männer schrien durcheinander und rannten umher, aber die weniger Betrunkenen stellten die Ordnung wieder her.

Als wir eintrafen, begann gerade die Versteigerung. Colodino ersteigerte eine blonde Puppe für Magnólia. Herr José Rodrigues stand auf einer Bank und kreischte: „Wer bietet mehr? Wer bietet mehr? Acht Milréis für eine Puppe, die sogar die Augen zumachen kann. Das ist spottbillig ... Wer bietet mehr?"

Keiner bot mehr. Colodino bekam die Puppe und bezahlte mit unansehnlichen Geldscheinen, die eingerissen und mit Seife zusammengeklebt waren.

Schließlich erschien der Karnevalsumzug der Bacuraus em Folia, und alle umringten ihn, tanzten und sangen. Der Anführer des Umzugs tanzte großartig mit seiner Fahne. Die Zuschauer sangen im Chor den Kehrreim:

„Los, gehen wir tanzen!
Los, gehen wir tanzen ..."

João Grilo betätschelte in dem Gewühl alles, was ihm unter die Finger kam.

„Mir hat einer an den Hintern gefaßt", beschwerte sich eine Alte.

„Mach dich weg, du Schlampe."

„Unverschämtheit!"

„Alte Schachtel!"

„Los, gehen wir tanzen!
Los, gehen wir tanzen ...“

Der Anführer des Karnevalsumzugs schien wie besessen. Er tanzte in afrikanischen Rhythmen, die ihm von seinen Vorfahren her im Blut lagen. Einmal beugte er sich mit der Fahne ganz tief hinunter, dann hob er sich plötzlich auf die Zehenspitzen, so daß sie kaum noch den Boden berührten. Er sah niemanden, der Tanz nahm ihn ganz und gar gefangen. Was ahnte man alles in diesen Bewegungen: den Kongo, die Wüste, die vom Brüllen wilder Tiere erfüllten Nächte, Orixa-lá.

Die Kapelle hörte zu spielen auf.

„Hoch die Bacuraus em Folia!“ schrien die Leute.

„Hoch! Hoch!“

Der Umzug ging weiter zu den Häusern der Reichen, wo es zu trinken und zu essen gab. Die Zuschauer bummelten wieder herum und warteten auf den Beginn der Filmvorführung und des Balls. Einige begleiteten auch die Bacuraus. Honório ging in Isaacs Bar, um ein Bier zu trinken. Nach zehn Uhr verwandelte sich die Bar in ein Freudenhaus.

Honório hatte das vielgepriesene blaugemusterte Jakkett angezogen. Er trug einen Schlips aus Hutband und Schuhe, die er, obwohl sie riesengroß waren, doch nur mit großer Mühe hatte anziehen können. An einer Haustür blieb er stehen und unterhielt sich mit einem bekannten Freudenmädchen. Als er zurückkam, sagte er stolz: „Mariazinha hat mich eingeladen, heute mit ihr zu schlafen.“

„Viel Spaß. Bei der hab ich mich ganz schön angesteckt.“

„Du bist ja bloß neidisch, João Grilo, weil sie dich nicht aufgefordert hat. Du warst ja schon immer ganz schön hinter ihr her.“

„Ich? Das fehlte noch. Hinter dieser Kuh. Aber sie hat versucht, mich einzuwickeln."

Da mußte Honório laut lachen.

„Du denkst wohl, ich schwindele? Frag doch Antônio Barriguinha. Der hat's gesehen. Mit Palmöl, strähnigem Haar und Puder..."

„Laß das Geschwätz, dämlicher Mulatte."

„Du wirst ja sehen, du schwarzer Esel."

Mariazinha, eine junge Mulattin, mochte etwa achtzehn Jahre alt sein. Aber zwischen ihr und der fünfzigjährigen Zefa war kaum ein Unterschied. Sie hatten das gleiche verlebte Gesicht und die gleichen narbenübersäten Beine.

Das Kino füllte sich. Viele Besucher strömten hinein. Wären sie nicht Flöhe und Wanzen gewohnt gewesen, dann hätten sie sich den Film nicht angesehen. So gab es ein mächtiges Gedränge. Wir besetzten fast eine ganze Reihe. Nur neben Magnólia blieb ein Platz frei, auf den sich ein Polizist niederließ. Die jungen Burschen, die es nicht erwarten konnten, klapperten mit den Stühlen. Allmählich erhob sich ein Höllenspektakel. Schließlich begann unvermittelt der Film. Die Augen der Zuschauer gingen über von dem Luxus in New York.

Honório äußerte Mißfallen: „Ich mag das Kino nicht. Ich geh lieber in den Zirkus."

João Grilo erwiderte: „Du kannst wirklich nicht verleugnen, daß du ein Neger bist. Mir gefällt es. Das ist in Europa gemacht worden."

„Ausländischer Käse." Verächtlich schob Honório die Unterlippe vor. Dann fragte er: „Was ist denn da los?"

„Ach, du dummer Neger! Siehst du denn nicht, daß ein Mann hinter der Leinwand ist, dessen Schatten erscheint?"

Magnólia rückte unruhig auf dem Stuhl hin und her. Colodino fragte sie, was sie habe. Sie antwortete, es sei nichts. Sie wollte nicht zugeben, daß der Polizist sie belästigte. Aber der Polizist ließ sie nicht in Ruhe. Schließlich sagte Magnólia: „Du, Colodino, der Polizist tatscht mich andauernd."

Colodino stand auf und packte den Polizisten. „Du glaubst wohl, du hast eine vom horizontalen Gewerbe vor dir?"

Schon hatte der Polizist eine Ohrfeige sitzen, so daß er über den Stuhl fiel. Schwankend erhob er sich, zog den Säbel und schrie: „Du Hund, ich werde dir beibringen, die Autorität zu respektieren."

„Dreckskerl!"

Honório streckte den Polizisten mit einem Faustschlag zu Boden. Dann schleppten sie ihn hinaus.

Die Leute stiegen auf die Stühle, um die Schlägerei zu sehen.

Ein anderer Polizist trat auf Colodino zu. „Sie sind verhaftet."

„Ich gehe nicht mit."

„Sie haben einen Polizisten nicht respektiert."

„Er hat meine Braut belästigt."

Honório kam hinzu und erklärte: „Er war betrunken. Was ist denn los?"

Der Polizist hielt es für klüger, sich zu entfernen. Der Film lief weiter.

Wir sahen uns das Fest bei Dr. Domingos an. Der Platz vor dem Haus war überfüllt. Landarbeiter und arme Mädchen standen dort und guckten. Einige ganz in Weiß gekleidete kleine Angestellte, die man nicht eingeladen hatte, hofften noch durchzukommen. Neidisch beobachtete man die Tanzenden. Nur im Kino und in der Bar gab es elektrisches Licht. Petroleumlampen erleuchteten das Haus des Dr. Domingos. Es war so hell, daß die Augen schmerzten. Eine schmachtende, mannstolle Jungfrau strapazierte ein deutsches Klavier. Sie war glatt wie ein Brett und sicherlich längst über die Dreißig hinaus. Doch mit kindlich zarter Stimme behauptete sie, im August erst dreiundzwanzig zu werden. Da ihre Hoffnung, einen Bräutigam zu finden, sich nicht erfüllte, spielte sie inzwischen bei Ortsfeierlichkeiten Klavier. Dann und wann erbarmte sich ihrer ein junger Mann und forderte sie zum Tanz auf. Sie fiel dem Kavalier gleich in die Arme und ließ sich mit geschlossenen Augen führen. Zweifellos hatte sie dabei manch unanständigen Gedanken.

Sie war im Ort Lehrerin, aber sie prügelte nur die wenigen Kinder, die die Schule wirklich besuchten. Ständig lächelte sie den vorbeikommenden jungen Männern zu. Die Jugend haßte sie und nannte sie „Miss Hopfenstange". Ich glaube, sie würde alles daransetzen, eine Nacht mit einem Mann zu schlafen.

Auch Algemiro tanzte. Er leerte ein Glas nach dem anderen. Dem Verwalter gefielen diese Feste der Reichen, sie schmeichelten seiner Eitelkeit, denn man behandelte ihn gut. Er war wie wir Landarbeiter gewesen und konnte nicht lesen. Seit vierzehn Jahren arbeitete er für Mané Frajelo. Er hatte sich eine Pflanzung für dreißig Contos kaufen können. Der Oberst hatte ihm das Geld geliehen, die Ernten waren die Hypothek dafür. Sein ganzes Streben ging dahin, reich zu werden. Den Obersten haßten wir, Algemiro jedoch verachteten wir. Wir fühlten, daß er nicht einer von uns war. Ich entstammte zwar einer reichen Familie, doch ich stand den Landarbeitern wesentlich näher als er, dessen Vorfahren allesamt Sklaven gewesen waren. Er war ein rothäutiger, grinsender Mestize mit blondem Kraushaar und blauem Kaschmiranzug; immer wieder verbeugte er sich und lachte verzückt über das, was diese Bourgeois erzählten. Wir standen auf dem Vorplatz und lächelten verächtlich. Im Eßzimmer wurden Sektflaschen entkorkt. Die Paare hörten auf zu tanzen und eilten dorthin.

Honório spuckte aus. „Ich trinke lieber einen Schluck Murici."

Wir beschlossen also, einen zu trinken. Colodino und Magnólia verabschiedeten sich und brachen nach der Fazenda auf. Wir anderen gingen in die Kneipe. „Licht, Blumen und Frauen" waren dort angekündigt. Zwei elektrische Lampen, ein paar armselige Kunstblumen und fünfzehn bis zwanzig ortsansässige Dirnen. Betrunkene Männer und viel Cachaça. Und schandbare Tanzmusik. Aber wir fanden das alles großartig. In einem durch eine Trennwand abgeschiedenen Raum wurde Roulette gespielt. Von seinem Platz hinter der Theke aus beherrschte Seu Isaac seine Kundschaft. Er wußte, wieviel jeder seiner Gäste trinken konnte. Wenn er meinte, daß das Geld gerade ausreichte, das Verzehrte zu bezahlen, dann wies er die Bedienung an, dem Betreffenden nichts mehr zu bringen. Herr Isaac verrechnete sich nie. Der Kamerad konnte dann nach der Bedienung rufen, soviel er wollte, sie hörte einfach nicht. Anschreiben gab es bei Seu Isaac nicht.

Mariazinha kam mit einem anderen Freudenmädchen und setzte sich zu uns an den Tisch.

„Bezahl mir ein Bier, Honório."

„Ich bin blank, mein liebes Kind."

„Stell dich nicht so an, bezahl."

Honório bezahlte. Die andere fragte mich, ob ich sie nicht kennte. Da ich mich nicht erinnern konnte, half sie mir weiter: „Ich bin doch mit dir hierhergefahren, mein Lieber."

„Ach ja, ich weiß schon."

„Du hattest mich vergessen, nicht?"

„Ich hab dich doch nie wiedergesehen."
„Du hast gewiß viel gearbeitet?"
„Ein wenig."
„Heute willst du wohl deinen Lohn ausgeben?"
„Na ja ... Und dir gefällt's hier?"
„Ganz gut. Ich hab zu essen ..."
„Das ist ja schon was."
„In Sergipe gibt's nichts zu essen." Sie fuhr mir mit den Händen durch das Haar. „Sie stammen aus gutem Hause, nicht?"
„Ich hab mich bei Mané Frajelo verdungen."
„Laß den Stolz. Auch ich stamme aus gutem Hause. Meine Schwestern sind alle verheiratet. Meine beiden Brüder haben studiert, der eine ist Arzt, der andere Rechtsanwalt. Mein Vater ..."
Sie sah in das Bierglas und leerte es dann auf einen Zug.
„Gott behüt mich davor, daß meine Familie erfährt, daß ich eine Dirne bin. Meine Mutter würde das nicht überleben."
„Wie ist das denn gekommen?"
„Ich hab geheiratet. Er war Reisender und ließ mich in Bahia zurück. Dort bin ich lange geblieben. Dann habe ich alle Städte des Recôncavo abgelaufen ... Schließlich bin ich hier gelandet."
„Hast du deinen Mann nie wiedergesehen?"
„Nein, zum Glück nicht."
„Dieses Leben ..."
Sie trank mein Glas Bier aus. Am Hals trug sie ein Kreuz aus unechten Steinen.
„Mein Verlobungsgeschenk."
„Dieses Leben ..."
„Wollen wir tanzen?"
„Ja."

Honório drückte seine schwarzen Lippen auf Mariazinhas braune. Unter dem Nieselregen gingen wir ins Bordell. Als ich das Zimmer betrachtete, sagte Antonieta zu mir: „Ich kann nicht zu dir kommen, mein Lieber. Ich möchte kein Geld. Ich würde dich nur anstecken. Mir geht's zwar schon besser, aber trotzdem ..."

Rua da Lama

Am Morgen zeigte mir Antonieta einen Zettel, den die Waschfrau geschrieben hatte:

„Dona Antonieta.

Betrifft Ihren Waschauftrag. Ich bitte Sie gütig um Übersendung des Geldes, das ich dringend benötige und das Sie mir noch immer nicht geschickt haben, denn ich warte bereits einen Monat. Entschuldigen Sie bitte die Mahnung, aber Sie wissen ja, daß ich arm bin und das Geld brauche. Madalena."

„Wieviel macht's denn?"

„Drei Milréis."

Ich gab ihr meine letzten fünf Milréis.

„Danke, mein Lieber. Wenn bei mir wieder alles in Ordnung ist, dann gehöre ich dir. Du bist der erste gütige Mensch, den ich im Süden kennengelernt habe."

Ich wusch mir das Gesicht, Antonieta kämmte mir mein gelocktes Haar.

Außer der zwei Kilometer langen Straße gab es in Pirangi eine Sackgasse, die man mit Recht Rua da Lama nannte. Die verheirateten Frauen fürchteten sie nicht nur wegen des Schlamms, sondern weil sie die Gasse der Dirnen war.

„Die Polizei sollte so etwas verbieten", meinten sie.

„Nun, die Polizei verkehrt ja dort vor allem."

„Ja, das stimmt, Dona Rosália. Unsere Männer bringen mit diesen verfluchten Weibern – Gott verzeih mir – ihren ganzen Verdienst durch."

„Und ich brauche so nötig einen neuen Hut und ein Kleid. Manuel verspricht immer nur alles. Ich glaube, er gibt sein Geld diesem Weibervolk."

„Die schaffen das . . ."

„Aber Gottes Strafe folgt auf dem Fuße, Dona Rosália."

Zilda war eine kleine, hellhäutige Mulattin mit großen Kinderaugen. Sie kannte das Leben noch nicht. Ich traf sie beim Morgenkaffee. Sie hatte das Gewerbe mit elf Jahren begonnen und wohnte mit Antonieta, Mariazinha und Zefa in einem Haus. Ein zerrissenes Kleid bedeckte sie nur notdürftig. Das arme Kind hatte fast keine Brust. Sie trank ohne ein Wort mechanisch ihren Kaffee. João Grilo, der mit ihr geschlafen hatte, küßte sie. Sie ließ sich widerspruchslos küssen. Das war schließlich ganz natürlich, es gehörte zum Beruf. Mit ihren kaum dreizehn Jahren wußte sie schon recht gut Bescheid.

„Wie alt bist du denn, Kleine?"

„Dreizehn."

„Erst?"

„Morgen hab ich Geburtstag."

„Wer hat dich verführt?"

„Der Sohn von Oberst Misael."

„Wie alt warst du da?"

„Fast elf."

„Warst du da schon eine Frau?"

„Nein."

Zefa erzählte mir die ganze Geschichte. Zilda war die Tochter des alten Ascenço, er hatte nur sie. Beide arbeiteten für Mané Frajelo, er half beim Roden, sie sammelte die Kakaofrüchte und schlug sie auf. Sie wohnten an der

Straße. Jedes Jahr in den Ferien kam Osório, der Sohn des Obersten, der in Bahia studierte, auf die Pflanzung. Der alte Ascenço grüßte ihn von seiner Haustür aus und fragte ihn, wie er mit dem Studium vorankomme: „Was macht das Studium, junger Herr?"

Der Student hielt den Esel an, um Zildas Schenkel zu betrachten, die schon einiges versprachen, obwohl das Mädchen erst zehn Jahre alt war. Eines Tages kam Osório wieder in die Siedlung. Der alte Ascenço war gerade in Pirangi, und Zilda versorgte den Haushalt. Da es zu regnen begann, bat Osório um Unterkunft. Er nahm keine Rücksicht auf Zildas Alter. Der Vater jagte seine Tochter aus dem Haus und starb vor Kummer darüber. So endet das bei armen Leuten.

„Und dann mag diese dumme Gans den elenden Kerl noch immer gern."

Zilda gestand: „Ja, ich mag ihn gern. Er ist so nett. Wenn er dieses Jahr kommt, muß er unbedingt mit mir schlafen."

Zildas Selbstmord gehört zu den Ereignissen, die mich während meines Aufenthaltes im Süden von Bahia am schwersten trafen. Als sie erfuhr, daß der künftige Doktor am Sankt-Georgs-Tag auf die Fazenda kommen würde, kaufte sie sich von ihren Ersparnissen ein neues Kleid und einen Lippenstift. In diesem neuen Kleid und stark geschminkt erwartete sie ihn mitten auf der Straße Er ging vorbei, ohne sie zu beachten. Aber am Abend kam er wieder in den Ort, in die Rua da Lama.

Zilda sprach ihn an. „Osório . . "

„Wer bist du?"

„Zilda."

„Welche Zilda?"

„Du hast mich auf der Fazenda deines Vaters gehabt."

„Du häßliches Ding, du . . . Schlampe, mach, daß du wegkommst!“

Er ging mit Antonieta schlafen. Am nächsten Tag nahm Zilda Gift. Die Freudenmädchen sammelten Geld, um sie begraben lassen zu können, denn Zildas Ersparnisse waren für das neue Kleid aufgebraucht worden. Als der Leichenzug mit dem armseligen, schlechtgestrichenen Sarg vorbeikam, ritt Osório gerade durch den Ort.

„Wer wird da beerdigt?“

„Zilda.“

„Ist sie gestorben?“

„Sie hat sich umgebracht.“

„Möge sie in der Hölle glücklich sein.“

Dona Rosália wollte nicht glauben, daß eine Prostituierte aus Liebe Selbstmord begehen könne. Eine Prostituierte bringt sich zur Strafe für ihr sündiges Leben um, amen.

Ich habe nie verstanden, weshalb es in den Freudenhäusern so viele Heiligenbilder und Heiligenstatuen gibt. In der Rua da Lama war es so. Alle Häuser besaßen das Bildnis von Nosso Senhor do Bonfim. Bevor Antonieta mit den Männern ins Bett ging, betete sie. Die Mädchen glaubten an Zauber und legten Gelübde ab. Sie verfluchten das Leben, das sie führten, zugleich aber dankten sie täglich dem Schöpfer für den neuen Tag. Bruder Bento wetterte in jeder Sonntagspredigt gegen sie, aber Bruder Bento gehörte, wie Zefa mir mitteilte, zur Kundschaft von Dr. Renatos Frau. Wie arm waren die Frauen, die in der Rua da Lama weinten, beteten, sich betranken und sich gegen Bezahlung hingaben. Wann würde der Tag ihrer Befreiung kommen?

Welch Quell der Liebe, wie viele gute Hände und gute Arbeiterinnen blieben hier ungenutzt! Ihr Armen, denen die verheirateten Frauen nicht einmal ein Recht auf den Himmel zubilligen.

Die Reichen schämen sich nicht wegen der Prostitution. Sie beschränken sich darauf, diese unglücklichen Frauen zu verachten. Sie vergessen, daß sie es waren, die sie dahin gebracht haben.

Ich mußte an den Tag denken, an dem sich die Rua da Lama erheben, die Heiligenbilder zerschlagen und die Küchen der Reichen erobern würde. Von diesem Tage an werden sie sogar Kinder gebären können.

Kakao

Im Süden Bahias hat nur das Wort Kakao einen guten Klang. Die Pflanzungen sind schön, wenn sie voll gelber Früchte sind. Zu Beginn eines jeden Jahres blicken die Obersten um sich bis zum Horizont und schätzen ab, wie Wetter und Ernte werden. Danach schließen sie Empreitadas mit den Landarbeitern ab. Die Empreitada ist eine Art Vertrag über das Abernten einer Pflanzung. Im allgemeinen werden diese Verträge mit Verheirateten geschlossen, mit Landarbeitern also, die Frau und Kinder haben. Diese Arbeiter verpflichten sich, die ganze Pflanzung abzuernten; sie können dafür andere Landarbeiter als Hilfskräfte dingen. Dic alleinstehenden Landarbeiter erhalten Einzelarbeit. Sie arbeiten täglich und überall, hauen die Kakaofrüchte von den Bäumen ab, sammeln sie und schlagen sie auf oder arbeiten an den Trögen, in denen der Kakao fermentiert wird, oder an den großen Tafeln, auf denen er trocknet. Diese Arbeiter bilden die große Mehrheit. Wir bekamen 3500 Réis je Arbeitstag, in guten Zeiten schafften wir auch fünf Milréis. In aller Frühe brachen wir in langen Kolonnen auf, die Buschmesser glänzten in der Sonne. Wir drangen in die Kakaopflanzungen ein, um zu ernten. Auf der Pflanzung, die einst João Evangelista gehörte und zu den besten der Fazenda zählte, arbeitete eine große Gruppe. Hier waren ich, Honório, Nilo, Valentim und weitere sechs mit der Ernte beschäftigt. Magnólia, die alte Júlia, Simeão, Rita, João Grilo und andere sammelten die Früchte und schlugen sie auf. Berge von weißen Bohnen blieben übrig, aus denen das Fett rann. Wir Erntenden entfernten uns weit voneinander, und selten wurde ein Wort gewechselt. Die anderen, die die Früchte sammelten, unterhielten sich und lachten. Haufenweise türmte sich der Kakao auf den Pflanzungen. Dann wurde er in große Tröge gebracht, in denen er drei Tage lang gärte. Wir mußten auf den klebrigen Kakaobohnen herumtanzen, und die Kakaobutter, die selbst beim Waschen mit Schmierseife nicht abging, klebte an unseren Füßen. Wenn der Kakao entfettet war, dann wurde er auf großen Holztafeln ausgebreitet und trocknete in der Sonne. Auch dort tanzten wir auf ihm herum und sangen. Unsere Füße gingen in die Breite, und die Zehen spreizten sich. Nach acht Tagen waren die Kakaobohnen schwarz und dufteten nach Schokolade. Antônio Barriguinha schaffte dann mit vierzig bis fünfzig Eseln Säcke über Säcke nach Pirangi. Die meisten Arbeiter kannten von der Schokolade nur den lieblichen Duft, den der Kakao ausströmte.

Gegen Mittag – die Sonne zeigte uns die Tageszeit an – machten wir eine Pause und gesellten uns zu den Arbeitern, die die Früchte sammelten und aufschlugen. Wir aßen ein Stück getrocknetes Fleisch und Bohnen, die am frühen Morgen gekocht worden waren; eine Flasche Cachaça wurde von Hand zu Hand gereicht. Uns schmerzte die Zunge, und wir spuckten mächtig. Wir unterhielten uns noch ein Weilchen, ohne die Schlangen zu beachten, die in dem dichten, den Boden völlig bedekkenden Laub ein eigentümlich raschelndes Geräusch verursachten.

Valentim kannte die ulkigsten Geschichten, er erzählte sie uns. Er war schon über siebzig, arbeitete wie nur wenige und trank wie kein anderer. Die Bibel legte er auf seine Weise aus, ganz anders als Katholiken oder Protestanten. Eines Tages erzählte er uns die Geschichte von Kain und Abel.

„Kennt ihr sie nicht? Sie steht doch geschrieben."

„Erzähl doch, Alter!"

„Gott gab Kain und Abel eine Kakaopflanzung als Erbe, auf daß sie sie aufteilten. Kain, der ein böser Mensch war, teilte die Fazenda in drei Teile. Kain sagte zu Abel: ‚Dieses erste Stück gehört mir, das mittlere gehört dir, das letzte gehört wieder mir.' Abel antwortete: ‚Nicht so, mein lieber Bruder, da tut einem ja das Herz weh.' Kain lachte. ‚Ach, da tut einem das Herz weh? Das kannst du haben.' Er zog den Revolver und – peng – streckte Abel mit einem einzigen Schuß nieder. Das ist viele Jahre her..."

„Kain ist offenbar Mané Frajelos Großvater."

„Nein, nein. Mané Frajelos Großmutter war Freudenmädchen in Pontal."

„Du weißt das doch, Honório?"

„Ja. Seine Mutter ist verhungert, als sie nicht mehr mit Männern schlafen konnte. Der Sohn..."

„Elender Kerl!"

„Aber er hat sich seiner Mutter geschämt."

„Seiner Mutter..."

Als Nachtisch gab es einzig und allein Brotfrüchte und Bananen. Etwas anderes kannten wir nicht. Kurz bevor die Mittagspause zu Ende war, kletterte João Grilo auf den Brotbaum und warf die reifen Früchte herunter. Wir aßen sie aus der Hand, die Finger waren klebrig von Saft. Die Frauen nahmen lieber harte Früchte, wir Männer gruben die Finger in die weichen. João Grilo war spindeldürr, aber er aß für drei. Er schlug alle Rekorde, einmal verdrückte er hundertzwei Früchte. Das wurde auf den Pflanzungen weitererzählt wie eine Sage. João Grilo fühlte sich stark genug, die Heldentat zu wiederholen.

Algemiro erschien immer auf seinem Lieblingsesel Carbonato, wenn er die Arbeiter inspizierte. Ihm ging die Arbeit viel zu langsam voran.

„Das schleppt sich ja hin ... So ein Schneckentempo."

Honório entgegnete mit finsterer Miene: „Hast du etwa schon vergessen, was das für eine Arbeit ist? Ging es schneller, als du noch Landarbeiter warst?"

Algemiro hatte es nicht gern, an diese Zeit erinnert zu werden. Er trieb den Esel an. „Ich will kein Geschwätz ... Arbeitet!"

Wir schlugen weiter Früchte ab. Mit dumpfem Ton trafen sie auf. Honório sang Macumbalieder.

„Ich bin ein kleiner Mischling,
ich sah nur Leid,
ich kam nur auf die Welt,
um Jurema zu trinken."

Die Stimme verlor sich auf den Kakaopflanzungen. Das dumpfe Aufschlagen der Kakaofrüchte begleitete den Gesang, als bearbeiteten Neger ihre Trommeln.

„Um Jurema zu trinken,
um Jurema zu trinken."

Es gab Schatten, sehr viel Schatten. Wenn der Wind an den Bäumen rüttelte, fielen uns Wassertropfen auf die nackten Schultern. Wir zuckten zusammen. João Grilo machte manchmal Wortspiele; darauf war er als selbstbewußter Mulatte besonders stolz.

„Gegen solche Tropfen hilft nur so ein Tropfen." Und er trank die Flasche aus.

Honório träumte beim Abschlagen der Früchte von seinem Ideal:

„Ich wünsch mir ein braunes Mädchen,
das hübsch ist,
das hübsch ist
und mir was bietet."

Aber das braune Mädchen erschien nicht.

„Ich wünsch mir eine Witwe,
die reich ist,
die reich ist
und gut aussieht."

Weder das braune Mädchen noch die Witwe erschien. Magnólia lächelte bei diesen Liedern, ihr Blick schweifte ziellos in die Ferne, aber ihre Hände arbeiteten, das Buschmesser zerschlug die Früchte. Sie denkt an Colodino, meinten wir. In unserem lieblosen Leben – Liebe gibt's schon auf den Kakaofazendas ... – kamen Augenblicke, in denen uns die Wehmut übermannte. War die Liebe wirklich nur für die Reichen da? Honório sprach laut aus, was wir alle dachten: „Ein Dreck, dieses Leben."

Die langen, breiten Holztafeln, auf denen der Kakao getrocknet wurde, sahen aus wie ein Rudel Raubtiere, die mit aufgerissenem Rachen in der Sonne schliefen. Die Kakaobohnen trockneten. Zweimal am Tage tanzten wir auf ihnen herum, einen Tanz, bei dem sich nur die Füße bewegten. Die Sonne brannte uns auf den bloßen Schultern.

Der Fermentiertrog, der unten ein schmutziges Rechteck bildete und aus dessen Spalten klebriger Saft drang, sah aus wie eine Rattenfalle.

Alles überragte der Trockenofen mit der hohen Röhre, in dem der Kakao an Regentagen getrocknet wird.

Wenn es regnete, legten wir Bleche auf die Trockentafeln. Im Juni und Juli ging der gesamte Kakao durch den Trockenofen, denn die Sonnentage wurden dann immer seltener.

Der Trockenofen nahm einen nach dem anderen von uns auf, wir arbeiteten in einer Bullenhitze. Die Hölle konnte nicht schlimmer sein, selbst nicht die Hölle, die uns die deutschen Patres in São Cristóvão entsprechend ausgemalt hatten. Der Schweiß floß uns in Strömen, wie bei Zwangsarbeitern; wenn wir mit völlig durchnäßten Hosen aus dem Ofen kamen, dann stürzten wir uns in den Fluß.

Einmal nach der Arbeit im Trockenofen erwischte es João Amaro. Wir hielten die ganze Nacht Totenwache. Und dann fürchteten wir den Trockenofen wie einen mächtigen Feind. João Amaro hinterließ eine Frau und drei Kinder. Sie und zwei der Töchter versanken in der Prostitution, die dritte lebte mit Simeão zusammen, ohne den überflüssigen Segen des Standesbeamten und des Priesters.

An einem Nachmittag unterhielten wir uns vor dem Lebensmittellager, während wir die Buschmesser schliffen. Algemiro sprang von seinem Esel und rief aus: „Verdammt noch mal!"

Der Arbeiter an den Trockentafeln fragte: „Was ist denn los?"

„Ich hab einen Brief vom Obersten erhalten. Von der letzten Lieferung waren dreißig Arrobas muffig."

„Muffig? Von meinen Tafeln kommt nur bester Kakao."

„Dann stammt er von Zé Luís."

„Der ist aber nicht hier."

„Der Oberst hat befohlen, ihn zu entlassen."

„Heute gibt's Verpflegung. Da kommt Zé Luís her."

Zé Luís arbeitete auf einer entfernten Pflanzung der Fazenda. Er hatte sich um die Trockentafeln zu kümmern. Jetzt hatte er in den Augen des Obersten ein unverzeihliches Verbrechen begangen: Er hatte dreißig Arrobas Kakao muffig werden lassen. Muffiger Kakao wurde je Arroba zwei Milréis billiger verkauft. Zé Luís trank viel und litt an chronischem Sumpffieber. Aber weder die Cachaça noch seine Krankheit hinderte ihn zu arbeiten. Beides war lebensnotwendig.

Als er eintraf, sahen wir ihn traurig an. Algemiro unterrichtete ihn: „Du bist entlassen, Zé Luís."

„Warum denn?"

„Dreißig Arrobas Kakao sind muffig."

„Was kann ich dafür? Er ist durch den Regen verdorben. Der Oberst wollte doch den Kakao so schnell wie möglich haben."

„Befehl ist Befehl. João Vermelho!"

Der Lebensmittelverteiler erschien. „Was ist?"

„Hast du die Rechnung für Zé Luís fertig?"

„Ja."

„Hat er Überschuß?"

„Achtzehn Milréis."

Zé Luís fand sich damit ab. „Das ist in Ordnung. Wenn die Hitzeperiode vorüber ist, suche ich mir anderswo Arbeit."

„Nein, mein Lieber", protestierte Algemiro, „du wirst dem Oberst erst den Schaden ersetzen. Zwei Milréis für jede Arroba. Dreißig Arrobas waren es. Wieviel macht das insgesamt, João Vermelho?"

„Sechzig Milréis."

„Bis das bezahlt ist, wirst du auf der Pflanzung weiterarbeiten."
„Was? Ich soll den Mist bezahlen?"
„Das ist nun mal so."
„Und wovon soll ich leben?"
„Von Bananen."
„Ich bin doch kein Sklave."
„Das tut nichts zur Sache."
„Ich will weg und verlange meinen Überschuß."
„Nichts wird gezahlt."

In der Nacht flüchtete Zé Luís ohne den überschüssigen Lohn. Algemiro und João Vermelho ritten ihm nach, nahmen ihm das Buschmesser und das Kleiderbündel ab, und auf der Fazenda hieß es, sie hätten ihn ordentlich verprügelt. Andere behaupteten, Zé Luís habe auf Algemiro geschossen, als er in einer mondlosen Nacht auf dem Wege nach Pirangi war.

Mitten auf der Straße verkaufte Frau Margarida Canasaft und grünliche Cachaça (in der Flasche war ein Kreuz). Sie hauste in einer unwirtlichen Strohhütte. Ihre fünf Kinder tummelten sich nachts im Busch; ihre Gesichter waren voller Narben von den Dornen. Ich weiß nicht, warum der Oberst dieses kleine Unternehmen der Frau Margarida auf der Fazenda gestattete. Ihre Sorgen hatten bewirkt, daß sie wie fünfzig aussah, obwohl sie, glaube ich, kaum dreißig war. Schriftsteller würden – sofern Schriftsteller überhaupt auf Kakaopflanzungen kommen – Frau Margaridas Geschichte eine furchtbare Tragödie nennen.

Ihr Mann saß im Gefängnis, er war zu achtzehn Jahren verurteilt.

Es ist eine einfache Geschichte aus dem Süden des Bundesstaates Bahia.

Sie waren vor langer Zeit aus Ceará gekommen. Ihr Mann wurde Kontraktarbeiter bei Oberst Henrique Silva in Palestina. Der Kontraktarbeiter gehört zu einer interessanten Gruppe der Landarbeiter. Die Fazenda schließt mit einem Familienoberhaupt einen Vertrag über das Roden eines Buschgeländes und über die Anlage einer Pflanzung auf dem gerodeten Gebiet. Dieser Vertrag gilt für zwei oder drei Jahre, und in dieser Zeit ist der Kontraktarbeiter Besitzer des Geländes. Er lebt von Maniok und Gemüse, das er anbaut. Nach Ablauf des Vertrages zahlt ihm der Oberst für jeden Kakaobaum fünfhundert bis achthundert Réis.

Margaridas Mann Osvaldo ging auf einen solchen Handel mit dem Oberst Henrique Silva ein. Nach Ablauf des Vertrages bemühte er sich um das Geld, das ihm zustand. Doch der Oberst zahlte nicht. Dreimal ging Osvaldo nach Ilhéus, um dort sein Recht zu fordern. Beim letztenmal antwortete ihm der Polizeikommissar: „Solche Streitereien sind doch nur unter Weibern üblich. Männer bringen das anders in Ordnung."

Osvaldo fuhr zurück, und in der nächsten Nacht erschlug er den Obersten mit einem Buschmesser. Der Anklagevertreter hielt einen hübschen literarischen Vortrag, zitierte die Bibel und deklamierte Verse. Der Verteidiger – er bekam nichts dafür – strengte sich nicht im geringsten an. Die Geschworenen, die alle Fazendeiros waren, verurteilten den Angeklagten zu achtzehn Jahren, um ein Exempel zu statuieren. Als seine Frau und die Kinder ihn im Gefängnis besuchten, weinte er zum erstenmal in seinem Leben. Er verfluchte den Kakao. Margarida irrte zunächst umher. Schließlich landete sie auf der Fazenda „Fraternidade" und verkaufte Canasaft. Ihre Kinder halfen bereits den Landarbeitern beim Aufsammeln der Kakaofrüchte, sie verdienten fünfhundert Réis am Tag.

Sie haßte zwar den Kakao, aber sie fürchtete sich wegen der Dürre vor einer Rückkehr nach Ceará. Hier hatten sie und ihre Kinder wenigstens zu essen. Brotbaumfrüchte gab es in Hülle und Fülle.

Oberst Misaels Fazenda war die größte im Bundesstaat, sie erstreckte sich über ein riesengroßes Gebiet. Neben dreißig weiteren Häusern stand unser Haus auf dem Stammplatz der Fazenda, andere lagen eine Wegstunde und mehr entfernt. Sonnabends, wenn Verpflegung ausgegeben wurde, versammelten sich alle Landarbeiter vor dem Lebensmittellager und hofften, daß João Vermelho flott arbeitete. Auf dem Hof des Hauptgebäudes scharrten Hühner und Küken. Dreckige fette Schweine rannten vorbei. Ein zahmer Aasgeier, er hieß Garcia, pickte freundschaftlich an unseren Füßen herum. Wir redeten wild durcheinander über die Ernte und die Arbeit und schmiedeten Pläne für den Abend in der Siedlung.

Gemächlich kam João Vermelho heran und grüßte: „Guten Tag."

„Guten Tag."

„Unser Herr Jesus Christus schenke Ihnen einen guten Tag", antwortete Valentim.

Mit dem Sack auf dem Rücken traten wir erschöpft ein, um die Verpflegung für die nächste Woche zu kaufen.

„Nilo", rief João Vermelho auf. „Ein Kilo Fleisch, zwei Kilo Bohnen, 250 Gramm Seife, 250 Gramm Zucker, ein Liter Cachaça und ein halbes Liter Gas."

So kam einer nach dem anderen an die Reihe. Schließlich gingen wir fort, um uns noch ein wenig zu unterhalten. João Vermelho wog hinter dem Ladentisch das Gewünschte ab. Hin und wieder brummte er: „Warum zwei Kilo Trockenfleisch? Dann beklagt ihr euch, wenn ihr kein Geld mehr habt. Eßt lieber ..."

Zu einem anderen sagte er: „Du hast noch Schulden, du kannst nicht viel kaufen. Dieser Kamerad hat in der letzten Woche weniger verbraucht." João Vermelho vermerkte in einem riesengroßen Rechnungsbuch all das, was die Landarbeiter gekauft hatten. Nur er und der Oberst kannten die Preise. Wir waren gezwungen, im Lebensmittellager der Fazenda zu kaufen. Kein Wunder, daß wir nie Geld hatten.

Draußen unterhielt man sich über die Ernte.

„Eine tolle Ernte dieses Jahr."

„Allein Mata Sêca bringt zehntausend Arrobas."

„João Evangelista bringt dreitausend", erklärte Honório.

„Wißt ihr, daß der Oberst herkommt?"

„Es ist ja bald Sankt Georg, nicht?"

„Er kommt mit seiner Familie."

„Wer wird dann ein paar ruhige Tage haben?"

Der Oberst pflegte nämlich der Familie einen Arbeiter zur Verfügung zu stellen, der Obst, Wasser und Holz besorgen mußte und die Tochter auf ihren Spaziergängen durch die Fazenda zu begleiten hatte.

„Eine feine Sache."

„Ich möchte das nicht machen müssen. Dona Arlinda ist häßlich wie die Nacht."

„Aber die Tochter ist ein netter Käfer."

„Die guckt uns überhaupt nicht an."

Im vergangenen Jahr hatte Honório der Familie dienen müssen. Er erzählte: „Ihr ist ganz gleichgültig, wer sie begleitet. Sie ist mächtig eingebildet. Die sieht unsereinen gar nicht. Man ist ganz verlegen."

Pläne wurden geschmiedet, in Pirangi war Tanz. Nach dem Bad im Fluß gingen wir hin. Als bereits die ersten Sterne, die auch am längsten bleiben, am Himmel standen, brachen wir mit brennenden Petroleumfunzeln auf und lauschten ängstlich, ob nicht eine Surucucu, eine Giftschlange, in der Nähe war. Honório trug seinen Sonntagsanzug und meinte: „Ich werde den Geschäftsmann mimen."

Die Nacht verhüllte alles: weinende Gitarren und piepsende Vögel, die gelben Früchte der Kakaobäume und die zischenden Schlangen. Die Sterne leuchteten am Himmel. Die Petroleumfunzeln auf der Straße waren wie umherirrende, büßende Seelen. Auf den Fazendas ist die Nacht traurig, düster und schmerzlich. Und nachts denken die Menschen ...

Brotbaumfrüchte

Brotfrüchte! Die Jungen kletterten flink wie Affen auf die Bäume. Die Brotfrucht fiel herunter, und sie stürzten sich darauf. Bald waren nur noch die Schale und die Kerne übrig, die die Schweine gierig verschlangen.

Die Füße der Jungen waren schon gespreizt wie die der Erwachsenen, ihre Bäuche waren unheimlich aufgebläht von den Brotfrüchten und von der Erde, die sie aßen. Ihre Gesichter sahen gelblich aus, finster und bleich und zeugten von schrecklichen Krankheiten. Arme, gelbe Kinder, die mitten im Gold der Kakaopflanzungen umherliefen, in Lumpen gehüllt, mit ausdruckslosen Augen und schwachsinnig. Die meisten von ihnen arbeiteten bereits seit ihrem fünften Jahr mit beim Sammeln der Kakaofrüchte. Bis zum zehnten oder zwölften Lebensjahr blieben sie unterentwickelt und klein. Unvermittelt wurden dann aus ihnen stämmige, braungebrannte Männer. Sie aßen zwar keine Erde mehr, doch noch immer die Früchte des Brotbaums.

Das Wort Schule hatte für sie keine Bedeutung. Was nützte auch die Schule? Sie half nicht weiter. Man lernte dort nicht, wie auf den Pflanzungen, an den Trockentafeln gearbeitet wurde. Wenn sie älter wurden, lernten einige noch lesen. Zur Not konnten sie mit den Fingern zählen.

Ihr Geschlechtstrieb jedoch entwickelte sich frühzeitig, denn die Felder mit den Schafen und den Kühen waren eine recht freigeistige Schule. Diese kleinen, aufgeschwemmten Kinder besaßen drei stark entwickelte Organe: die Füße, den Bauch und die Geschlechtsteile.

Von frühester Kindheit an kannten sie den Liebesakt. Ihre Eltern liebten sich vor ihren Augen, und viele von ihnen sahen, daß ihre Mutter zahlreiche Männer hatte.

Von Kind auf sogen sie den beißenden Rauch schlechter Zigaretten ein und tranken Cachaça in großen Zügen. Sie lernten den Obersten und den Verwalter fürchten und übernahmen von ihren Eltern die eigenartige Haßliebe zum Kakao. Mit den Schweinen wälzten sie sich im Schlamm und hatten jedermanns Segen. Mit Gott verbanden sich unbestimmte Vorstellungen, er war für sie ein Wesen, das dem Obersten ähnlich war, die Reichen belohnte und die Armen strafte. Sie wuchsen im Aberglauben auf, überall hatten sie Narben. Ohne jede Religion, sahen sie im Pfarrer einen Feind. Sie haßten ihn ganz natürlich, so wie sie die Giftschlangen und die kleinen Kinder der Fazendeiros haßten. Mit zwölf Jahren nahmen die Landarbeiter sie mit nach Pirangi ins Freudenhaus. Schon krank, wurden Männer aus ihnen. Statt fünfhundert Réis verdienten sie nun tausendfünfhundert.

Die vielen Kinder bekamen immer wieder die gleichen Namen: João, José, Maria, Pedro, Maria de Lourdes, Paulo – alles Kinder, die nie ein Spielzeug oder eine Puppe besaßen. Manche erhielten die ausgefallenen Namen vornehmer Romanhelden: Luís Carlos, Tito Lívio, César, Augusto, Jorge, Alda, Gilca. Ich entdeckte später, daß sie alle Patenkinder von Mária, der Tochter des Obersten, waren.

Jedes Jahr zu Weihnachten wurden die Kinder getauft. Der Oberst und seine Familie luden einen Priester ein, auf der Fazenda eine Messe zu zelebrieren. Viele Familien aus Ilhéus, Itabuna und Pirangi kamen in das Hauptgebäude. Schweine, Hühner, Truthähne und Hammel wurden geschlachtet. Ein Grammophon spielte zum Tanz. Für die Leute aus der Stadt war das ein Mordsspaß, der acht Tage dauerte; man vermied den Kontakt mit uns, da man fürchtete, sich zu beschmutzen. Man amüsierte sich über unser dummes Gerede, aber man hielt sich in gebührender Entfernung.

Mit Weihnachten nahte ein großes Fest. Landarbeiter, ganze Familien von Kontraktarbeitern kamen zu Fuß aus den entferntesten Gebieten, um ihre Kinder taufen zu lassen. Die Männer hatten die Stiefel über die Schulter gehängt und die Sonntagshosen hochgekrempelt. Sie gingen zum Hauptgebäude, um den Obersten und seine Familie zu begrüßen.

Die Gäste lachten hämisch über die schüchternen Frauen, die mit gesenktem Blick eintraten; die schmächtigen, dickbäuchigen Kinder bekamen von allen den Segen und küßten die Hände.

„Küß Dr. Osório die Hand, du Bengel. Sei artig."

Man stieß sich an, weinte oder lachte.

Dann kehrten alle zum Lebensmittellager zurück; hier floß Cachaça in Strömen, Gitarren und Mundharmonikas sangen von Freud und Leid, einfache Liebesgeschichten von den „etwas bietenden" braunen Mädchen in bunten Kattunkleidern, wilden Blumen der Pflanzung.

Alle tranken, Männer, Frauen und Kinder. Nicht das Fest freute uns, sondern der arbeitsfreie Tag, der gezahlte Lohn.

Der auf der Veranda des Hauptgebäudes errichtete Altar verschwand fast unter den Blumen, die die geschickten Hände Márias und ihrer Freundinnen angeordnet hatten. Vor lauter Rosen konnte man die Heiligenbilder kaum noch sehen. Um zehn Uhr versammelten sich die Familie des Obersten und die Gäste aus der Stadt auf der Veranda. Wir standen auf dem Hof. Der Priester begann die Zeremonie. Die Reichen knieten nieder, die Mädchen beteten an silbernen Rosenkränzen oder mit Büchern, die goldene Verschlüsse hatten. Die Armen blieben aufrecht stehen; einige witzelten: „Ich knie nicht nieder, sonst mache ich mir die Hose schmutzig. Ich hab mir gestern ..."

Die Frauen der Landarbeiter sprachen ebenfalls ihre sonderbaren, halb katholischen, halb fetischistischen Gebete.

„Heilige Barbara, bewahre uns vor Unwetter, Pest und Schlangenbiß. Bewahre uns vor bösen Geistern, Werwölfen und Mulas-sem-cabeças. Gib, daß mein Mann so viel verdient, daß wir nach Piauí oder zumindest nach Bahia fahren können, um den heiligen Jubiabá, den Sohn des Orixa-lá, unseren Herrn, zu besuchen. Ich bitte dich, heilige Barbara, daß mein Mann gesund bleibt, sonst ist uns der Hungertod gewiß. Bewahre meinen Bruder Júlio vor dieser Frau, die ihm das ganze Geld durchbringt. Schütze unser Haus vor dem Geist des Mischlings Curisco, der immer wieder umgeht und Lärm schlägt. Amen."

Die hilflosen Kinder wurden gesegnet. Die reichen Damen beteten in ihren dekolletierten Kleidern; mein Gott, war ihre Haut weiß, als kämen sie aus Europa. Selbst wenn man die Blicke senkte, sah man ihre Brüste und ihre Schenkel vor sich. Wir machten unsere Bemerkungen: „Ich mit so was im Bett." – „Die würde ich mir schon vornehmen." – „Sprich bloß nicht davon." – „Ein

Prachtstück." – „Guck mal, die hat eine Brust, wunderschön!"

Die Damen, die weiß waren wie Kakaobohnen, wenn sie aus der Frucht kommen, und die die Frömmigkeit völlig übermannt hatte, bescherten uns seltene Reize, die in den quälenden Träumen während der einsamen Nächte auf der Fazenda eine Rolle spielten.

Der Priester hob die Hostie. Alle knieten nieder bis auf Colodino, der nicht gläubig war. Wir anderen waren indifferent. Wir knieten einfach mit hin. Was machte das schon!

Als die Mädchen wieder aufstanden, hatten sich die Kleider hochgeschoben, und die Schenkel waren zu sehen. Unsere Augen, die das Fleisch hübscher Frauen noch nicht erblickt hatten, waren wie geblendet. Sie lächelten den Studenten zu, die der Sohn des Obersten mitgebracht hatte. Am nächsten Tag haßten wir sie und spürten ein unterdrücktes, mächtiges Verlangen.

Dann folgte der Taufakt. Der erste Schub von dreißig, vierzig Kindern wurde auf einmal getauft, wie eine Herde Ochsen, denen die Marke eingebrannt wird. Mária hatte für Kerzen gesorgt und komplizierte Namen für ihre Patenkinder ausgesucht. Die ganz Kleinen weinten, die Größeren begriffen nicht, was geschah. Sie nannten nur den Obersten ihren Patenonkel und María ihre Patentante.

Wir beneideten den in Gold und Seide gekleideten Priester. Er hielt dann eine schöne Predigt, in der er betonte, daß man seinem Herrn und den Priestern Gehorsam schulde, daß man gleichmacherischen Theorien nicht Gehör schenken dürfe – wir brannten jedoch darauf, diese Theorien kennenzulernen. Den Bösen, die revoltierten, drohte er mit der Hölle. Allen, die sich in ihr Schicksal fügten, versprach er das Himmelreich.

Pärchen, die sich seit langem kannten, ließen sich von dem Priester einsegnen. Sie waren nun zwar kirchlich getraut, aber Gott besserte ihre Lage nicht. Sie lebten weiter in demselben altgewohnten Elend.

Nach der Zeremonie lächelte der Priester dem Obersten und der Oberst den Anwesenden zu; sie setzten sich an den Tisch, den Blumen, Wein und Hühnerfleisch zierten. Der Oberst befahl, uns Cachaça zu geben. Wir aßen wie immer Trockenfleisch und Bohnen.

Die eben getauften Kinder kletterten in ihren neuen Kleidern auf die Brotbäume und warfen reife Früchte herunter. Raufereien schlossen sich an. Die Kinder spielten weder Fußball, noch veranstalteten sie Radrennen. Mit Steinschleudern schossen sie Vögel ab, und am Flußufer, den Blicken der Mütter entschwunden, aßen sie Erde.

Nicht einmal die großen Jungen rührten die Kakaofrüchte an. Sie fürchteten die gelben, mit süßen Kernen gefüllten Früchte, denn sie ketteten die Menschen an dieses Leben, in dem es nur Trockenfleisch und Brotbaumfrüchte gab.

Der Kakao war der mächtige Herr, den selbst der Oberst fürchtete.

An einem hellen Sonnentag war Raimunda auf der Fazenda des Obersten Aurélio gestorben. Die kaum vierzehnjährige Amélia hatte die Kranke wie eine Krankenschwester betreut. In ihren letzten Minuten bat Raimunda den Obersten, sich um die Zukunft ihrer Tochter zu kümmern. Sie wurde das Dienstmädchen des Obersten in Ilhéus. Von den Söhnen des Chefs wurde sie mißbraucht, sie sorgte für Ordnung im Hause und holte Wasser vom Brunnen. Sie aß nur die Reste, und alle Augenblicke wurde sie geschlagen. Eines Tages begehrte sie auf. Sie wehrte sich gegen die, die sie mißbrauchen wollten. Sie biß und beschimpfte sie. Sie weinte bitterlich. An diesem Tage wurde sie so sehr geprügelt, daß man ihr Schreien auf der Straße hörte. Zu den Nachbarn, die helfen wollten, sagte Dona Clara: „Da ist man barmherzig und nimmt dieses Volk auf, und dann sind sie widerspenstig und machen nichts richtig. Denken Sie nur, die soll sogar den Jaime gebissen und den Joãozinho geschlagen haben. Außerdem hat sie eine Menge unflätiger Wörter gesagt. Da hilft nur eine ordentliche Tracht Prügel. Anders kommt so etwas nicht auf den rechten Weg."

Diese Frau wußte nicht, wie wir diese Barmherzigkeit haßten.

Die Schule! Amélia war in die Schule gegangen. Eines Tages entführte sie so ein Kerl, ein Dichter oder dergleichen. Sie ging weiter in die Schule. Heute schreibt sie uns, erzählt Geschichten. Eines Tages, wenn sie größer ist, wird sie, wie sie sagt, zu uns kommen und uns unterrichten. Von dem Tage an, da unsere Kinder alles gelernt haben, werden sie nicht länger Brotbaumfrüchte essen. Sie werden sich mit dem Buschmesser in der Faust erheben. Man hat Amélia nicht ganz verstanden, aber man glaubt es. Eines Tages ... Die Kinder dachten nicht, sie arbeiteten, aßen und schliefen. Ein Literat sagte einmal: „Sie sind wirklich glücklich. Sie denken nicht."

So schien es ihm zumindest.

Der Kakaokönig und seine Familie

Die Johannistagfeiern rückten näher. Colodino brachte die Veranda in Ordnung; er tauschte alte Bretter aus, die von Termiten zerfressen waren, tünchte die Vorderfront und strich die Türen. Hinter dem Haus gedieh prächtig der Mais, er erwartete gewissermaßen das Fest, zu dem aus ihm Canjica, Munguzá und Pamonha gemacht wurde. Algemiro und João Vermelho liefen aufgeregt umher, sie mußten alles für die Ankunft des Obersten und seiner Familie vorbereiten.

Manuel Misael de Sousa Teles, der Kakaokönig und Feudalherr der endlosen Fazenda „Fraternidade", traf mit seiner ganzen Familie an einem klaren Junimorgen ein. Fünf Esel schleppten das Gepäck. Dona Arlinda, die ein ausgefallenes Reitkostüm trug, plagte den armen Esel schrecklich mit ihren beinahe hundert Kilo. Mária ritt wie ein Mann, ihre Augen strahlten, und ihr lockiges, hellblondes Haar flog in dem leichten Wind, der auch durch das Maisfeld fuhr und Blätter von den Kakaobäumen wehte. Der Oberst fragte Algemiro nach dem Stand der Ernte und João Vermelho nach den Arbeitern.

„Die Pflanzung hinter der Weide hat im letzten Jahr mehr gebracht."

„Sie ist nicht ausgeästet worden ... Aber die Pflanzung von João Evangelista hat dieses Jahr mehr ergeben."

„Wir werden an die 80 000 ernten, was?"

„Ja, Oberst."

„Das ist auch notwendig. Der Kakaopreis sinkt." Er zeigte auf die Leute. „Dieses elende Volk will nur essen, gearbeitet wird fast gar nicht mehr."

„Man muß immerzu aufpassen."

Der Oberst hatte eine schleppende, müde Stimme. Er glich einem schlauen Tier. Seine verschlagen blickenden Augen lagen tief in dem vom Alter zerfurchten Gesicht. Wie mein Onkel hatte er einen wohlgenährten Bauch als Symbol seines Reichtums und des Überflusses. Jeder wußte, daß er viel und hemmungslos aß, daß er vor fünfzig Jahren Eseltreiber und dann Inhaber eines kleinen Ladens gewesen war. Vielleicht haßte und mißtraute er uns, weil er sich selbst einmal als rechtloser Arbeiter verdungen hatte. Dona Arlinda war stolz auf den Reichtum ihres Mannes und trug ihren teuren Schmuck und ihre seidenen Kleider auch dann, wenn sie auf die Pflanzung kam.

Mehrere von uns saßen vor dem Lebensmittellager, als die Kolonne vorbeizog.

„Guten Tag."

„Guten Tag."

Valentim sagte ganz langsam: „Unser Herr Jesus Christus schenke Ihnen einen guten Tag, Herr Chef." Und uns raunte er zu: „Der Teufel soll dich holen, du Dreckskerl!"

Von den entferntesten Stellen der Fazenda, von den entlegensten Pflanzungen kamen ganze Landarbeiterfamilien, um Dona Arlinda zu begrüßen. Sie brachten Körbe mit. Diese mit dem besten Tuch des Hauses zugedeckten Körbe waren gefüllt mit Quiabos, Jilós, Tomaten und grünen Bohnen. Manche brachten auch riesengroße Kürbisse, ausgesuchte Brotfrüchte und Bananenstauden mit. Hinterdrein trotteten die aufgeschwemmten Kinder, die durch die Schlammpfützen wateten und quer über die Straße liefen.

„Geh doch anständig, du Schlingel. Bald sind deine Sachen so dreckig, daß es eine wahre Schande ist. Willst du etwa in diesem Aufzug den Segen deines Patenonkels entgegennehmen?"

Sie traten ein und drückten die beiden mit Ringen voll besetzten Finger, die Dona Arlinda ihnen hinstreckte; die Kinder küßten die Hand der Patentante mit ihren vom Saft der Brotfrüchte klebrigen Lippen. Fazendeiros aus der Umgebung sprachen mit dem Obersten über geschäftliche Dinge. Von der Veranda aus schaute Mária über die goldene Landschaft der Kakaopflanzungen, in der wir, die Männer mit nacktem Oberkörper, nur eine einfache Beigabe waren.

„Wie geht es Ihrem Mann?“ fragte Dona Arlinda die Frauen.

„Er ist krank, Herrin. Seit ihn eine Schlange gebissen hat, ist er nicht wieder gesund geworden. Ich glaube beinahe, daß Zauberei im Spiel ist. Aber ihm fehlt das Geld, in Bahia den heiligen Jubiabá besuchen zu können...“

„Was heißt Zauberei, Faulheit ist das. Wenn ihr mehr arbeitet, werdet ihr ohne weiteres reicher.“

„Uns geht's gar nicht darum, reich zu werden, Frau. Wir wollen nur Gesundheit und Bohnen zum Essen. Wir arbeiten schon tüchtig, wirklich.“

Dona Arlinda besah sich ihre kleinen Hände mit den eleganten roten Fingernägeln und sagte: „So schwer ist die Arbeit wohl doch nicht.“

Die andere Frau betrachtete ihre großen, schwieligen Hände mit den schwarzen, verschmutzten Fingernägeln, und sie lächelte das traurigste Lächeln, das es auf dieser Welt gibt. Sie weinte nicht; denn wie wir alle konnte sie nicht weinen. Sie lernte hassen.

Sie tranken ihren Schluck Schnaps und kehrten zurück. Die Kinder, die sich nur mit viel Mühe ruhig verhalten hatten, liefen hinaus.

An einem der Wege riß ein Junge von einem Kakaobaum eine unreife Frucht ab. Der Oberst, der dies von der Veranda aus beobachtet hatte, stürzte auf den Jungen zu, der vor der Größe seines Verbrechens erstarrte und Mund und Nase aufsperrte. Mané Frajelo hob den Missetäter an den Ohren hoch. „Du glaubst wohl, das alles hier gehört deinem Vater, du Hornochse? Dieses elende Volk will nur essen und zerstört einem obendrein die Pflanzungen.“ Ein in der Nähe liegendes Kistenbrett diente dem Obersten als Prügel. Der Junge schrie laut auf. Am Ende bekam er zwei Fußtritte.

Colodino schloß die Augen und ballte die Fäuste. Wir blieben unbeweglich stehen. Der Oberst schlug zu, der Gezüchtigte hatte noch eine Kakaofrucht heruntergerissen. Kakao, verfluchter Kakao ...

Am späten Nachmittag, nach der Arbeit, trafen wir uns vor dem Lagerhaus zu unserem täglichen Schwatz. Wir sprachen über die Ankunft des Obersten, als dieser plötzlich, begleitet von Algemiro und Mária, die einen bunten seidenen Hausanzug trug, bei uns auftauchte.

„Guten Tag."

„Guten Tag."

„Wie steht's mit den Trockentafeln, Colodino?"

„Ich hab die letzten angefangen."

Honório schliff das Buschmesser.

„Na, du Neger, immer noch so faul?"

Honório sah sich mit seinen sanftmütigen Augen um und antwortete lächelnd: „Ich bin's nie gewesen."

„Hast du viel gestohlen, João Grilo?"

„Darauf versteh ich mich nicht."

Mané Frajelo wandte sich mir zu. „Und wer ist der da?"

„Einer aus Sergipe", erklärte ihm Algemiro, „er ist neu, noch nicht einmal ein Jahr hier."

„Wie arbeitet er?"

„Nicht schlecht."

Jetzt war Valentim an der Reihe. „Bist du noch immer nicht tot, du Saukerl? Für die Arbeit taugst du ja nicht mehr, du bekommst nur noch das Gnadenbrot."

„Hier kriegt man mich nur mit den Füßen zuerst raus. Wer Fleisch gegessen hat, soll auch die Knochen abnagen."

Der Oberst war offensichtlich bester Laune. Er machte

mit allen seine Scherze. Wir hielten den Kopf gesenkt, starrten die Kakaobäume an und hörten still zu. Niemals habe ich jemanden so gehaßt wie an diesem Tage den Obersten.

Schließlich wandte er sich an Mária. „Wie ist's, hast du dir schon einen ausgesucht?"

Die gefürchtete Stunde der Wahl war gekommen. Mária griff einen Arbeiter heraus, der der Familie zur Verfügung stehen mußte. Wir glichen einer Schar Küken, aus der eins, und zwar das ansehnlichste, herausgerissen und in das Haus des Chefs gebracht werden sollte. Wir fürchteten die Wahl, weil wir dort zwar weniger arbeiten mußten, aber weit mehr gedemütigt wurden.

Márias Blick fiel auf mich. Ich starrte finster zu Boden.

„Den aus Sergipe, Papa."

Algemiro klopfte mir auf die Schulter. „Du stehst nun dem Obersten zur Verfügung." Er gratulierte mir. „Was für ein Glück, nicht? Fast ohne zu arbeiten Geld verdienen."

Ich antwortete mit ebenso stockender Stimme wie Mané Frajelo: „Ich ..."

Der Oberst und seine Tochter entfernten sich. Algemiro begleitete sie. Ich sah meine Kameraden an. Honório setzte sich neben mich und sagte: „Du wirst ganz schön zu leiden haben, Sergipano. Die Tochter ist ein hochnäsiges Ding. Ich hab's letztes Jahr durchgemacht. Aber so ist es nun mal. Alles Mist."

„Soll das immer so weitergehen?" fragte ich Colodino.

Er schien unter uns der einzige zu sein, der ahnte, daß eines Tages etwas geschehen würde.

„So geht's nicht weiter. Da muß sich was ändern."

„Wie denn?"

„Das weiß ich auch nicht."

Algemiro wandte sich um und meinte: „Man muß arbeiten, um reich zu werden."

„Nein", widersprach Colodino. „Sonst würde es ja immer Herren und verdungene Arbeiter geben."

„Das wird's immer geben, da kann kommen, was will."

Wir betrachteten die Kakaobäume und fanden keine Lösung. Wären wir unser Elend nicht schon allzusehr gewohnt gewesen, dann hätte es fast täglich Selbstmorde gegeben. Fand denn keiner einen Ausweg aus dieser Situation?

Die ersten Sterne, die am Himmel aufblitzten, hatten keine Antwort für uns. Auch nicht die zischenden Schlangen auf den Feldern.

Ich holte Wasser und hackte Holz. Ich half beim Hühnerschlachten und schleppte Körbe voll Apfelsinen und Bananenbüschel. Das erste Frühstück, das die Familie des Chefs einnahm, war wesentlich mehr wert als unser Mittagessen: Es gab starken Kaffee mit Milch, Brot, Käse, süßen Reis, Maniok und vieles andere mehr. Márias Hausanzug war bizarr gemustert. Ich setzte mich vor die Küchentür. Die Köchin bot mir ein Kännchen Kaffee an.

„Danke vielmals, ich habe schon gegessen."

Sie wunderte sich über meine Ablehnung. „Milch ist drin. Er ist ausgezeichnet."

„Danke."

„Willst du wenigstens ein Stück süßen Reiskuchen?"

„Ich habe keinen Hunger."

„Beleidige mich doch nicht."

Ich nahm an. Langsam aß ich den süßen, gut schmekkenden Kuchen. Da erschien Mária und fragte spöttisch: „Das hast du wohl noch nie gegessen?"

„In meiner Heimat gibt's viel davon, Fräulein."

Erstaunt sah sie mich an. „Ach ja, du bist aus Sergipe,

nicht wahr? Dort wird viel süßer Reiskuchen gebacken. Ich war schon mal in Aracaju. Wir haben viel getanzt. Kannst du lesen?"

„Ja."

„Und schreiben?"

„Auch."

„Das ist selten, im allgemeinen seid ihr ja dumm."

„Wir sind von aller Welt vergessen."

„Ich habe dich nicht nach deiner Meinung gefragt. Komm und schreib die Liste der schmutzigen Wäsche."

Ich trat ein, meine blaue Hose war verdreckt, und das Bulgarenhemd hing mir über die Hose; das Buschmesser schlug mir gegen die Beine.

Mária diktierte: „Sechs Unterhosen, zwölf Bettücher, vier Hausanzüge ..."

Sie prüfte, was ich geschrieben hatte. Sie betrachtete mein blondes Haar und lächelte spöttisch über meinen Aufzug. Ich ließ mich nicht verwirren. Ja, ich spürte Haß in mir.

„Bring das zu Frau Margarida. Sag ihr, es muß Sonnabend fertig sein."

„Ja, Fräulein."

„Und hör mal, mach mir für den frühen Nachmittag einen guten Esel zurecht, ich will ausreiten."

Als ich mit dem Bündel an der Pflanzung vorbeikam, die einst João Evangelista gehörte, wurde ich gehänselt: „Na, Hausmädchen, bringst wohl die Wäsche ans Flüßchen?"

Lächelnd machte ich eine obszöne Handbewegung. Mit dem sinnlosen Haß auf die Tochter des Chefs ging ich weiter.

„Sind die Esel fertig?"

„Wie das Fräulein es befohlen hat."

„Wo ist deiner?"

„Soll ich denn mitkommen?"

„Soll ich etwa allein losziehen? Und tu mir den Gefallen, wasch dir das Gesicht."

„Nimm Algemiros altes Geschirr", sagte der Oberst, „und treib mir den Esel nicht zuschanden."

Ohne ein Wort zu wechseln, ritten wir die Straße entlang. Die lauwarme Wintersonne erhellte die Felder.

„Es ist hübsch ..."

Da ich nicht antwortete, wiederholte sie: „Es ist hübsch, findest du nicht?"

„Es ist traurig. Wer hier lebt, der leidet."

„Willst du mir etwa einen Vortrag über euer Leben halten?"

„Nein. Aber das Fräulein ist Herrin, sie muß das doch wissen."

„Euer Leben interessiert mich nicht. Ich habe mich nie berufen gefühlt, Nonne zu werden."

„Und keiner von uns, Sklave zu werden."

„Ich sehe mich gezwungen, dich morgen wieder zur Arbeit auf die Pflanzung zu schicken. Da ist mir Honório lieber. Er starrt uns zwar wie ein Mörder an, aber er hält wenigstens den Mund. Ich hab dich genommen, weil du mir leid getan hast. Du bist ein Weißer, und du bist jung."

„Danke."

„Warum haßt ihr uns eigentlich? Sind wir etwa schuld, daß ihr nicht reich seid?"

„Wir wollen nicht reich sein."

„Was wollt ihr dann?"

„Ich ..."

Wir hielten an. Sie setzte sich unter einen Brotfruchtbaum. Ich band die Esel fest und wartete. Sie schlug ein Buch auf, das sie mitgebracht hatte.

„Kannst du auch lesen?"

„Ja."

„Lies laut vor, ich höre zu."

Sie reichte mir das Buch, einen Liebesroman; an der Stelle, die sie aufgeschlagen hatte, wurde ein Fest beschrieben. Ich begann mechanisch zu lesen. Es ging um Sektgläser, Weingläser, Tänze, Foxtrott und Walzer, paradoxe und delikate Dinge. Als ich die Seite umblätterte, merkte ich, daß ich sie mit meinem Finger schmutzig gemacht hatte.

„Ich habe einen Dreckfleck in Ihr Buch gemacht, Fräulein."

„Die Beschreibung des Festes geht dir nahe, nicht? Man bekommt geradezu Appetit auf Sekt..."

„Ich trinke nicht gern. Ich trinke auch Cachaça nur, weil man die hier trinken muß."

„Du bist ganz schön flegelhaft."

„Ich bin Landarbeiter, ich habe keine gute Erziehung gehabt."

Sie nahm das Buch und legte sich hin, um zu lesen. Ich sammelte Tausendschönchen. Sie lächelte. „So flegelhaft bist du ja nun auch wieder nicht."

„Ein paar Blumen für Magnólia, Colodinos Braut."

„Ach so."

Sie las weiter ihre Liebesgeschichte, die von europäischen Herzögen und Gräfinnen handelte. Ich betrachtete den fernen Horizont und war froh, die Tochter des Chefs am anderen Tage wieder los zu sein. Als wir zurückkamen, rief uns von einer Pflanzung jemand zu: „Bist wohl Kindermädchen geworden, Sergipano?"

Mária ärgerte sich darüber. Sie duldete keine Witzeleien der Arbeiter, dieser dummen Tiere. „Stell fest, wer das war, damit Papa ihn rauswerfen kann."

Ich sah sie so scharf an, daß sie einen Moment Angst hatte. Sie reagierte sofort. „Du verrätst keinen, was? Ihr alle miteinander seid nicht mal das wert, was ihr verzehrt."

Sie schickte mich nicht auf die Pflanzung zurück, wie sie es angekündigt hatte. Aber am anderen Tag behandelte sie mich schroff, hochnäsig – ganz die Tochter Mané Frajelos.

„Tu dies. Tu das."

Ihr blondes Haar und ihre helle Haut hoben sich von dem rosa Hausanzug ab.

„Hol Blumen, damit wir das Haus schmücken können. Und nimm nicht die schönsten für eure Weibsbilder weg. Sogar die Blumen werden beiseite gebracht."

Die Köchin erklärte mir: „Gemeines Volk. Die Mutter ist noch schlimmer. Und erst der Sohn ..."

Der Sohn kam eine Woche später. Er studierte in Bahia.

„Na, bist du nun das Kindermädchen für die Kleine vom Obersten?"

„Undankbarer Posten."

„Sie demütigt dich bestimmt bei jeder Gelegenheit, was?"

„Aber ich wehre mich, Colodino."

Honório riet: „Es ist besser, man schweigt. Arbeit ist schwer zu kriegen. Wenn sie dich rauswirft ..."

„Das kratzt mich gar nicht."

Colodino nahm die Gitarre und machte sich auf den Weg zu Magnólias Haus. João Grilo sang. Die Nacht war stockfinster und gespenstisch.

Meine Träume wurden wirr. Ich träumte von Kakao, und plötzlich war es gar kein Kakao mehr, sondern Márias blondes Haar.

In der intimen Atmosphäre der Küche erzählte mir die Köchin mancherlei. Mária schrieb Verse. Die Köchin zeigte mir eine Zeitung aus Ilhéus, die auf zwei Spalten der ersten Seite ein Bild und eine glänzende Würdigung der Dichterin brachte.

„Die hochelegante und bildhübsche Mária Teles, Tochter des fortschrittlichen und edelmütigen Obersten Manuel Misael de Sousa Teles, ist eine der strahlendsten Hoffnungen in der Literatur unseres Landes. Sie hat ein außerordentliches Talent, eine vom göttlichen Hauch begnadete Intelligenz. Mit ihrer aristokratischen Künstlerhand schreibt sie so wundervolle Verse wie diese, die wir wiedergeben. Es handelt sich dabei um ein Sonett großartiger Inspiration, das sie ihren Klassenkameradinnen gewidmet hat. Das ‚Jornal de Ilhéus‘ fühlt sich besonders geehrt durch die Mitarbeit dieser begabten jungen Dichterin unseres Landes."

Dann folgte das Sonett.

Dem sehnsuchtsvollen vierten Jahr

Ich scheid von dir, du sehnsuchtsvolles viertes Jahr,
das meinem Leben soviel Helligkeit gebracht,
und bitt des Himmels Segen für euch Tag und Nacht,
zu Füßen des Herrn Jesus sitzend immerdar.

Ein Lebewohl der Zeit, die meine Lehre war
und die zu preisen tausend Zungen nicht erlahmt;
lebt wohl, die ihr mich lernend an den Händen nahmt,
leb wohl, du so berühmt gewordenes viertes Jahr!

Lebt wohl, liebreizende Gefährtinnen im Herrn,
es schlägt mein Herz mit jedem Schlag für euch allein
und strahlet heller als der Morgenröte Stern.

So lebt denn wohl, ein allerletztes Mal lebt wohl!
Ihr Unvergessenen! Für euch aus meines Herzens Schrein
ein tägliches Gebet zur Jungfrau steigen soll!

Ich hatte nie ein Gedicht gehört, aber dieses Sonett fand ich abscheulich. Anders beurteilte es ein Literat aus Pirangi, der Mária ein Schreiben sandte, das sie aus einem Buch herausfallen ließ und das ich in der Nacht las.

Pirangi, Ilhéus (Bahia), den 28. November 193 . . .

Hochverehrte Kollegin!

Ich grüße Sie herzlich.

Da das „Literarisch-kommerzielle Jahrbuch von Pirangi" für 193 . . ., das ich herausgebe, gerade in Vorbereitung ist, erlaube ich mir, Sie um Ihre geschätzte Mitarbeit zu bitten.

Ich bin gewiß, daß Sie mir mit gebotener Eile eine der vorzüglichen Proben Ihres beneidenswerten Talentes zuschicken werden.

Das „Literarisch-kommerzielle Jahrbuch" wird im Januar erscheinen; es enthält einen umfangreichen literarischen und wissenschaftlichen Teil, einen Rätselteil sowie einen breiten Informationsdienst über Pirangi mit einem umfassenden Namensverzeichnis der Geschäftsleute, Industriellen und Fazendeiros des Distrikts, ferner Biographien berühmter Brasilianer, Bilder von angesehenen und einflußreichen politischen Gremien, die in Ilhéus ansässig sind, Fotos der schönsten Gebäude in der Stadt und Ansichten der wichtigsten landwirtschaftlichen Besitztümer.

Kurz, es wird ein Werk von wirklichem Wert sein und den besten Jahrbüchern gleichen, die es in unserem Lande gibt.

Ihre geschätzte und bedeutende Mitarbeit ist zugleich

ein Dienst an der Literatur unseres Landes, ein hervorragender Beitrag zum Nutzen des Fortschritts, des guten Namens und der großartigen Möglichkeiten dieses Landes, eines zwar sehr bescheidenen, aber fruchtbaren Teils unseres inniggeliebten Brasiliens.

Indem ich Ihnen meine geringen und begrenzten Dienste anbiete, bin ich

Ihr
Kollege und Bewunderer

Am folgenden Tage gab ich Mária das Schreiben zurück.

„Sie haben es gestern verloren."

„Und das gibst du mir erst heute wieder?"

„Ich hatte es vergessen."

Sie ergriff das Blatt und las.

„Eine Bitte um Mitarbeit an einem hiesigen Jahrbuch", sagte sie. „Ich hätte Lust, eine Beschreibung der Fazenda zu liefern."

„Eine gute Idee."

„Der Festlichkeiten, der Schönheit der Pflanzungen, des angenehmen Lebens, das ihr hier führt."

„Angenehm?"

„Nun, ist es etwa schlecht?"

„Es ist unter aller Kritik."

„Sie haben ein Zuhause, Nahrung, Kleidung und Lohn."

„Sehr selten."

„Ihr meint, das ist zuwenig?"

„Würde es Ihnen genügen?"

„Du bist unverschämt. Mit welchem Recht stellst du mir Fragen?"

„Sie wollen über unser Leben schreiben, und ich will nicht, daß Sie unehrlich sind."

„Scher dich an deine Arbeit!"

„Wenn das in dem Jahrbuch veröffentlicht wird, dann schreibe ich auch was über unser Leben hier."

„Du? Daß ich nicht lache!"

Sie lachte lange, aber plötzlich wurde sie still und sah mich nachdenklich an.

„Du bist nicht wie die anderen ... Wie bist du hierhergekommen?"

„Wir sind alle gleich. Wir werden alle miteinander ausgebeutet."

„Sei doch nicht so einfältig." Sie wurde wütend. „Ihr haßt uns ja auch, ohne zu wissen, daß es Gute und Schlechte gibt."

Ich erzählte ihr meine Lebensgeschichte, und sie hörte schweigend zu. Abschließend sagte ich: „Wie Sie sehen, Fräulein, bin ich genau wie die anderen. Wir sind ein eigener Schlag. Ich stamme zwar aus einer reichen Familie, doch heute bin ich ganz und gar einer von ihnen, und damit bin ich sehr zufrieden."

„Mit diesem Leben?"

„Es lohnt nicht, reich zu sein. Wer weiß, ob sich das nicht eines Tages ändert."

„Bist du Sozialist?"

„Dieses Wort kenne ich nicht."

Es war mir wirklich unbekannt. Mária erklärte es mir auch nicht. Vielleicht wußte sie selbst nicht, was es bedeutete.

„Du denkst also nicht wie Algemiro daran, reich zu werden?"

„Nein."

„Warum nicht?"

„Weil ich Arbeiter nicht ausbeuten kann."

Am Nachmittag gingen wir nach Pirangi. Die jungen Männer dort sahen Mária begehrlich an. Sie war hübsch, und sie würde ein großes Vermögen erben. Eine Art verwunschene Prinzessin für diese kleinen Angestellten. Sie malten sich das wunderschön aus: „Wenn sie sich in mich verliebte ...“ – „Ich würde essen und schlafen auf Teufel komm raus.“

Mária schritt vorbei, stolz wie eine Göttin, ohne sie eines Blickes zu würdigen. Mitten auf der Straße bettelte ein weißhaariger Blinder. Mária warf ihm eine Nickelmünze hin. Später erinnerte ich sie daran.

„Er hat bei dem Obersten gearbeitet. Er ist erblindet.“

„Interessiert mich nicht. Halt den Mund!“

„Hätte der Blinde gewußt, daß das Almosen von dem Fräulein stammte, dann hätte er es vielleicht gar nicht genommen.“

Mária lachte laut, und der Wind hatte ihr das Haar tüchtig zerzaust.

„Du bist ein romantischer Idealist.“

„Eine solch schöne Sprache versteh ich nicht.“

Als Colodino von Magnólia zurückkam, wurde das Gespräch lebhafter; João Grilo hörte mit seinen uralten Witzen auf, und der alte Valentim unterbrach seine Erinnerungen aus dem Krieg der Canudos, an dem er als Junge auf der Seite Antônio Conselheiros teilgenommen hatte. Honório riß einen schlechten Witz, dann unterhielten wir uns mit dem Zimmermann. Obwohl erst siebenundzwanzig Jahre alt, war Colodino für uns so etwas wie ein Lehrmeister. Er konnte schreiben und lesen, spielte Gitarre und fand immer die richtigen Worte. Er hatte tatsächlich für vieles das richtige Gefühl. Gleich nach seiner Heirat wollte er die Pflanzung verlassen und nach Rio de Janeiro fahren. Er hielt weder etwas von Gott noch vom Aberglauben. Er beging nie eine Dummheit. Mit seinen Kameraden fühlte er sich verbunden wie ein Bruder. Wir spürten, daß er uns liebte, weil wir Arbeiter waren.

Ebenso wie Colodino dachte ich viel nach. Manche von uns verstanden ihn nicht richtig. Auch Honório gehörte zu ihnen. Colodino wußte nicht genug, es fiel ihm manchmal schwer, seine Gedanken darzulegen. Zuweilen erklärte ich alles, und der Zimmermann stimmte mir dann zu: „Genau das ist es, genau das." Keiner wollte einmal Chef werden wie Algemiro.

Wir wußten nicht viel, aber wir ahnten manches. Das Elend bildet. An jenem Abend nun fragte mich Colodino: „Na, wie kommst du mit Mané Frajelos Tochter aus?"

„Ich glaube, sie hat bald genug von mir. Ich bin ihr keine Antwort schuldig geblieben."

„Verlieb dich ja nicht."

„Ich?"

João Grilo hänselte: „Vielleicht verliebt sie sich in dich."

„Sie würde hier nicht schlafen." Ich zeigte auf die harten Podestbretter.

„Du kannst ja in ihrem Bett schlafen."

„Ich will kein Unternehmer werden."

Colodino ermunterte mich: „Nimm dir dieses dumme Frauenzimmer doch mal vor."

Am nächsten Tag mußte ich für Mária Mandarinen holen. Als ich zurückkam, befahl sie mir, die Mandarinen in den Schatten unter dem Brotfruchtbaum zu legen. Mit einem Buch unter dem Arm ging sie dorthin.

„Komm mit."

„Ich muß noch Holz hacken."

„Soll ich etwa allein unter dem Brotfruchtbaum liegen? Wenn nun Schlangen da sind? Du wirst später Holz hakken, das hat Zeit."

Als sie die letzten Seiten des Buches umgeblättert hatte, sagte sie zu mir: „Das ist eine hübsche Geschichte. Eine

Gräfin kommt auf ihren Landsitz und verliebt sich in einen Landarbeiter. Ihre Familie ist empört, aber sie heiratet ihn, und aus dem Arbeiter wird ein Graf. Und sie leben glücklich miteinander ..."

„Ammenmärchen."

Sie lachte. „Nein, das ist ein Roman von einer französischen Schriftstellerin. Hübsch, meinst du nicht?"

„Der Landarbeiter ist doch ein Verräter."

„Wen hat er denn verraten?"

Im ersten Augenblick fand ich keine Antwort. Mária lächelte triumphierend.

„Er hat die anderen Landarbeiter verraten."

„Wie denn? Dadurch, daß er besser lebt?"

Ich schwieg.

„Du würdest wohl keine Gräfin heiraten?"

„Ach, eine Gräfin würde sich gar nicht erst in mich verlieben ..."

„Du weichst aus. Wenn sie dich nun liebt und wenn du sie liebst?"

„Wenn sie mich liebt, könnte sie ja Landarbeiterfrau werden." Nun war sie sprachlos. Erst nach einer Weile antwortete sie: „Könnte sie sich wirklich an ein solches Leben gewöhnen?"

„Könnte er sich an das luxuriöse Leben gewöhnen?"

„Nun, wenn ..."

„Also, mag sein ... Trotzdem ist er ein Verräter."

Mária erwiderte nur: „Aber so etwas kommt wirklich manchmal im Leben vor."

Ich erzählte Colodino von diesem Gespräch. Er sagte: „Sie ist wie alle Mädchen, die die Nonnenschule besuchen. Sie läßt sich von Romanen beeindrucken. Du wirst sehen, eines Tages will sie dich gar noch heiraten."

„Bist du verrückt, Colodino?"

Mária las mir den Artikel für das Jahrbuch vor. Sie beschrieb die Fazenda, die Festlichkeiten und das Leben der Landarbeiter sehr mangelhaft, ja oberflächlich. Das sah ungefähr so aus: „Und sie sind glücklich bei ihrer ehrlichen Arbeit. Sie haben ihr Vergnügen, spielen Gitarre, lieben, achten ihre Herren, die ihre Eltern und Lehrmeister sind. Sie verehren ihre Herren, die ihrerseits die Landarbeiter so gut behandeln, als wären es ihre Söhne. Vielleicht haben deshalb die doktrinären Prediger ausgefallener Ideen, die auf den Fazendas auftauchen, keinerlei Erfolg ..."

„Dieser letzte Absatz ist dir gewidmet", erklärte sie.

Das verschlug mir die Sprache, so verblüfft war ich noch nie gewesen.

Acarajé

Auch wir beschlossen, das Johannisfest zu feiern. Im Hause Dona Júlias sollte getanzt werden. Wir boten ganze Flaschen Cachaça an und ernteten den Mais, den Magnólia hinter ihrem Hause angebaut hatte. Ja, es sollte wirklich ein Fest werden mit Canjica, Pamonha, Munguzá, Acaça, Acarajé, weißen Bohnen, gekochtem Mais und Cachaça. Wir würden ein viel größeres Johannisfeuer anzünden als der Oberst.

In dem Hauptgebäude gab es auch eine Unmenge zu tun. Berge von Maiskolben, gelb wie Márias Haar, türmten sich in der Küche. Ich hackte Holz für das Feuer, und Dona Arlinda legte ihre Ringe ab, um der Köchin bei der Zubereitung der Canjica zu helfen.

Riesige Kochtöpfe und Holzlöffel waren da. Die Maisblätter wurden abgeschnitten, um die Pamonhas einrollen zu können. Als ich zu Dona Júlia kam, um zu helfen, wurde es schon ein wenig ruhiger. Es gab nicht mehr so viel Arbeit, denn der Maisberg war wesentlich kleiner geworden. An Stelle eines Kochtopfes wurde hier eine alte Schüssel benutzt, in der die Löcher mit Lappen zugestopft worden waren. Magnólia rührte alles mit einem Holzlöffel, dessen Stiel abgebrochen war.

Honório und João Grilo hatten sich im Hause eingeschlossen und bastelten etwas ganz Besonderes, das sie vor unseren neugierigen Blicken verbargen. Der Sohn des Obersten war mit zwei Freunden aus Bahia eingetroffen. Am Tage ihrer Ankunft hatte gleich einer von ihnen die Idee, leuchtende Ballons aufsteigen zu lassen, Dutzende von Luftballons wie in Bahia. Aber der Oberst protestierte, er wies darauf hin, daß die brennenden Einsätze auf die Pflanzungen niedergehen und die Kakaobäume in Brand setzen könnten. Spielereien mit den Kakaobäumen erlaubte er nicht.

In der Küche war es wie in der Hölle. Der Herd strahlte unheimliche Hitze aus. Die schwarzen Hände der Köchin wurden gelb vom Mais. Dona Arlinda rief mir zu: „Mach die Kokosnuß auf, Sergipano."

Ich bohrte die Nüsse an und goß die Milch in ein Glas, damit Osório trinken konnte. Dann rieb ich sie klein und mit ihr meine Finger, die eine solche Arbeit nicht gewohnt waren.

Mária brachte Zucker. Als sie eintrat, sog ich gerade an meinem blutenden Finger.

„Du spielst wohl den Koch?"

Dona Arlinda bemerkte meine blutenden Finger. „Paß bloß auf, daß kein Blut in die Kokosmilch fällt, du Schmutzfink."

Algemiro schlachtete neben den Fermentiertrögen ein Schwein, und João Vermelho fing auf dem Hof Hühner; er lockte sie und streute ihnen Mais hin.

Dona Arlinda befahl: „Die steinfarbene Henne und den gelben Kapaun. Und dann noch das Hühnchen ohne Schwanz."

Die Mädchen schauten in die Schüssel mit abgestandenem Wasser, um das Gesicht des künftigen Bräutigams zu erblicken. Aufmerksam betrachteten sie das reglose Wasser.

„Oh, Sankt Johannes, was für ein hübscher junger Mann! Er sieht ja fast aus wie ein Student aus der Stadt."

„O weh, meiner ist ein alter Glatzkopf! So was möcht ich nicht, nein ..."

Ein Bräutigam ... Nur wenige würden einen Bräutigam bekommen. Liebhaber, ja, die gab's genug. Das wußten sie selbst ganz genau. Sie sahen angestrengt auf das stille Wasser, noch immer hatten sie ein paar Illusionen.

Auch in dem Hauptgebäude schaute man in die Wasserschüssel. Und was für eine hübsche Schüssel war das, aus bemaltem Steingut, das einen komplizierten Namen hatte. Einer der beiden jungen Männer, die Osório mitgebracht hatte, schrieb Verse, die er in den Zeitungen Bahias veröffentlichte. Er umwarb Mária, die schließlich auch das Wasser befragte.

„War es mein häßliches Gesicht, das Ihre hübschen Augen erblickten?"

Mária zeigte auf mich – ich wartete auf der Veranda, daß sie mir gestattete, mich zurückzuziehen – und entgegnete: „Es war das Gesicht des Sergipano."

Das Lachen tat mir weh wie Peitschenhiebe. Ich muß sagen, daß ich bekümmert wegging. Dennoch würde ich lügen, wenn ich es ausspräche. Ich ging hinaus und haßte alle und alles. Auf dem Wege zu Dona Júlias Haus riß ich in der Dunkelheit eine Kakaofrucht ab und zermalmte sie mit einem Stein.

Von unserem Johannisfeuer, das viel höher war als das des Obersten, loderten wesentlich größere Flammen zum sternklaren Himmel empor. Cana und Bataten schmorten darin. Honório tanzte Macumbatänze und aß dabei den gekochten Mais. Das gesamte Personal der Fazenda strömte herbei, auch Landarbeiter von den benachbarten Pflanzungen. Zu den Klängen der Harmonikas wurden alte Walzer und alte Sambas getanzt, auch auf dem Hof tanzte man Samba. Ganze Flaschen voll Cachaça wurden geleert.

„Hoch Sankt Johannes!"

„Gibst du mir ein Acarajé?"

„Viel oder wenig Piment?"

„Einen Suppenlöffel." Er verschlang alles auf einmal.

„Schmeckt's?"

„Und ob! Jetzt einen Schluck Cachaça."

„Wollen wir tanzen, Liebste?"

„Ich bin müde, entschuldige bitte."

„Ich hab mich zu entschuldigen, meine Beste. Hätte ich gewußt, daß du müde bist, hätte ich dich nicht aufgefordert", sagte João Grilo. Dann diskutierten wir über die Cachaça.

„Dieser Tropfen aus dem Hause des alten Antero ist was für Männer."

„Ja, das nenne ich eine Cachaça ... Ein Mann trinkt nur Cachaça aus dem Hause des Chefs."

„Ich trinke keine Cachaça von ihm und bin trotzdem ein Mann."

„Geh doch weg mit dem Zeug, davon wird einem ja gleich übel."

Dona Júlia fuhr dazwischen. „Was habt ihr denn, Leute? Wollt ihr etwa streiten? Hier in meinem Hause?"

Noch ein Schluck Cachaça, und alle waren sich einig.

„Erstklassig."

Sie umarmten sich. Bald darauf kamen zwei Frauen vorbei.
„Wollen wir mal an die frische Luft gehen?"
„Ja."
Die Harmonika hinten im Zimmer wurde auseinandergezogen und zusammengedrückt, und so gab sie Töne von sich. In dem Raum roch es nach Schweiß. Alle schwitzten.
„Was für ein Duft..."
„Nimmst du zuviel Brillantine, Nilo?"
„Hier riecht's nach dem Schweiß junger Mädchen, die noch keinen Mann kennengelernt haben."
Frauen gingen durch die Gartentür hinaus.
„Wo willst du denn hin, Rita?"
„Ich muß mal, ich kann's kaum noch aushalten."
„Paß auf, daß keiner zusieht."
„Da wird er was Hübsches sehen, dafür garantiere ich."
João Grilo, der ein Kaschmirhemd anhatte, wirbelte im Zimmer umher. Honório machte ihm ein Kompliment: „Du siehst aus wie ein Verkäufer."
„Danke, Honório."
„Gibst du mir ein Glas Wasser, meine Liebe?"
„Ein Glas Wasser für Frau Fulô."
„Danke."
„Wollen wir diese Samba tanzen?"
„Ich kann sie nicht richtig."
„Ich auch nicht."
„Ach, es wird schon gehen."
„Kneif mich nicht, Honório."
„Entschuldige, das war ganz ohne Absicht."
Das Bildnis des heiligen Johannes stand zwischen zwei Kerzen im Zimmer.

Wir sprangen über das Johannisfeuer. Ich sprang mit Magnólia, fast alle sprangen mit. Wir waren alle gut

Freund miteinander. Auch Dona Isabel sprang trotz ihres unheimlich dicken Bauches über das Feuer.

„Wann ist es denn soweit?"

„In einem Monat, meine Liebe."

„Unsere liebe Frau von der Guten Entbindung begleite dich."

„Amen. Ich bin's ja schon gewohnt. Dann hab ich elf.

„Hol mir eine gebratene Batate heraus."

„Ich hab mir die Finger verbrannt."

„Du Ärmster."

Starker Wind kam auf. Dunkle Wolken zogen sich zusammen. Von den Kakaobäumen fiel raschelndes Laub.

„Bevor es zu regnen anfängt, sollten wir den Ballon loslassen", schlug Honório vor.

Der Ballon! Das war die Überraschung, die er und João Grilo vorbereitet hatten. Ein riesengroßer Ballon aus buntem Papier mit einem wunderbaren Leuchteinsatz. Wir klatschten Beifall. João Grilo stieg auf eine Leiter, um den Ballon oben festzuhalten. Wir anderen wedelten von unten Luft in den Ballon.

Wir waren so in unsere Beschäftigung vertieft, daß wir Osório, die beiden jungen Männer und Mária gar nicht kommen sahen. Algemiro und João Vermelho begleiteten sie.

„Ein Ballon, wunderbar!" rief der Dichter aus. „Er wird dem Väterchen Mond und den Sternen, unseren Brüdern, unsere Grüße bringen."

Wir wandten uns alle um. Die Luft strömte aus dem Ballon.

Der Dichter befahl: „Blast ihn auf, blast ihn auf! Wir dürfen keine Zeit verlieren, es wird gleich regnen."

Sie hatten vergessen, uns zu sagen, daß der Oberst verboten hatte, Ballons aufsteigen zu lassen.

Vollgeblasen, suchte sich der Ballon unseren Händen

zu entreißen. Ich bemerkte, daß Colodinos Blick finster wurde. Ich schaute ihn an und verstand. In einem Winkel, der Welt weit entrückt, lauschte Magnólia lächelnd Osórios Worten. Ich sah Colodino scharf an. Kein Muskel regte sich in seinem Gesicht. Ruhig hielt er den Ballon. Einer brachte den Leuchteinsatz. Schmachtend murmelte der Dichter: „Mária sollte die Lunte anzünden."

Mária nahm den Einsatz und näherte ihn der Lunte.

Der Ballon sah hübsch aus, er war ganz bunt; er stieg hoch und flog der Pflanzung am anderen Flußufer zu. Wir starrten zum Himmel hinauf. Plötzlich lief der Oberst herbei.

„Wer hat diesen verfluchten Ballon hochgelassen? Hab ich es nicht verboten? Wenn er nun die Pflanzungen in Brand steckt? Verdammtes Volk ..."

Seine schleppende Stimme bebte. Er weinte beinahe, als er wiederholte: „Verdammtes Volk!"

Ohne sich im geringsten um die Anwesenheit seiner Tochter zu kümmern, stieß er wüste Schimpfworte aus.

Der Ballon stieg ruhig in die Höhe. Plötzlich erfaßte ihn der Wind. Er verlor das Gleichgewicht und überschlug sich. Die brennende Lunte erfaßte das Papier, und der Ballon stürzte ab. Der Oberst raufte sich die Haare.

„Lauft doch, lauft, ihr verfluchten Kerle! Paßt auf, daß er die Pflanzung nicht anzündet."

Wir gehorchten ihm. Das Feuer erfaßte das trockene Laub. Es drohte, auf die Pflanzung überzugreifen. Wir schleuderten Wasserkanister hinein. Aber der Regen löschte alles. Nur ein junger Kakaobaum hatte die Blätter verloren, und die Früchte waren verkohlt.

Der Oberst knurrte: „Mistvolk!" Dann fragte er: „Wer hat den Ballon hergestellt?"

Honório meldete sich.

„Ich müßte dich rausschmeißen, du Lump."

Aber Honório wußte zuviel aus dem Leben des Obersten ...

Im Platzregen gingen wir nach Hause. Osório nutzte das Durcheinander, Magnólia zu tätscheln.

Strafrecht

Colodino war nicht auf den Kopf gefallen. Er merkte bald, daß der Sohn des Chefs es auf Magnólia abgesehen hatte. Das Schlimmste dabei war, daß Magnólia mitmachte; offenbar fühlte sie sich sehr geehrt, daß der künftige Herr Doktor ihr Interesse entgegenbrachte.

Am Jahresende würde Osório das Jurastudium mit dem Examen abschließen, man sprach schon von dem Fest, das dann gefeiert werden sollte. Osório war sehr hager, er hatte Augen wie eine Schildkröte und Hände wie ein Mädchen; er schmierte so viel Brillantine in sein schwarzes Haar, daß es im Sonnenlicht wie ein Spiegel blinkte. Wie es hieß, war er einer der besten Jurastudenten in Bahia, „der Stolz seiner Lehrer und Kommilitonen", wie das „Jornal de Ilhéus" schrieb, als er eintraf. Bereits im dritten Studienjahr wurde ihm sein erster Fall übertragen, die Verteidigung eines Diebes, den die Geschworenen dann als Zeichen ihrer Achtung vor den Fähigkeiten Osórios und vor dem Vermögen Mané Frajelos freisprachen. Jeden Sonntag nahm Osório in Pirangi an der Messe teil und trug dabei ein blaues Band um den Hals, das Symbol einer mir unbekannten Korporation. In seinem Zimmer hatte er eine Sammlung unmoralischer Bücher mit Abbildungen. Wenn er auf der Fazenda auftauchte, brachte er jedesmal zwei oder mehr Freunde mit, um – wie er sich ausdrückte – „den ländlichen Frieden besser genießen zu können".

Diese Freunde fraßen wie die Tiere, tranken und amüsierten sich in Pirangi, flirteten mit den Töchtern der arabischen Kaufleute und prellten die unglücklichen Dirnen der Rua da Lama. Der Aufenthalt dieser hoffnungsvollen jungen Hüter des Rechts auf den Fazendas hinterließ stets die blutigen Spuren geschändeter Mädchen. So fehlte es nie an Nachwuchs für die Rua da Lama. Manchmal bekam einer von ihnen eine gehörige Ladung Schrot ab, aber das geschah recht selten. Die Söhne der Obersten sind despotische Halbgötter, die sich einen Mordsspaß daraus machen, einfältige Mädchen zu entehren, die von der Arbeit auf der Pflanzung große Füße und schwielige Hände haben.

Diese anmaßenden, auf Grund ihrer Grammatikkenntnisse geschwollen daherredenden, brutalen und dreisten Burschen ekelten mich an. Colodino konnte sie nicht ausstehen; ich erinnere mich nicht, daß der Zimmermann jemals auf eine der Fragen dieser Akademiker geantwortet hätte.

Sie sprachen mit uns nur in gebührender Entfernung, aus Angst, sich zu beschmutzen. Gerührt betrachteten sie die Kakaobäume, die ihnen das Geld für ihr Vergnügen in den eleganten Pensionen Bahias verschafften.

Der Juniregen hatte alles in Schlamm versinken lassen, die Straßen waren nahezu unpassierbar. Wir rutschten im Schlamm aus, sogar die Esel strauchelten. Antônio Barriguinha mußte höllisch aufpassen. Der Regen hatte auch die Schlangen aufgescheucht, die sich ein Plätzchen suchten. Unsere Häuser standen unter Wasser, die Arbeit war schwer, wir hatten schlechte Laune und spürten, daß eine Tragödie bevorstand. Die Sonne kämpfte vergebens gegen die Wolken an. Die Gitarre erklang nicht mehr. Wir kauften zu unverschämt hohen Preisen einige zusätzliche Schlafdecken. Die Kakaobäume gediehen prächtig, an ihren goldgelben Früchten rannen die Regentropfen herunter wie kostbare Brillanten. Aber wir sahen die Schönheit der Landschaft nicht. Die Hosen klebten uns durchnäßt und lehmbeschmiert am Körper. Die Frauen tranken Cachaça, um sich aufzuwärmen.

„Gib mir einen Tropfen, damit ich mich nicht erkälte."

Die Arbeit an den Trockentafeln war eingestellt worden; Colodino sägte auf der Fazenda Holz, das der Oberst bei Dona Doninha in der Nähe von Magnólias Haus gekauft hatte. Magnólia brachte ihm das Mittagessen und die Cachaça. Colodino machte ein finsteres Gesicht. Aber er fragte nicht und sprach auch nicht darüber.

Eines Abends kam Osório ganz manierlich zu Dona Júlia. „Guten Abend!"

Colodino hörte auf, Gitarre zu spielen.

„Dona Júlia, ich möchte nur wissen, wer den Manuê am Johannisabend gebacken hat."

„Magnólia."

„Ich esse ihn nämlich sehr gern. Bei uns bäckt die Köchin ihn nicht gut. Wäre es möglich ..."

„Wenn Sie Mais besorgen, bäckt Ihnen Magnólia welchen, Dr. Osório."

„Das macht doch Mühe."

„Hauptsache, er schmeckt."

Colodino sah ruhig zu. Er schlug die Gitarre an, und seine Stimme durchbrach die Stille: „Verräterisches Weib ..."

„Du spielst schön, Colodino."

Er antwortete nicht.

„Na schön", sagte Osório, „gute Nacht. Morgen lasse ich den Mais herbringen."

„Sie können ihn herbringen lassen, junger Herr. Gott sei mit Ihnen."

Magnólia starrte nur auf den Fußboden. Die Kerze, die den heiligen Johannes beleuchtete, verlosch. Eine Petroleumfunzel, die nun angezündet wurde, warf riesenhafte, phantastische Schatten. Colodino kam nach Hause und sprach kein Wort. Er legte sich sofort hin, schlief aber nicht. Am Bach quakten Frösche, der Regen trommelte auf das Dach. Honório schnarchte.

Der Manuê war glänzend gelungen, goldgelb kam er aus dem Herd. Dona Júlia kostete und bestätigte, daß er anzuschneiden war. Magnólia zog ihr bestes Kattunkleid an, um ihn wegzubringen. Als sie eintraf, hantierte ich gerade an der Anrichte mit Bananen.

„Guten Tag, Sergipano."

„Guten Tag, Magnólia."

„Ist Dona Arlinda da?"

„Ja."

Mária erschien. „Ach, ist das der Kuchen für Osório? Komm doch rein!"

Magnólia trat ein. Osório dankte und fragte: „Was bin ich dir schuldig?"

„Das kostet nichts, ich bin gern gekommen, Herr Osório." Sie starrte den Fußboden an und knitterte mit den Händen das Kleid.

„Na schön. Dann nimm aber wenigstens ein Geschenk von mir an."

Er holte ein Päckchen aus dem Zimmer.

„Zum Lohn für deine Mühe."

Magnólia stammelte ein paar Dankesworte.

„Willst du schon gehen?"

„Ja, ich hab zu Hause noch viel zu tun."

„Ich bringe dich nach Hause."

Sie brachen auf. Osório sagte etwas, und Magnólia lachte. Sie hob das Kleid bis über die Knie, als sie vor dem Lebensmittellager den Morast überquerte, in dem die Schweine wühlten. Osório sagte etwas zu ihr, sie wurde rot und ließ das Kleid fallen. Magnólia dachte nicht an die Rua da Lama.

Seit drei Tagen regnete es ununterbrochen. Wir arbeiteten in Gewittergüssen. Die Tafeln waren zugedeckt, der Kakao trocknete in den Öfen. Magnólia hatte die Grippe, und Osório ließ ihr sogar ein Medikament aus Pirangi holen. Colodinos Gitarre schwieg weiter, er sägte noch immer Holz. Am Monatsende rechnete er bei João Vermelho ab und ließ sich den restlichen Lohn auszahlen.

„Willst du die Fazenda verlassen?"

„Nein, ich muß ein paar Sachen bezahlen."

Magnólia wurde gesund, am Montag wollte sie wieder anfangen zu arbeiten.

Aber weder sie noch Colodino begannen wieder zu arbeiten.

Als am Sonnabend gegen vier Uhr Colodino den Arbeitsplatz verließ, fragte Nilo, der mit ihm arbeitete: „Wo willst du denn hin?"

„Dorthin."

Nilo lächelte. Colodino wollte sicherlich sein Mädchen besuchen. Sie war gewiß allein zu Hause, denn Dona Júlia arbeitete auf der Pflanzung. Aber sie war nicht allein zu Hause. Osório leistete ihr Gesellschaft. Sie lagen beide in dem rohen Bett und hörten den Zimmermann nicht kommen. Nilo vernahm Schreie und lief hin. Osórios Gesicht war zerschnitten, eine tiefe Wunde klaffte darin. Seine Augen waren weit aufgerissen. Colodino hatte ihn mit dem Buschmesser bearbeitet. Das Blut lief. Auf den Pflanzungen hatte keiner etwas gehört, Osórios Schreie waren nicht dorthin gedrungen. Colodino konnte nicht mehr, er ließ den Arm sinken und sah Nilo an.

„Das war der Lohn, du Strolch", sagte er zu Osório.

Magnólia hockte im Hemd in einer Ecke, ganz und gar eine in Tränen aufgelöste Maria Magdalena. Colodino spuckte aus. „Du Hure!"

Nilo führte ihn hinaus. „Flieh, Colodino. Versteck dich im Haus des alten Valentim."

Die Narbe in Osórios Gesicht verschwand nie. Die Rua da Lama verschlang Magnólia und das Bildnis des heiligen Johannes.

Klassenbewußtsein

Zum erstenmal, seit ich auf der Fazenda war, ritt ich nach Pirangi, um einen Arzt für Osório zu holen. In Pirangi wurde das Ereignis vielfach entstellt wiedergegeben. Einige behaupteten, der Oberst sei umgebracht, andere versicherten, Osório sei angeschossen worden. Als der Arzt nach der erforderlichen Behandlung das Haus verließ, war die Nacht bereits hereingebrochen. Honório wurde gerufen. In unserem Hause herrschte Ruhe. João Grilo erzählte keine Witze, Honório lachte nicht. Colodinos Sachen waren wie durch Zauberei verschwunden. Ich warf João Grilo einen fragenden Blick zu, er antwortete nur leise: „Er ist beim alten Valentim. In der Nacht geht er durch den Busch nach Itabuna, und dort macht er sich dünn . . ."

„Wenn sie ihn hier erwischen, ist's aus mit ihm."

„Deshalb haben sie dich offenbar rufen lassen, Honório."

„Die haben mich rufen lassen?" Honório lachte. „Ich geh schon. Es ist besser, ich regle die Angelegenheit."

João Grilo und ich lachten. Ich begleitete Honório ein

Stück. Alles, was im Hauptgebäude gesprochen wurde, war geheim, aber als wir zurückkamen, erzählte Honório alles. In der Dunkelheit klang seine Stimme ganz sonderbar. Sie erinnerte mich an die Stimme Robertos in der Nacht in Ilhéus, als ich solch großen Hunger hatte.

„Sie wollen mir fünfhundert Milréis zahlen, wenn ich Colodino umbringe."

„Und was hast du getan?"

„Ich hab angenommen, es ist immerhin ein Fünfhunderter."

João Grilo auf seinem Bett lachte.

„Gehen wir los?" fragte Honório.

„Ja."

Es war stockfinster, und wir hatten kein Licht. Wir tasteten uns durch den Busch. Das Haus des alten Valentim lag hinter den Pflanzungen verborgen. Honório klopfte an. Schließlich wurde Valentim wach.

„Wer ist da?"

„Honório."

Valentim öffnete die Tür. Er hatte einen Selbstlader in der Faust. Das machte Honório Spaß.

„Gestohlenes Holz, Alter?"

Wir traten ein. Colodino erschien und drückte uns die Hand.

„Wo willst du denn hin", erkundigte ich mich.

„Nach Rio."

„Nach Rio do Braço?" fragte João Grilo erstaunt.

„Nein, nach Rio de Janeiro. Das war schon immer mein Traum."

„Wie willst du das nur schaffen?"

„Ich geh durch den Busch nach Pirangi, dann schlage ich mich durch nach Ilhéus. Dort verstecke ich mich bei Álvaro. Erst wenn das Schiff fährt, geh ich wieder raus."

„Und die Schiffsreise?"

„Álvaro kümmert sich um alles. Ich geh nur raus, um aufs Schiff zu kommen."

„Geh nicht erst nach Pirangi", warf Honório ein. „Algemiro lauert dir dort bestimmt auf der Straße auf. Geh nach Itabuna."

„Gibt's etwa in Itabuna keine Leute auf der Straße?"

„Und hier bin ich." Honório lachte laut, und seine weißen Zähne blitzten.

„Wieviel geht dir flöten, Honório?"

„Ganze fünfhundert. Aber das ist nicht schlimm."

Colodino umarmte uns, und mir versprach er: „Ich schreib dir aus Rio, Sergipano."

„Hast du Geld?" fragte ihn João Grilo.

„Am Monatsende habe ich mir meinen Lohn auszahlen lassen."

Lange schloß Colodino Honório in die Arme, der ihm, bevor er sich mit dem Selbstlader in den Hinterhalt legte, erklärte: „Sobald du vor mir bist, feuere ich. Ich ziele zur Zeit außerordentlich schlecht. Der Oberst wird fluchen wie ein Rohrspatz. Aber wer einen alten Aasgeier trifft, der trifft noch lange kein junges Pferd."

Seine Gestalt tauchte in der pechschwarzen Nacht unter.

Kurz darauf verabschiedete sich Colodino. Das Bündel über der Schulter, die Petroleumfunzel in der Hand und den Revolver im Gürtel, brach er auf. Uns wurde bang ums Herz, denn nun verließ uns der, der mehr wußte als wir, der die Zukunft ahnen konnte. Auf den Bäumen hockten Käuzchen, die Petroleumlampe strahlte sanftes Licht aus. Die Straße war morastig. Ich begleitete Colodino ein Stück weit.

Wir stapften dahin, ohne ein Wort zu sagen. Schließlich meinte Colodino: „Ich geh nach Rio, Sergipano, ich schreib dir von dort. Ich glaube, dort erhalten wir Antwort auf unsere Fragen."

„Schick einen Brief, Colodino.“

Er zog etwas aus der Tasche, es war ein Tuch, das Magnólia eingefaßt hatte. „Gib ihr das zurück.“

„Die Arme.“

„Mich ärgert nur, daß ich Osório nicht totgeschlagen habe. Aber die Narbe bleibt ihm für ewig, glaubst du nicht?“

„Bestimmt.“

Wir verabschiedeten uns. Er ging weiter. In der Dunkelheit schrien Tiere. Frösche quakten. Von weitem war ein Schuß zu hören. Das Licht im Wohnzimmer des Obersten verlosch. Honório kehrte mit dem ihm eigenen Lächeln zurück.

„Sie bellen wie die Hunde, weil ich Colodino nicht fertiggemacht habe.“

„Und was hast du gesagt?“

„Daß ich nicht richtig gezielt habe.“

„Warum hast du Colodino nicht niedergeschossen? Warum hast du ihn geschont?“

„Ich mochte Colodino. Ich hab ihn nicht umgebracht, weil er wie wir ein Arbeiter ist. Einen Oberst ja, aber einen Arbeiter bring ich nicht um. Ich bin doch kein Verräter.“

Erst viel später erfuhr ich, daß Honórios Handlungsweise nicht Edelmut hieß. Sie trug einen viel schöneren Namen: Klassenbewußtsein.

Eine bissige Bemerkung

Als ich in Pirangi war, berichtete ich Antonieta, was sich ereignet hatte. Magnólia war in der vielbegangenen Rua da Lama gelandet, das war die unmittelbare Folge ihrer Schande.

Dona Júlia hatte sie verflucht.

„Gott verfluche dich, elendes Weib! Pest, Hunger und Krieg sollen dich auf deinem Weg begleiten, du Hündin. Erniedrige dich nur vor den Männern. Du konntest ja nicht auf deinen Bräutigam warten, du hattest es eilig. Die Lepra soll deinen Körper verunstalten ..."

Nicht ein Wort fiel über Osório, der sich auf der Fazenda allmählich erholte. Antonieta sagte nur einen Satz, als Kommentar, als Definition – die bissigste Bemerkung, die ich je gehört habe: „Dieser Osório ... das ist der letzte Rest von einem Klistier, den der Hintern nicht mehr haben will."

Briefwechsel

Anfang Juli kehrte die Familie des Obersten nach Ilhéus zurück. Osório war genesen. Die Narbe war geblieben, sie zog sich fast ganz über eine Gesichtshälfte. Am zweiten Juli waren sie in Pirangi. Dort wurde ein großes Fest gefeiert. Mária rezitierte Verse von Castro Alves, und der Dichter, Osórios Freund, hielt einen Vortrag über das Analphabetentum.

Dieser Vortrag brachte mich auf die Idee, einige Briefe von Arbeitern und Dirnen zu sammeln, um sie eines Tages zu veröffentlichen. Als ich bereits in Rio de Janeiro war und diese Briefe von neuem las, dachte ich daran, ein Buch zu schreiben. So entstand dieses Buch. Es ist nicht schön und nicht gut und nicht ohne Wortwiederholungen geschrieben. Zwar bin ich heute Arbeiter, Buchdrucker, ich habe viel gelesen und manches dazugelernt. Dennoch ist mein Wortschatz auch heute noch beschränkt, und meine Arbeitskameraden nennen mich noch immer Sergipano, obwohl ich José Cordeiro heiße.

Außerdem hatte ich keinen literarischen Ehrgeiz, als

ich diese Seiten schrieb. Ich wollte nur das Leben des Arbeiters auf den Kakaopflanzungen schildern. Ich weiß nicht, ob diese Arbeit darunter gelitten hat, daß ich mein Verhältnis zu der Tochter des Unternehmers beschrieben habe. Aber es fand ganz natürlich Eingang in das Buch, ohne daß ich es ausdrücklich beabsichtigt hatte. Eines Tages kehre ich vielleicht auf die Kakaopflanzungen zurück. Heute habe ich manches Lehrreiche zu sagen. Kehre ich nicht zurück, so wird Colodino zurückkehren.

Doch kommen wir nun zu den Briefen.

Brief Antonietas an mich:

Mein unvergeßlicher José. Ich küsse Dich aus der Ferne, denn ich habe Dich lange nicht gesehen, und sicherlich hast Du mich bereits vergessen, aber tu mir das nicht an. Vielleicht könntest Du mir zehn Milréis schicken, denn ich muß etwas bezahlen; ich kenne hier niemanden, wie Du ja weißt, denn ich bin erst seit kurzem in Pirangi, deshalb hoffe ich, daß Du mich nicht im Stich läßt und mir hilfst. Immer Deine

Antonieta.

Kurzer Brief Zefas an Honório:

Honório,

gestern bist Du hier vorbeigekommen. Ich konnte nicht, und Du warst unverschämt. So ist's nun mal. Wer Blumen hat, gibt Blumen, wer keine hat, gibt keine.

Anbei das Bild zurück, das du mir gegeben hast. Gib's einer anderen. Immer Deine

Zefa.

Brief des Landarbeiters Elpídio de Oliveira an die Dirne Maria Canota:

Maria Canota,

ich hoffe, daß Dich dieser Brief bei voller Gesundheit erreicht, und wir alle waren sehr erfreut, als wir am 14. Dezember erfuhren, daß Du bereits einen neuen Liebhaber hast, dazu möchte ich Dich herzlich beglückwünschen, ich nehme an, daß Du glücklich bist; überdies stehe ich Dir immer zur Verfügung; der, den Du jetzt bedauerlicherweise hast, möge immer bei Dir bleiben. Wenn Du mir schreiben möchtest, meine Adresse ist: Fazenda „Fraternidade".

Elpídio de Oliveira

Brief Algemiros an den Obersten (nach Algemiros Diktat von mir geschrieben):

Oberst Manuel,

Gesundheit den Ihren, in Gottes Gnaden. Heute habe ich den Hammel und das Schwein geschlachtet. Das Lasttier ist mit Agnelo losgegangen. Colodinos Unverfrorenheit geht so weit, daß er sogar den Kater kastriert hat. Die Pflanzungen müssen abgeerntet werden. Ein ganzer Karren voll Kakao ist schon heruntergefallen. Außerdem muß ich mitteilen, daß mein Bruder José gestern eine Frau erschossen hat, daraufhin hat er sich selbst erschossen.

Ihr dankbarer, aufmerksamer und immer gehorsamer Diener Algemiro.

Brief Colodinos an mich:

Rio, den 12. September 193 . . .

Sergipano,

ich bin in Rio und habe bereits Arbeit gefunden. Wie geht's den Kameraden? War der Oberst wütend, weil Honório mich nicht umgebracht hat?

Komm hierher, Sergipano. Hier lernt man viel. Hier

bekommt man Antwort auf die Fragen, die wir gestellt haben. Ich kann es nicht genau erklären. Hast Du schon mal von Klassenkampf gehört? Denn es gibt den Klassenkampf. Die Klassen sind die Obersten und die Landarbeiter. Komm her, damit Du alles erfährst. Und eines Tages kommen wir zurück und leiten die anderen an.

Umarme alle Bekannten,

Colodino.

Kurzer Brief – oder ein Gedicht – Celinas an João Grilo:

Mein allerbester Schatz, ich mag Dich Allerliebsten so sehr, ich mag Dich so sehr, ich lieb Dich aus tiefstem Herzen, ist Dein Herz wirklich so wunderhübsch? Mein Schatz, ich mag Deine Küsse so sehr.

Celina Cordeiro. Am Zwanzigsten.

Um diesen armen Geschöpfen das Lesen und Schreiben beizubringen, schrieb der Anwalt Dr. Luiz Seabra Briefe wie diesen:

Pirangi, den 5. Dezember 193 . . .

Liebster Freund Sebastião,

mit jubelerfüllter Seele und vor Vergnügen überschäumendem Herzen verfüge ich über diese geheiligte Schreibfeder, um meinem unvergeßlichen Jugendfreund Nachricht von mir zukommen zu lassen und selbst sehnsüchtig erwartete Nachricht von ihm zu erhalten.

Jedes Wort und jeder in diesem Augenblick gebildete Satz wird von einer schmerzlichen Erinnerung getragen, denn ich denke viel an die zarten Jahre der Kindheit, als sich unser beider Leben auf Jugendstreiche beschränkte. Dieses Leben war noch nicht durch den brodelnden Kampf erschüttert und noch nicht im geringsten bestimmt durch die Wechselfälle und Verdrießlichkeiten des Schicksals. Nie wird aus meiner Seele das Andenken und die Erinnerung an den entschwinden, der mir vielmals eine Stütze, ein Trost und auch ein Beispiel gewesen ist.

Heute trennt uns die Entfernung, aber der Geist verbindet uns stets, denn ich kann Dich nicht vergessen, und ich bin sicher, daß es Dir genauso geht.

So müssen wir trotz der Schicksalsschläge und Unannehmlichkeiten Schritt für Schritt den Berg Tabor des Kampfes überschreiten, um unser Ideal zu erreichen.

Du hast Dein Ideal nahezu erreicht, denn in wenigen Tagen wirst Du Dich in den geheiligten Banden Hymenaios' mit der Auserwählten Deines Herzens vereinen, denn wie Du mir einst sagtest, war das das Höchste, was Du vom Leben erwartetest...

Ich bin recht ungehalten darüber, daß alles Weitere von diesem Brief verlorengegangen ist.

Streik

Ich muß zurückgehen und feststellen, daß ich und Mária nach der Rückkehr des Obersten und seiner Familie nach Ilhéus gute Kameraden wurden.

Dieses Buch geht nicht weiter. Es hat keine Handlung im eigentlichen Sinne. Ich bringe die Erinnerungen an das Leben auf der Pflanzung so zu Papier, wie sie mir einfallen. Bevor ich das Buch zu schreiben begann, habe ich einige Romane gelesen, und ich sehe wohl, daß dieses Buch ihnen auf keine Weise ähnelt. Auch so geht es. Ich wollte das Leben auf der Pflanzung schildern. Manchmal drängte es mich, ein Pamphlet oder eine Dichtung daraus zu machen. Vielleicht hat nicht einmal ein Roman einen Schluß.

Wie ich schon sagte, hörte Mária auf, mich zu demütigen. Sie begann allmählich, mit mir über eine besondere Art von Literatur zu sprechen. Manches verstand ich nicht. Sie wollte aus mir einen guten Katholiken machen und winkte mir mit einer Anstellung als Verwalter. Ich aber dachte nur an ihre Augen und ihr blondes Haar.

Schließlich reisten sie ab. Aus dem Abteilfenster winkte mir Mária mit dem Taschentuch zu.

Abends dachte ich darüber nach und hielt mich für einen Dummkopf, einen Verrückten. Ich fühlte, daß ich Mária mochte, und etwas sagte mir, daß auch ich ihr nicht gleichgültig war. All das konnte ja sein ... Doch ich war Landarbeiter, ein einfacher Arbeiter mit dreieinhalb Milréis Tageslohn, Schlitzhosen, schmutzigen Fingernägeln und schwieligen Händen. Es stimmt, daß sich Antonieta in mich verliebt hatte. Antonieta war jedoch nicht mehr als eine Prostituierte der letzten Kategorie. Mária dagegen war die Tochter des Chefs, des reichsten Mannes im Süden des Bundesstaates Bahia, des Kakaokönigs. Das wenigste, was mich erwartete, war ein Abgeordnetenmandat, Autos, herrschaftliche Häuser, Rio de Janeiro und Reisen in die Kabaretts Europas. Schlimm war dabei nur, daß ich die Hoffnung hegte, sie könnte bereit sein, die Frau eines Landarbeiters zu werden. Gerade weil ich an Colodino denken mußte, der nicht reich werden wollte. Wenn sie bereit wäre, die Frau eines einfachen Arbeiters zu werden ...

Als ich diesen Gedanken zu Ende gedacht hatte, mußte ich so laut lachen, daß João Grilo entsetzt ausrief: „Bist du verrückt, Sergipano?“

Ich lachte und lachte. Ich schwöre, daß mir nicht zum Weinen zumute war.

Nilo hatte die Fazenda verlassen, jetzt arbeitete er für Oberst Domingos Reis auf dessen weit entfernter Besitzung. Einige in äußerste Bedrängnis geratene Männer aus Ceará verdingten sich bei Mané Frajelo, einer von ihnen wohnte bei uns. Er erzählte von dramatischen Ereignissen, die durch die Dürre hervorgerufen worden waren. Das tragische Schicksal des Nordostens beeindruckte mich nicht mehr, aber die Stimme des Mannes, diese ruhige, resignierende, träge Stimme, ja, die ergriff mich tief. In seiner Freizeit stellte er Netze her, die er zu angemessenem Preis in Pirangi verkaufte. Kaum war er hier angekommen, da dachte er bereits daran, zurückzukehren.

„Sobald die Dürre nachläßt ..."

Seine Gitarre trat an die Stelle von Colodinos Gitarre. Wir sehnten uns nach einem Kameraden, der weggegangen war und uns versprochen hatte, zurückzukehren, um uns über das zu berichten, was er gelernt hatte. Unsere Hoffnung wuchs.

„Eines Tages ..."

Der Kakao begann zu fallen. Die Preise sanken, und der Oberst tobte. Er entließ Arbeiter; wir anderen schufteten wie Pferde. Er drohte uns mit Lohnsenkung. Die Lebensmittel in der Verkaufsstelle wurden teurer. Ade, weg war der Überschuß. Nur Honório gelang es weiter, dem Obersten Geld aus der Tasche zu ziehen. Seit Colodinos Flucht schritt seine Demoralisierung immer weiter fort. João Vermelho behandelte uns unfreundlich. Algemiro brüllte auf den Feldern herum, wir sollten mehr arbeiten.

Schließlich wurden eines Tages die Löhne auf drei Milréis gesenkt. Ich führte die Revolte an. Wir würden nicht wieder auf die Pflanzung gehen. Die ganze Nacht berieten wir im Hause des alten Valentim, der immer älter wurde. Sein runzliges Gesicht sah aus wie ein Basrelief. João Grilo kam als letzter. Er war in Pirangi gewesen; als er von unserem Plan erfuhr, wollte er uns davon abbringen.

„Denkt doch nach. Mehr als dreihundert in äußerste Bedrängnis geratene Arbeiter sind dazugekommen, die arbeiten für jeden Lohn, der ihnen geboten wird. Dann verhungern wir."

„Wir sind besiegt, bevor wir den Kampf überhaupt begonnen haben."

„Wir sind bereits als Besiegte geboren", urteilte Valentim.

Wir senkten den Kopf.

Am nächsten Tage gingen wir wieder an unsere Arbeit, mit fünfhundert Réis weniger als bisher.

Krise

Wir schleppten uns bis zum Ende der Ernte hin. Die Kakaokrise schien nicht aufhaltbar. Als die Krise begann, wurden noch mehr Landarbeiter entlassen; nur die Arbeiter blieben, die unbedingt benötigt wurden, um die Kakaobäume zu verschneiden und die Pflanzungen sauberzuhalten. Wir waren noch schlimmer dran, liefen noch dreckiger und zerlumpter herum. Wir verfluchten unser Schicksal.

Eines Tages tünchte ein Mann die Vorderfront des Hauptgebäudes. Wir erfuhren, daß die Familie des Obersten auf die Fazenda zurückkehrte, wo der Abschluß von Osórios Berufsausbildung und die Verlobung Márias mit großen Festen gefeiert werden sollten.

Márias Verlobung ... Jener Dichter, der zum Johannistag auf die Fazenda mitgekommen war, hatte wie Osório das Studium beendet und um Márias Hand angehalten. Sie war einverstanden, deshalb sollte es nun ein großartiges Fest und Gelage geben. Ich lächelte über mich selbst.

Als sie ankamen, saß ich auf einem Stein vor dem Lagerschuppen. Andere Arbeiter unterhielten sich. Antônio Barriguinha trieb von hinten die schwerbeladenen Esel an.

„Elender Esel... Zum Teufel..."

Der Oberst grüßte uns. Dona Arlinda würdigte uns keines Blickes. Márias Gruß galt allein mir. „Wie geht's, Sergipano?"

„Gut, Dona Mária."

Der Bräutigam und Osório trafen erst einige Tage später ein. Sie trieben sich, ganz wie es sich für frischgebackene Doktoren gehörte, in den elegantesten Bordellen Bahias herum.

An jenem Tage schien die Sonne so wunderschön, daß man hätte neidisch werden können. Auf den herrlichen Wiesen weideten Kühe und Schafe. Im Garten des Hauptgebäudes blühten die verschiedensten Blumen, gelbe und rote, weiße und violette.

Auf den Kakaopflanzungen wogten die Blätter hin und her, die Bäume waren noch ohne Früchte, aber sie begannen zu blühen. Márias blondes Haar erinnerte an das Gold der reifen Kakaofrüchte.

Wieder wurde ich der Familie zur Verfügung gestellt. Am Nachmittag sagte Mária zu mir: „Ich möchte dich sprechen... Nicht hier. Gehen wir unter den Brotfruchtbaum."

Wir gingen hin, ohne ein Wort zu sprechen. Ich war sehr gespannt. Mária pflückte Tausendschönchen, die am Wege standen. Sie setzte sich nieder.

„Ich bin verlobt, weißt du?"

„Herzlichen Glückwunsch."

„Wolltest du mir das sagen?"

Das war eine Herausforderung. Da sprach ich alles aus. Ich verfluchte den Kakao und mich selbst. Sie fragte nur: „Und nun?"

Da ich schwieg, gestand sie mir ganz leise: „Auch ich mag dich sehr. Du bist ein Mann ... Mein Verlobter ist nur ein weibischer, herausgeputzter Kerl."

Ich weiß nicht, ob es nur eine Illusion war. Aber der Geschmack von Márias Lippen erinnerte mich an den Honig der Kakaobohnen, der uns versagt war. Wie viele Küsse es waren, vermag ich nicht zu sagen ...

„Und nun?" fragte sie wieder.

„Ich bin ein Lohnarbeiter. Ich verdiene drei Milréis am Tag."

„Laß das doch." Sie zeigte sich als starke Frau. „Wir wollen das Unausweichliche tun. Papa wird in die Luft gehen, aber das macht nichts. Er wird sich damit abfinden. Er wird dir eine Pflanzung geben, du wirst Chef sein."

Ich senkte den Kopf und sah zu Boden. Mit der Hand wühlte ich im Laub. Fern von uns, auf der Straße, ging Honório mit geschulterter Sense vorbei. Ich sagte entschlossen: „Nein, Mária. Ich bleibe Arbeiter. Wenn Sie die Frau eines Lohnarbeiters werden wollen ..."

Sie schnalzte mit der Zunge und stand auf. Ich blieb sitzen. Rein zufällig erhielt ich am selben Tag wieder einen Brief von Colodino. Auch diesmal sprach er vom Klassenkampf, er rief nach mir. Ich rechnete bei João Vermelho ab, bekam hundertachtzig Milréis, den Lohn für zwei Jahre, heraus und schnürte mein Bündel.

Am nächsten Tage verabschiedete ich mich von meinen Kameraden. Die Felder wogten im Wind, und zum erstenmal empfand ich die Schönheit der Umgebung.

Ohne wehmütige Erinnerungen betrachtete ich das Hauptgebäude. Die Liebe zu meiner Klasse, zu den Land- und Fabrikarbeitern, eine menschliche, große Liebe, hatte in mir die engherzige Liebe zu der Tochter des Chefs sterben lassen. So dachte ich, und das mit Recht.

An der Biegung sah ich mich noch einmal um. Honório winkte mir mit seiner mächtigen Hand ein Lebewohl zu. Auf der Veranda des Hauptgebäudes spielte der Wind mit Márias blondem Haar.

Ich brach auf zum Kampf, reinen und glücklichen Herzens.

Pirangi, Dezember 1932
Aracaju, Februar 1933
Rio de Janeiro, Juni 1933

Das Mietshaus

Für
Mama
und
Matilde

An
Alberto Passos Guimarães
Clóvis Amorim
Carlos Echenique Júnior
Dias da Costa
Édison Carneiro
Santa Rosa

Die Ratten 1

Ohne jede Scheu huschten die Ratten zwischen den Männern hindurch, die unten an der dunklen Treppe standen. Diese Treppe war bei Tage schon finster, nachts wand sie sich in dem Gebäude empor wie eine Liane in einem Baumstamm. Es roch wie in einem Zimmer, in dem jemand gestorben ist, und nach schmutziger Wäsche; aber die Männer merkten nichts davon. Sie kümmerten sich auch nicht um die Ratten, die hinauf- und hinunterliefen, Wettrennen veranstalteten und schließlich in der Dunkelheit verschwanden.

Einer dieser Männer – er war klein und rothäutig – wischte sich mit dem Hemdsärmel den Schweiß vom Gesicht. Bei dem anderen, einem riesigen Neger, glänzte er auf der kohlschwarzen Stirn. Der dritte, der wegen seiner vorstehenden Zähne wie ein Wildhund aussah, zog das am Körper klebende Hemd aus und kaute auf einer erloschenen Zigarette herum.

Sie waren aus dem unteren Teil der Stadt heraufgekommen, hatten die Ladeira do Tabuão, dann die Ladeira do Pelourinho erklommen und standen nun hier vor der hohen Treppe.

„Diese Treppe macht einen geradezu schwindsüchtig", sagte der Rote. Der Neger pfiff lächelnd. Der mit den Raffzähnen meinte: „Du möchtest wohl mit einem Aufzug hochfahren, Chico?"

„Das wär wirklich besser."

Der Neger blickte finster drein.

„Die Ratte ist so fett, daß sie kaum noch laufen kann.“

„Ich möchte bloß wissen, woher sie das Fressen kriegen, daß sie so fett werden.“

Chico fuhr sich noch einmal mit der Hand über die Stirn, brummte vor sich hin und trat auf die erste Stufe. Die beiden anderen folgten ihm. Augusto warf die unbrauchbare Zigarette weg. Mit gesenktem Kopf stiegen sie hinauf.

Die fette Ratte sah ihnen aufmerksam nach.

Aus dem dritten Stockwerk kam ein blaugekleidetes Mädchen herunter. Sie lehnte sich gegen das Treppengeländer, damit die Männer vorbei konnten. Wie ein Schatten tauchte sie in die Dunkelheit, zwischen die Ratten.

Jetzt spürten die Männer wieder den Leichengeruch, und die Ratten widerten sie an.

2

Von der Straße sah das Gebäude gar nicht so groß aus. Niemand würde etwas für dieses Haus geben. Die Fensterreihen waren nur bis zum vierten Stockwerk sichtbar. Vielleicht machte es die matte Farbe, daß das Haus nicht so groß wirkte. Wie die anderen Grundstücke, die sich in der Ladeira do Pelourinho aneinanderdrängten, war es alt; es stammte aus der Kolonialzeit und war mit schönen Kacheln ausgestattet. Doch es war wirklich riesengroß, hatte vier Stockwerke und ein Dachgeschoß, hinten eine Mietskaserne, vorn den Laden Fernandez' und, hinter der Mietskaserne verborgen, eine arabische Bäckerei. Es enthielt 116 Zimmer mit mehr als 600 Personen. Eine ganze Welt. Eine stinkende Welt ohne Hygiene und Moral, mit Ratten, unflätigen Reden und einer Menge Menschen. Arbeiter, Polizisten, radebrechende Araber, Hausierer,

Gauner, Prostituierte, Schneiderinnen, Lastenträger – Menschen aller Hautfarben, aus aller Herren Ländern, auf alle möglichen Arten gekleidet, bewohnten das Gebäude. Sie tranken Cachaça in Fernandez' Laden und spuckten auf die Treppe, auf der sie manchmal sogar ihre Notdurft verrichteten. Nur die Ratten brauchten hier keine Miete zu zahlen. An der Haustür verkaufte eine alte Negerin Acarajé und Munguzá.

Aus dem vierten Stock hörte man manchmal Gitarrenklänge und das Kauderwelsch der Araber in ihren ruhigen Zimmern, in denen es keinen elektrischen Strom gab.

Frauen aus dem dritten Stock stritten in derben Ausdrücken mit Frauen aus dem zweiten.

Fast alle Männer verließen morgens das Haus. Dann wurden die Stimmen der Frauen lauter. Sie wuschen Wäsche. Nähmaschinen surrten. Aus dem Dachgeschoß drang das Husten einer Lungenkranken. Am späten Nachmittag kehrten die Männer müde zurück. Die Treppe verschlang einen nach dem anderen.

Dachgeschoß 1

„Was für eine Hitze!"

Im Dachgeschoß sah man die Sonne nicht. Die Öffnungen in den Wänden ließen sie nicht eindringen. Doch an der Hitze merkte man, daß sie da war. Auf dem kleinen Kohlenherd in einer Ecke des Zimmers kochte etwas in einem Steinguttopf. Aus dem Nachbarzimmer drangen Stimmen herüber.

Dona Risoleta blickte von ihrer Näherei auf und nahm die Brille ab, die sie mit einem schmalen rosa Band befestigt hatte. Sie sah auf das fast fertige Kleid und seufzte. Sie wollte etwas sagen, fand aber nicht die richtigen

Worte. Sie hielt die Hand weiter erhoben und schwenkte die Brille.

„Jetzt kann sie nichts mehr daran aussetzen, Tantchen."

„Sie hat immer was auszusetzen. Nie ist es ihr recht. Eine Art ist das!"

Linda schaute zu dem Herd hin, reckte den Hals und seufzte ebenfalls. Es roch nach nichts. Traurig senkte sie den Blick.

„Hast du schon gemerkt, Tantchen, daß die Bohnen nach Amarelo schmecken?"

„Nach Amarelo, Kind? Ja, wirklich."

Es klopfte an die Tür, so vertraut, als wartete der Klopfende gar nicht erst, hereingebeten zu werden. Es war Julieta, sie erschien im Unterrock.

„Wegen der Hitze."

Sie setzte sich auf das Bett und entblößte schamlos die Oberschenkel. Neugierig sah sie zu dem Herd hin, dann griff sie nach dem Kleid.

„Das riecht nach Schweiß, was, Linda?" Da sie keine Antwort erhielt, fuhr sie fort: „In diesem Bau wohnt aber auch Volk aus aller Herren Ländern ... Haben Sie schon auf die Nachbarin geachtet, die hinten wohnt, Dona Risoleta? Sie macht in Zeitungspapier, damit der Abort nicht überläuft. Ich wette, sie wischt sich nicht mal den Hintern ab. Und gebadet hat sie überhaupt noch nie."

„Sie ist eine arbeitsame Frau."

„Kein Wunder, sie muß ja ihren verkommenen Sohn ernähren. Ein junger Mann von neunzehn Jahren, fett wie ein Schwein ... Ein Faulpelz ist das! Den lieben langen Tag verbringt er mit den Huren in der Ladeira do Tabuão. Oder er hebt einen. Nach Hause kommt er nur, wenn er essen oder Geld haben will. Ist das eine Hitze, verdammt noch mal!" Sie ergriff den Unterrock und wedelte damit, um sich die Oberschenkel abzukühlen.

„Und dieses Kleid, was, Dona Risoleta? Sie hätten die Spanierin zum Teufel schicken sollen. Häßlich wie eine Schlange, und will ein Kleid wie für ein junges Mädchen. Sie will garantiert ihrem Léon Hörner aufsetzen. Wieviel zahlt sie denn?"

„Dreißig Milréis. Das ist die Miete für einen Monat."

Julieta ließ den Blick durch das Zimmer schweifen.

„Ein hübsches Zimmer! Aber dieser Schweißgeruch." Sie pfiff durch die Zähne. „Und dafür dreißig Milréis. Wenn ich mal einen reichen Liebhaber erwische, hau ich mit ihm ab. Ich möchte nur immer was Ordentliches zu essen haben und ein schönes Haus."

Die Hitze wurde immer schlimmer. Es war kurz vor Mittag. Dona Risoleta beugte ihre Brille über die Näharbeit. Linda trank Wasser und fuhr sich mit dem Handtuch über die feuchte Stirn. Über dem Bett hing ein Bild von der Ersten Kommunion.

„Ich hab's auf einen dollarschweren Spanier abgesehen. Wenn er mich will, laß ich mich mit ihm ein."

„Warum denn, Julieta? Sie könnten doch heiraten", riet Linda.

„Heiraten? Um Kohldampf zu schieben? Sind Sie aber einfältig! Davon hab ich genug. Selbst wenn ich alle noch kommenden Jahre zu essen habe, wiegt das nicht den Hunger auf, den ich durchgestanden habe. Sie denken nur ans Heiraten. Sie hoffen auf einen reichen jungen Mann mit Auto, nicht wahr?"

Linda antwortete nicht.

„Aber wir wollen nicht streiten. Nichts für ungut. Sie lesen Romane, daher haben Sie diese Flausen im Kopf. Sie haben eine gute Partie verdient, wirklich. Aber das ist so schwierig. Auf jeden Fall ... Aber ich warte nicht darauf, verstehen Sie! Für Wohnen und Essen geb ich unser Leben zu dritt auf. Was macht mir das schon aus!"

Von der São-Francisco-Kirche schlug es Mittag.
„Wollen wir essen?"
„Danke, meine Liebe, ich geh in mein Zimmer."
Dona Risoleta zog den Steinguttopf vom Herd. Die Hitze wurde immer drückender.
An der Tür wandte sich Julieta noch einmal um.
„Wie das hier draußen wieder stinkt!"
Ein Mann kam aus dem Abort und knöpfte sich die Hose zu. Er lächelte Julieta an.

2

Sie begann, die harten Bohnen und die Stücken Trokkenfleisch zu essen.
„Daran beißt man sich ja die Zähne aus ..."
Mit einem Messer, dessen Griff abgebrochen war, fischte sie ein Haar aus der Bohnensuppe. Angeekelt sah sie auf den Teller.

3

Sie zog das Kleid aus, warf einen Blick auf das Bild von der Ersten Kommunion und schlug das Buch „Môço Louro" von Macedo auf. Die feuchte Hitze lastete bleischwer auf ihr. Sie vertiefte sich in die Lektüre. Dann legte sie das Buch beiseite, sah das Bettuch an und dachte an alles mögliche. Eine Wanze lief an ihrem hübschen weißen Schenkel hinauf. Sie zerdrückte sie mit dem Fingernagel; das schwarze Blut hinterließ einen kleinen Fleck auf ihrem Bein. Für sie jedoch war er riesengroß. Sie schluchzte leise in das Kopfkissen und dachte an Julieta.
Dona Risoleta nähte jetzt auf der Maschine. Die Lungenkranke röchelte. Jemand öffnete die Aborttür.

Julieta rief: „Mach die Tür zu, das stinkt ja furchtbar nach Pisse.“

Die Sonne brannte auf die Dachziegel.

4

Die feuchte Hitze schmerzte wie Schläge mit knochigen Händen. Sie drang in das Dachgeschoß ein und lastete auf denen, die dort wohnten. Linda streckte sich auf dem Bett aus und spreizte die Beine. Ein eigentümliches Verlangen nach unbekannten Dingen erfaßte sie. Das monotone Geräusch der Nähmaschine, die Dona Risoleta unermüdlich in Bewegung hielt, hüllte sie ein. Sie legte das unnütze Buch beiseite und betrachtete ihre Patentante. Sie kam ihr seltsam vor, sehr abgemagert. Jetzt erst bemerkte sie, wie hager, verdorrt und klein sie war – das kleine, schlaffe Gesicht, die müden, hinter den Brillengläsern fast geschlossenen Augen. Sie schien allein aus Nerven zu bestehen, aber aus nutzlosen Nerven, die nicht mehr zu einer Regung fähig waren. Sie beugte den Kopf tief über die Maschine, man sah die weißen Haare, die die schwarzen bereits zu verdrängen begannen – wie eine schwache politische Partei, zu deren wenigen Mitgliedern sich neue Anhänger gesellen. Ein Schweißtropfen rann ihr über die Nase, sie erschrak. Fliegen summten im Zimmer, immer wieder ließen sie sich nieder und flogen gleich darauf weiter. Die Sonne war nicht zu sehen, doch sie war dauernd gegenwärtig, wie Gott. Dona Risoleta nähte unermüdlich, Lindas traurige Blicke folgten ihr. Bald würde sie sich entmutigt aufgeben und schließlich mit einem reichen jungen Mann schlafen, der sie vorbeigehen sähe und sich in sie verliebte; an einem wundervollen milden Sonnentag mit kühlem Lüftchen würde dann Hochzeit sein, eine lange Autokolonne, sie mit Kranz und Schleier in einem Kleid, das die Patentante ihr geschneidert hätte, und die Patentante in einem blauen Seidenkleid. Glücklich würden sie dann alle drei in einem Häuschen voller Möbel und Nippsachen leben, wie in dem vornehmen Haus von Dr. Valadares.

Der Hochzeitsmarsch endete mit einem langen Hustenanfall der Lungenkranken, der an Dona Risoletas zerrütteten Nerven zerrte; völlig durcheinander, hielt sie die Nähmaschine an. Als sie weiternähte, war es nicht mehr der Hochzeitsmarsch, sondern ein Foxtrott, den in einer regnerischen Nacht das Radio im Speisezimmer spielte.

Die Hitze machte das Atmen schwer und trieb Linda den Schweiß auf die Stirn.

5

Die Katze an der Tür spähte umher. Wenn die Hitze zu groß wurde, huschte sie die Treppe hinunter, ohne sich um die Ratten zu kümmern, die vor ihr flüchteten. Bei den Waschfrauen im Hof legte sie sich dann auf den Rasen. Sie tummelte sich im Gras, spielte mit zerknülltem Papier und erhielt Fußtritte von den Frauen, denen sie die zum Bleichen ausgebreitete Wäsche schmutzig machte. Wenn die Sonne gesunken war und das Licht anging, kehrte sie ins Dachgeschoß zurück, kroch durch ein Loch in der Tür ins Zimmer und wartete. Aufmerksam horchte sie auf die Schritte.

Als Severino kam, zog sie die Krallen ein und rieb sich an seinen Beinen. Der Schuster warf eine Broschüre auf das schmale Bett und nahm die Katze auf den Arm. „Zug!“

Er hob sie hoch. Zug miaute zufrieden. Er legte sie auf das Bett und kraulte sie am Bauch. Sie rollte sich ganz zusammen und kratzte mit ihren feinen Krallen an den schwieligen Händen des Mannes. Sie spielten miteinander, er umschloß die Katze mit den Händen, sie biß und kratzte.

„Zug, du schwarzer Kerl, komm, wir gehen essen."

Zug sträubte das schwarze Fell und reckte den Schwanz. Severino wickelte ein Päckchen aus. „Ich hab Schinken mitgebracht, Zug."

Die Katze sprang hoch, lief um ihren Herrn herum und miaute, bis sie das Stück Schinken erhascht hatte.

Nach der Mahlzeit zündete Severino eine Kerze an und schlug die Broschüre auf. Es war eine anarchistische Propagandaschrift. Er las, bis die Kerze heruntergebrannt war und allmählich erlosch.

Dann packte er die Katze und hob sie an das kleine Loch, das als Fenster diente. Sie betrachteten die Stadt, die in der Kolonialzeit gegründet worden war.

„Das muß alles vernichtet werden, Zug. Das ist alles falsch." Zug leckte sich die Nase.

„Du bist ein unanständiger Bourgeois, Zug."

Severino hatte gläubige große Kinderaugen, er sprach mit verhaltener und ruhiger Stimme, mit spanischem Akzent. Obwohl er erst vierzig Jahre alt war, hatte er schon viele weiße Haare. Er war groß und knochig und hatte einen schönen, kräftigen Kopf; über die Stirn zog sich eine Ader wie eine blaue, hervortretende Narbe.

„Die Pfaffen ... die Reichen ... alle ... vernichten."

Er zog das pechbeschmierte Hemd und die alte, an den Knien ausgebesserte Kaschmirhose aus, brachte Zug am Fußende des Bettes bequem unter und legte sich nieder. Der Kerzenstumpf verbreitete ekelerregenden Gestank.

6

Eine Dose Brillantine kostete in den Geschäften an der Baixa dos Sapateiros fünfhundert Reis. Er verzichtete lieber in der Bar „Elegante" auf die große Tasse Milchkaffee und ein Stück Brot als auf die Brillantine. Mit einem Finger nahm er ein wenig davon und rieb sie in sein glattes schwarzes Haar, das glänzte, wenn er es noch einmal gekämmt hatte. Eitel betrachtete er sich in dem kleinen Spiegel, der unter dem Bild seiner Mutter hing. Er ging im Zimmer auf und ab und blickte abwechselnd auf die Geige und in den Spiegel. Es war, als machte der billige Duft der Brillantine den Raum sauberer. Die Augen der alten Frau auf dem Bild schienen seinen Handbewegungen zu folgen.

„Carlos França e Reis. Großes Konzert. Der berühmte brasilianische Geiger spielt heute in Paris. Eintrittskarten sind seit einer Woche ausverkauft."

Stolz lächelten die Augen auf dem Bild. Er stellte sich davor.

„Dieses Konzert hat Carlos França e Reis die endgültige Anerkennung verschafft. Alles, was in Paris Rang und Namen hatte, lauschte diesem Zauberer auf der Violine, der aus Südamerika gekommen war und Europa in Erstaunen versetzte."

Wie ein Schüler, der sich mit Geographie und Ruhm befaßt, reiste er umher. Paris. Berlin. Wien mit seinen Walzern. Beifall. Rom. Die Menge erwartete ihn auf dem Bahnhof. Athen. Vereinigte Staaten. Junge Mädchen bitten ihn um Autogramme. Er übergeht die kleinen Republiken und trifft schließlich in Rio ein. Dort schreitet er neben dem Präsidenten der Republik dahin, der ihn, den Stolz des Vaterlandes, empfangen hat. Blumen. Scharen von jungen Mädchen. Konzert in der Stadthalle, im Frack.

Ansprachen. Hartnäckige Einladungen, unbedingt nach Buenos Aires zu kommen.

In den Augen auf dem Bild sieht Carlos Tränen, aber sie sind in seinen Augen. In der Ferne schlägt eine Uhr sechs.

Er steht auf, nimmt seine Geige und die Hefte mit Sambanoten und geht ins Café „Madrid", wo er in der Tanzkapelle spielt.

Dunkelheit breitet sich über das Bild und die Brillantinedose.

7

Nair trat ein. Sie war hochelegant und brachte feine Düfte in das Zimmer mit. Sie warf die Tasche auf das Bett. Julieta lief hin und öffnete sie. „Nur fünfzig Milréis?"

„Das ist ein seltener Vogel!"

„Und mit soviel Firlefanz."

„Ich hab ja gesagt, es lohnt nicht. Seit zwei Monaten ödet er mich an."

„Hast du nicht gesagt, daß er dir eine Kette geben wollte?"

„Eine Kette, goldene Armbänder, ich weiß nicht, was noch alles. Heut hab ich mich aus dem Staube gemacht. Du weißt ja, seit Oberst Miguel weg ist, sieht es mies aus. Dann hat mich der elende Kerl sogar noch zu Antônia gebracht."

„In dieses verkommene Haus..."

„Ich wollte was trinken. Er ließ ein Bier bringen. Dann gab er mir fünfzig Milréis." Erbost ahmte sie ihn nach: „Ein andermal geb ich dir mehr. Heute hab ich kein Geld bei mir... Ein andermal werd ich auch nichts kriegen."

„So ein Idiot!"

„Und ein Dreckkerl, meine Liebe. Ein Drecklappen, ein richtiges Stück Dreck!"

Sie ging ans Becken und wusch sich.

„Hier wirst du schon schief angesehen."

„Was kümmert's mich! Ich verdiene mir meinen Lebensunterhalt. Sollen sie sich doch zum Teufel scheren! Ich hab meine Arbeit verloren, weil ich nicht mit dem Chef schlafen wollte. Andere Arbeit hab ich nicht gefunden. Sollte ich dich und Júlia verhungern lassen? Ich geb das, was mir gehört. Die ärgern sich bloß, weil ich zwei elegante Kleider habe und Reispuder und Parfüm nehme. Treiben die sich nicht hier auf der Treppe rum? Das sind alles Huren!"

„Stimmt. Abgesehen von Dona Risoleta und Linda, sind sie alle keinen Pfifferling wert."

„Mit Linda wird's auch böse enden. Ein erzfaules Geschöpf. Sie hilft der armen alten Jungfer überhaupt nicht. Du wirst sehen, eines schönen Tages ..."

„Nicht so laut!"

„Mir kann es schließlich gleich sein." Sie puderte sich mit Reispuder.

„Gib mir mein Abendessen, Julieta."

„Wo willst du denn hin?"

„Ich will mit Oscar und einigen seiner Freunde zum Tanz nach Amaralina."

„Wer hat mich denn gehen lassen?"

„Halt den Mund, verflucht noch mal. Willst du dich auch zugrunde richten?"

„Willst du mich etwa auch zum Heiraten veranlassen wie Dona Risoleta? Ade, meine Liebe."

„Tu's wenigstens wegen Júlia. Wenn sie verheiratet ist, kannst du machen, was du willst. Aber wenn du jetzt auf die schiefe Bahn gerätst, verbaust du dem Mädchen vielleicht die ganze Zukunft."

„Aber die Geschenke von ihrem Verlobten, die zeigt sie nicht. Die ist ganz schön abgebrüht."

Nair hob die Tasse. „Wo ist sie denn?"

„Sie ist mit ihrem Verlobten weggegangen. Sie wollten etwas für die Aussteuer kaufen. Ich geh erst mal auf den Abort."

„So im Unterrock?"

„Warum denn nicht?"

Nair stellte die Tasse hin und rief zum Nachbarzimmer hinüber: „Dona Risoleta! He, Dona Risoleta!"

„Was ist denn, Dona Nair?"

„Könnten Sie mir mal eine Nadel und einen Faden leihen?"

„Leider nicht."

„Es dauert nur einen Augenblick. Ich möchte bloß einen Träger annähen, der abgegangen ist."

8

Es gab einen Raum für alle, in dem man sich das Gesicht wusch. In einer Ecke stand das Klosett, Zeitungspapier lag herum, und eine gelbliche Brühe rann von dort durch den ganzen Raum.

Vera drehte den Hahn auf, formte die Hände zu einer Schale und trank.

„Das Wasser ist lauwarm."

Sie grüßte Dona Risoleta.

„Guten Tag."

„Guten Tag, Vera. Wie geht's Ihrer Schwester?"

„Wie immer, Dona Risoleta, sie hustet und spuckt."

„Was sagt denn der Arzt?"

Vera blickte verlegen zu Boden. „Seit einem Monat kann ich den Arzt nicht mehr holen... ich hab kein Geld."

Dona Risoleta wollte etwas erwidern, fand aber nicht die richtigen Worte und schwieg.

„Und die Apotheke... Alles teuer... Gott allein weiß..."

„Wenn ich könnte, Mädchen... Aber es sieht ja so böse aus."

„Vielen Dank, Dona Risoleta. Ich weiß, daß Sie..."

Vera trocknete sich mit dem Kleid die Augen. Sie lief fast in ihr Zimmer, aber alle hörten sie schluchzen, denn das Dachgeschoß war klein mit seinen engen, fensterlosen Zimmern ohne elektrischen Strom.

Fremdländische Händler 1

Mit einem Ruck schleuderte er den Koffer mit den Kurzwaren auf das Bett. Vorher hatte er an seinen Schultern gehangen, auf denen die beiden rötlichen Lederriemen Spuren hinterlassen hatten. Anfangs waren sie sogar blutig gewesen. Heute nicht mehr. Seit zwanzig Jahren führte er dieses Leben, und er wunderte sich, wenn Leute gepriesen wurden, die fünf Sprachen konnten, denn er selbst sprach ja acht, von dem Hebräisch der Gebete Jehovas bis zu dem Chinesisch der Kneipen von Schanghai.

Vor vielen Jahren hatte er in Polen Kurzwaren verkauft. In Rußland war er vor der Oktoberrevolution als Revolutionär eingekerkert worden. Deutschland hatte er von einem Ende zum anderen durchquert, und im Weltkrieg war er Agitator unter französischen Arbeitern gewesen. Er hatte Japan erblühen und China altern sehen.

Und immer schleppte er seinen Koffer mit sich, der gefüllt war mit kleinen Dingen, die Frauen und Kindern Freude bereiteten, und mit Flugblättern, die die Arbeiter zum Streik aufriefen.

Er kannte Nordamerika mit seinen duldsamen Bürgern und seinen Millionären. Er verkaufte mexikanische Spezialitäten in Rio de Janeiro. In der Neuen Welt wollte er seinen schäbigen Koffer beiseite stellen und nicht mehr von Ort zu Ort ziehen. Er verstaute die letzten Flugblätter in einer Ecke und machte einen kleinen Taschenladen auf. Aber der Gewinn ging für neue Flugblätter drauf, und so hängte er sich, bankrott und verfolgt, den Koffer wieder über. Vor einem Monat war er aus der dritten Klasse eines Schiffes des „Lloyd" in Bahia an Land gegangen – sechzig Jahre alt, mit mehreren Gefängnisstrafen, beladen mit billigen Sonnenschirmen, falscher Seide, Puppen, Spielzeugautos, Schriften der Internationale und revolutionären Manifesten.

Da wohnte er nun im vierten Stock des Hauses Nummer 68 in der Ladeira do Pelourinho, mitten unter all diesen Menschen aus den verschiedensten und fernsten Ländern, wo nur er alle verstand, denn er allein war ohne Vaterland, ohne Gesetze, ohne Gott. Vor allem die armen kleinen Kinder im Haus liebte er sehr, und sein kleines Gesicht mit der übergroßen Nase wurde todtraurig, wenn sie, sobald sie ihn auf der Treppe erblickten, vor ihm ausrissen und schrien: „Da kommt der Jude." Er lachte nur – die Hausbewohner hielten das Lachen für zynisch –, als ihm Cipriano, ein schmutziger kleiner Neger mit intelligenten Augen, die Worte an den Kopf warf, die Ciprianos Mutter ihm beigebracht hatte: „Herr Isaac hat Gottes Sohn verkauft."

Herr Isaac verschaffte sich Ciprianos Freundschaft durch einen Revolver aus Schokolade; nun unterhielten sie sich häufig im Zimmer des Juden, in dem vom Mieter bis zum Knoblauchgeruch alles provisorisch war.

2

Schon auf den ersten Treppenstufen klapperten seine Holzschuhe so laut, daß die Leute durch diesen mörderischen Krach wach wurden.

Er trug eine Kaschmirhose, die an den Knien abgeschabt und am Gesäß geflickt war, und ein buntes Bulgarenhemd, von dem ein Zipfel aus der Hose heraushing. Das Hemd war vorn nicht zugeknöpft, die Ärmel waren bis an die Ellbogen hochgekrempelt, man sah die behaarte Brust und die dreckigen Arme.

Er war höchstens neunzehn Jahre alt, denn der Bart sproß erst recht spärlich an dem breiten Kinn. Das Haar hing ihm ins Gesicht und über die Ohren, denn er war ein Feind von Kamm und Friseur. Zwischen den Fingern mit den schmutzigen Nägeln hielt er eine Zigarette.

Toufik blickte lange auf den Fußboden und dachte an die Ladeira do Tabuão und an Anitas Zimmer.

Die Holzschuhe klapperten laut auf dem Fußboden des Dachgeschosses und weckten Julieta.

„Laß mich doch schlafen!"

„Willst du mit mir schlafen?"

„Schlaf doch mit deiner Mutter!"

Toufik klapperte den Gang entlang zu dem Zimmer, in dem er mit seiner Mutter hauste. Er stieß die nur angelehnte Tür auf und spähte in die Dunkelheit. Bald konnte er Einzelheiten erkennen. Die Mutter schlief in dem schmalen Junggesellenbett. In einer Ecke lag ein Berg schmutzige Wäsche. Der erloschene Herd schlief ebenfalls. Er trat ein und begann, sich pfeifend auszukleiden. Als er nackt war, spürte er die Hitze und den Gestank. Er hielt die Nase an die Achselhöhle und lachte breit. Dann rüttelte er die Alte. „Los, raus!"

Sie wurde nicht wach. Er stieß sie heftig an.

Sie rieb sich mit dem Handrücken die Augen und lauschte. Dann erhob sie sich ohne Widerrede und streckte sich auf der schmutzigen Wäsche aus. Sie sah ihren pfeifenden Sohn an.

„Was willst du denn, Alte?"

„Hast du wieder getrunken?"

„Was zum Teufel geht das dich an?"

Sie brummelte unverständliche arabische Wörter vor sich hin.

„Entweder du hältst die Schnauze, oder ich reiß dir die Zähne raus!" schrie er.

„Ich bin immer noch deine Mutter."

Die Lungenkranke hustete. Jemand rief: „Hör mal, hier sind Kranke."

„Erzähl das doch sonstwem!"

Er wandte sich zu der Alten um, die weinte und dabei von Allah und Mohammed zugleich die Cholera für ihren Sohn erflehte.

„Hör jetzt endlich auf, du Eselsweib! Sonst gibt's Hiebe."

Die Alte duckte sich auf der schmutzigen Wäsche. In dem stillen Zimmer hörte man dann nur noch Toufiks Schnarchen und das Wimmern der Alten. „Du mißratener Sohn! Du elender Kerl!"

Ein Regenschauer prasselte auf die alten Dachziegel, und durch die unzähligen Löcher drang das Wasser herein. Da stand die Araberin auf und suchte aus der schmutzigen Wäsche die beste Decke heraus. Sie wusch für reiche Herrschaften, und manchmal waren hübsche Bettdecken dabei. Sie nahm sie und wollte ihren Sohn ganz leise damit zudecken. Aber Toufik wachte auf und zog sie neben sich. Sie küßte ihn auf das Haar.

„Leg dich hierher, Alte."

„Nein, das reicht nicht für zwei."

„Doch. Leg dich her."

Sie blieben die Nacht über zusammen, küßten sich und baten einander um Verzeihung; schließlich schliefen sie eng umschlungen ein. Durch die offene Tür sah man Toufiks nackten Körper, auf dem die spitzen Zähne Anitas, der verliebten Prostituierten, ihre Spuren hinterlassen hatten.

3

Es war der 17. Dezember, ihr Geburtstag. Wie alt wurde sie eigentlich? Keiner wußte es, vielleicht mit Ausnahme der alten Frau, die in dem polnischen Dorf zurückgeblieben war. Auch sie selbst erinnerte sich nicht mehr. Jung war sie jedenfalls nicht mehr. Ihr Haar brauchte viel Ruß, um schwarz zu bleiben. Ihre Brüste waren schlaff, fast nur noch zwei Hautfetzen, ihre Beine weich und voller Krampfadern. An der Wand hingen ein Bildnis der Jungfrau Maria und ein Irrigator. Auf einem kleinen Tisch lagen Postkarten. Ihr Bräutigam war ebenfalls in jenem Dorf geblieben. Er war ein hübscher, stämmiger Bursche gewesen, der auf dem Lande lebte und sie auf den Festlichkeiten küßte. Als der Zuhälter sie mitgenommen hatte – wie lange war das her? Vielleicht dreißig Jahre –, lernte sie an Bord den argentinischen Millionär kennen. Sie wußte auch nicht mehr, wieviel er für ihre Jungfräulichkeit bezahlt hatte. Sie wanderte durch alle Bordelle Lateinamerikas. Sie war weit gereist und in ihrem Gewerbe perfekt. Nur an ihre Glanzzeit erinnerte sie sich. In Buenos Aires zahlte man ihr fünfhundert Milréis in der Landeswährung. Dann dreihundert. In Santiago stieg sie wieder auf fünfhundert. In Kabaretts sang sie kesse Lieder. Sie hatte eine Stimme wie ein Mann und helle Augen wie eine Bäuerin. In Cuba gab es hundert

Milréis und amerikanische Millionäre, in Rio de Janeiro hundert Milréis und schicke Pensionen. Fünf Jahre später hatte sie die Syphilis und war der Trunksucht verfallen. In Mangue liebte sie Seeleute für fünf Milréis, und blonde Deutsche erinnerten sie an ihre ferne Heimat.

In Bahia begann sie mit zwanzig Milréis, und jetzt war sie hier in einem Winkel dieses kosmopolitischen Gebäudes wieder bei fünf Milréis angelangt. Um zehn Uhr abends ging sie auf die Straße und machte Jagd auf einen Mann, der ihr das nächste Mittagessen bezahlen würde. Erst am Abend, als sie sich zum Ausgehen fertigmachte, fiel ihr das Datum ein, der 17. Dezember, ihr Geburtstag. In ihrem Heimatdorf – warum erinnerte sie sich nur daran? – wurde an diesem Tage gefeiert. In ihrem Hause wurde getanzt. Die Freundinnen brachten Geschenke, und ihr Verlobter küßte sie. Sie sang mit ihrer Männerstimme.

Sie ließ sich auf das Bett fallen und sah all diese Szenen wieder vor sich. Ihre Mutter lächelte glücklich. Ihre beiden Brüder liebten sie. Wie schön und ruhig war das alles!

Mit erloschener Stimme begann sie, ein fast vergessenes Lied zu singen.

Aber da dachte sie an den nächsten Tag. Sie zog sich an und puderte sich stark mit gewöhnlichem Reispuder. Dann machte sie sich auf den Weg.

Eine Stunde später kehrte sie zurück, begleitet von einem alten Neger, der einen steifen Kragen und am Finger einen Ring trug und sehr gesprächig war.

„Woher stammst du?“

„Frankreich“, log sie.

„Bist du krank?“

„Oh, Chéri, wo denkst du hin!“

„Ja, ich bin Lehrer, und mir obliegt es ...“

„Keine Angst, Chéri ...“ Sie löschte das Licht.

Als der Neger ging, steckte sie das Geld ein. Anfangs waren ihre Gedanken unbestimmt, verschwommen, doch bald sah sie ihre Geburtstagsfeier und das ferne Vaterhaus deutlich vor sich. Da kniete sie vor dem Heiligenbild nieder und bat um Vergebung für ihre Sünden. Dann überlegte sie. Sie war nicht schuld daran. Man hatte sie zu dem gemacht, was sie war. Sie forschte in sich nach etwas, was sich dagegen auflehnte, aber da sie nichts dergleichen spürte, warf sie sich auf das Bett, um zu schlafen.

Ballade 1

Innerhalb der Zimmer wurden mit Bretterwänden weitere Räume geschaffen. Die Bretter fügten sich nicht immer dicht aneinander, die Astlöcher hatte man mit Papier- und Stoffkügelchen verstopft. So hatte die Spanierin, die die vierte Etage gemietet hatte, aus den dreiundzwanzig Räumen neunundvierzig gemacht, die ihr ein schönes Stück Geld einbrachten.

Die drei Männer durchquerten das ganze Stockwerk. Im Eßzimmer begrüßten sie die Eigentümerin, Dona Luiza, die gerade Bohnen verlas. Sie stießen die Tür des letzten Raumes auf und traten ein. Der Neger setzte sich auf die Matratze und entdeckte gleich, daß das Loch verstopft war.

„Sieh mal an, Chico, Madame hat das Observatorium zugestopft."

„Verdammtes Frauenzimmer! Sie ist mißtrauisch!"

„Da sind wir unser Kino los."

Der mit den Raffzähnen spottete: „Ihr seid ja auch Schafsköpfe. Was hat es denn für einen Sinn, ein altes Weib heimlich zu beobachten, ohne mit ihr schlafen zu können?"

Der Rote war anderer Meinung. „Genießbar ist sie schon, bis auf ... Und da ich ja jetzt ganz und gar trokkenstehe ..."

Der mit den Raffzähnen zog sich aus, doch er hoffte vergebens auf eine frische Brise.

„Ist das heiß!"

„Hier kann man sich wenigstens hinlegen. Aber auf den Kais?"

„Eine jämmerliche Hitze ist das heute, was? Die Säcke sind wie Feuer."

Sie arbeiteten in den Docks, sie beluden und entluden Schiffe, die nach unbekannten Häfen gingen oder von dort kamen. Sie bewohnten gemeinsam das enge Zimmer, dicht zusammengedrängt schliefen sie auf der einzigen Matratze, die sie besaßen. Trotz der Hitze dachten sie nicht daran, ein Bad zu nehmen. Sie streckten sich auf dem Fußboden aus und atmeten schwer.

„Nicht mal mehr die Beine dieses dürren Weibsbildes kann man sehen."

„Laß doch die Alte in Frieden, Henrique."

Der Neger schwieg. Der mit den Raffzähnen meinte: „Ich habe erfahren, daß sie Spiritistin ist. Jeden Tag geht sie zu einer solchen Sitzung, um den Geist ihres Sohnes zu hören, der bei einem Straßenbahnunglück ums Leben gekommen ist. Er war Schaffner. Und die Alte ..."

Einige Sekunden herrschte Schweigen, dann sagte der Rote: „Ich kann mich an meine Mutter nicht einmal erinnern. Sie hat mich mit dem Alten auf den Kais gemacht, er war wortkarg und hatte eine schwere Hand. Ja, an die erinnere ich mich. Verdammt noch mal, ich hab manches abgekriegt!"

Augusto fletschte die Zähne. „Ich weiß Bescheid. Meine Mutter war Dienstmädchen. Mein Vater war der einzige Sohn der Familie. Eines Tages hat er Mama vernascht."

„Haben sie geheiratet?"

„Hast du schon mal erlebt, daß der Chef ein Dienstmädchen heiratet? Das gibt's nur im Kino. Das Mädchen flog auf die Straße. Als ich zur Welt kam, war sie mit einem Fuhrmann befreundet. Wie bei den Großen ging es zu. Er trank gern viel und kam bei einem Unfall um. Einen Monat später starb auch die Alte, ich glaube an ..." Er wollte sagen: Cachaça, aber er hielt sich zurück. „Ach, ich weiß nicht woran ..."

„Wie traurig ist das alles!"

Der riesige, kräftige Neger sah zum Küchenfenster hinaus. Er entstammte anderen Verhältnissen. „Bei mir war's wesentlich besser", sagte er lächelnd.

„Bist du kein Sklave gewesen, Neger?"

„Nein. Auch mein Vater nicht, wohl aber mein Großvater. Ich hab den Alten noch gekannt. Er hatte noch das Zeichen auf dem Rücken. Als er starb, war er fast hundert Jahre alt."

„Mit Verlaub!" Das war Isaac. Er tauchte immer auf, mit Flugblättern in der Tasche. Entzückt lauschte er der Kindheitsgeschichte des befreiten Negers.

2

Eigentlich erinnerte sich Henrique nur an drei Ereignisse, wenn seine Erinnerung auch bis in das siebente Lebensjahr zurückreichte. Ganz genau sah er noch die Straße vor sich. Das kleine Haus, in dem er wohnte, lag dicht neben einem großen Mietshaus am Anfang der Rua dos Quinze Mistérios. Es hatte nur eine schmale Tür und ein sehr breites Fenster. Zwischen Fenster und Tür hatte jemand mit roter Farbe, die inzwischen verblaßt war, eine Eins geschrieben. In Wahrheit war Nummer eins das große Mietshaus, wie das blinkende Schild über seiner

Tür besagte. In dieses Haus mit seinen Fenstern, seinen Mädchen und seinen Blumen gingen der Briefträger und die jungen Burschen. Das Haus dagegen, in dem Henrique wohnte, hatte gewissermaßen gar keine Daseinsberechtigung, es war nur ein Anhängsel der Straße. Von hier aus konnte man die Travessa dos Ramos de Queiroz und ganz hinten die Baixa dos Sapateiros mit ihrem Fußgänger- und Straßenbahnverkehr beobachten. Unter die bescheidene Nummer eins des Hauses hatte jemand einen tollen Namen gekritzelt. Der Vater hatte immer versprochen, ihn zu beseitigen, aber er hatte es nie getan. Erst im Laufe der Zeit verschwand er von selbst.

Heute ist dieses Haus ein hübsches Anwesen, unten mit einem Laden, in dem es Bananen und Apfelsinen gibt; aber es ist trotzdem niedrig geblieben, noch in Gelb, das allmählich grünlich wird, und noch heute hat es mehrere Fenster, Mädchen und Blumen, noch heute zieht es junge Burschen an und trägt weiter die Nummer eins.

Für die Bengel in der Rua dos Quinze Mistérios war jedoch das kleine Haus Nummer eins. Schmutzige Negerjungen, ausgekochte kleine Mulatten rannten die Straße entlang, verwickelten sich in manchmal blutig endende Schlägereien, ernteten mächtige Prügel, stahlen von den Auslagen Obst und schielten zu den großen, schimmernden Brüsten der Negerinnen hin, die ihnen freundlich zulächelten. Sie führten ein angenehmes Leben im Dreck der Straße. Für einen Groschen erledigten sie Botengänge. Sie hielten sich für frei – so ohne Schule und Erste Kommunion, ohne drückende Schuhe und tägliches Bad. Es war ein nicht immer sattes, dafür aber frohes, abwechslungsreiches Leben.

Das erste Ereignis, an das sich Henrique erinnerte, war die Verhöhnung des dicken Nachbarjungen Ângelo aus dem gelben Mietshaus.

Heute tat es Henrique leid. Neulich hatte er ihn wiedergesehen. Er war mächtig dick, ein Kaufmann, der Pakete aller Größen und Farben versandte. Er hatte eine hagere Frau und eine Kinderschar, die immer größer wurde.

„Der Arme. Ein komischer Kerl. Niemand kann an ihn denken, ohne lachen zu müssen. Ich glaube sogar, seine Frau schlägt ihn und die Kinder klatschen Beifall dazu. Der arme Ângelo, einer, auf dessen Kosten alle lachen."

Henrique muß lachen, ja, er lacht sogar aus vollem Halse, dabei möchte er ihn bedauern, möchte sein Geschick beklagen und kann es nicht. Er selbst hat keinen roten Heller, er schläft am Strand und angelt nachts, er schleppt manchmal Lasten in den Docks; trotzdem fühlt er sich ihm überlegen, er ist frei, die Welt gehört ihm, er ist Herr der Luft und Freund der streunenden Katzen und der Schatten der Bäume. Der andere ist Sklave seines Ladens, seiner Frau und seiner Kinder. Wer weiß, ob nicht gar Henriques Großvater noch Sklave von Ângelos Großvater war. Der Enkel jedenfalls ist nichts und niemandem als Sklave untertan.

So hatte man Ângelo ausgelacht. Er war damals neun oder zehn Jahre alt. Sein Vater war reich, ihm gehörten das gelbe Mietshaus, der Laden und ein riesengroßer grauer Regenschirm, den er nie aus der Hand legte. Der dicke Ângelo schritt bedächtig aus, als müßte er sich im Gleichgewicht halten. Er lächelte andauernd, es war ein ewig zustimmendes Lächeln. Seine Haut war so fein und rosig, daß er wie die in der ganzen Straße berüchtigte reiche Frau aussah, die in Nummer 22 wohnte und ein Luxushündchen besaß.

Gleich nach dem Einzug in das gelbe Mietshaus suchte sich Ângelo mit den Jungen anzufreunden, aber das waren schreckliche Burschen, die Raufereien und Schlägereien gewohnt und außerordentlich frühreif waren. Sie bedrohten Ângelo und machten ihm schmutzige Anerbieten. Er konnte nicht mit ihnen herumtoben, stahl nicht mit ihnen Bananen und Sapotifrüchte und hielt sich auch zurück, wenn sie nach den Brüsten der Negerinnen schielten. Eines Tages, als sie einer Negerin zusahen, die auf einem unbebauten Platz in der Baixa dos Sapateiros Wasser ließ, stellte sich Ângelo zwischen die Jungen – hier bewies er ein einziges Mal wirklich Mut – und sagte zu ihnen, das sei eine Sünde. Jesuíno, ein zarter kleiner Mulatte, der ein Gesicht wie ein Seidenäffchen hatte, aber wild wie kein anderer war, verstieg sich zu der unverschämten Bemerkung: „Du bist eben kein Mann! Ich hab gehört, daß du ..."

Ângelo wurde rot und weinte. Die Jungen sahen weiter der Negerin zu, und der arme dicke Ângelo trennte sich zur Freude seiner Familie endgültig von ihnen. Erst viel später erfuhren sie, daß Ângelo mehrmals Prügel bekommen hatte, weil er sich in so schlechter Gesellschaft bewegt hatte.

Trotzdem hatten sie ihn ausgelacht.

An einem sonnigen Sonntag war es, als er von der Ersten Kommunion zurückkehrte. Er kam mit seinem Vater, der den Regenschirm nie aus der Hand legte, seiner Mutter, die ebenfalls sehr dick war, und seinen drei liebebedürftigen Schwestern, die lockiges Haar hatten und hübsche Kleider trugen. Die Jungen standen oben an der abschüssigen Straße. Ângelo strahlte und preßte beide Hände fest zusammen. Mitten auf der Straße rutschte er auf einer Bananenschale aus, er fiel hin und machte dabei seinen weißen Anzug schmutzig. Da brachen sie in höhnisches Lachen aus. Henrique wußte nicht mehr, wie lange sie gebrüllt hatten; jedenfalls hatte Ângelo offenbar mehr wegen des Lachens als wegen seines Mißgeschicks geweint.

„Mein Vater wollte mich schlagen, Mama ließ das nicht zu. Sie stritten heftig miteinander. Mein Vater hatte Respekt vor den Weißen, Mama haßte sie."

3

Dann erinnerte sich Henrique noch – seine Stimme überschlug sich dabei vor Lachen –, wie er zum erstenmal eine Negerin hatte Wasser lassen sehen.

Dieses Geschehnis blieb ihm dank dem pittoresken Anstrich im Gedächtnis. Eines Tages sprachen sie darüber, wie die Menschen beschaffen sind. José Gogó hatte ein Schwesterchen bekommen, und sie waren in das Haus des freudigen Ereignisses gegangen, um sich das Kind anzuschauen. Aufmerksam beäugten sie die Schamteile und kombinierten das, was sie gesehen hatten, mit dem, was ältere Jungen ihnen erzählt hatten. So wurden sie sich völlig einig über das, was Mann und Frau unterscheidet. Nun blieb nur noch zu klären, wie die Frau Wasser läßt. Fast vier Tage diskutierten sie darüber, ohne eine befriedigende Lösung zu finden. Schließlich belauerten Henrique, Baldo und der Mulatte Jesuíno die Negerinnen, die am Strande pißten. Sie wählten sich als Opfer eine verrückte Alte, die singend Almosen erbettelte. Ihr folgten sie durch die Straßen. Sie sang ein Gemisch aus Gebeten und pikanten Liedern. Nach langer Wanderung näherte sie sich dem Strand. Die drei hinterdrein. Die Alte blieb stehen und schnüffelte zunächst auf dem Erdboden. Dann zeichnete sie mit dem Finger einen Kreis und tanzte ringsherum. Die Jungen beobachteten sie aufgeregt von ihrem Versteck aus. Ohne das Tanzen zu unterbrechen, hob die Alte erst das Kleid, dann das Hemd hoch; in einem großartigen Zeremoniell – es war beinahe wie eine gesungene Messe – trat sie drei Schritte vor und zwei zurück und hockte sich schließlich über der Mitte des Kreises nieder. Nun hörte sie zu singen auf. Die Jungen vernahmen ein Geräusch und sahen einen Wasserstrahl. Nach der Verrichtung zog sich die Alte schweigend zurück. Die Jungen stürzten sich auf den Opferplatz. Sie waren verblüfft. Der Kreis umringte geometrisch das übelriechende Wasser. Nicht ein Tropfen war darüber hinausgegangen. Sie betrachteten alles ganz genau und machten sich dann auf die Suche nach ihren Kameraden. Henrique hatte tatsächlich nie zuvor so viel diskutiert wie an diesem Tage. Unzählige Meinungen gab es über diesen Vorfall. Warum pissen die Frauen in einen Kreis, nachdem sie gesungen und getanzt haben?

Schließlich wurde Baldos Meinung akzeptiert: Machten sie es nicht so, dann führe ihnen der Teufel in den Leib. So wird der Teufel in den Kreis gebannt, und sie pissen auf ihn.

Sie waren ganz verrückt danach, eine andere Frau Wasser lassen zu sehen, und versteckten sich am Strand. Schließlich kam eine junge Negerin, doch sie tat es, ohne zu singen und zu beten. Baldo erklärte, sie hätte bereits den Teufel im Leib. Aber das konnte nicht stimmen, denn andere Frauen, die der jungen Negerin folgten, tanzten ebenfalls nicht. Sie waren enttäuscht, aber da erschienen ein Mann und eine Frau, und die machten es ganz anders. Sie taten es eng umschlungen und stöhnten dabei. Da standen die Jungen wieder vor einem Rätsel. Der Strand verdarb sie.

4

Das dritte Ereignis war Morena. Heute ist Morena ein ganz verkommenes Frauenzimmer, etwas für einen richtigen Mann. Aber Henrique schwor, daß Morena bereits damals, als achtjähriges Mädchen, eine Sünderin war. Sie hatte glattes Haar und mandelförmige, feuchtglänzende Augen, verteufelte Augen; wenn sie einen anblickten, war man zu allem bereit.

Da waren noch andere Mädchen: Francisca, die hübsche Tochter von Frau Rosa, Lilita und Rosinha. Aber er sah nur Morena. Die Mädchen waren immer mit den Jungen zusammen. Sie tollten mit ihnen umher und stahlen auch Obst mit ihnen. Die Jungen schielten nach ihren Oberschenkeln und zwickten sie manchmal. Einmal hatte Henrique Jesuíno geschlagen, weil der Mulatte Morena in den Oberschenkel kneifen wollte. Dann kniff er selbst. Und in einer dunklen Nacht urinierten sie eng umschlungen am Strand. Er meinte, das müsse recht angenehm sein – er wußte noch nicht, was es in Wirklichkeit war. Das Ulkigste war, daß er Morena sogar auf den Schenkel pinkelte. Dann sagte er: „Jetzt bist du meine Frau. Von nun an mußt du mir gehorchen."

So begann die Liebe. Er könnte ja auch sagen, daß sie in einer Mondnacht auf einer Parkbank mit Blumen und Harmlosigkeiten begann. Das würde sicherlich vielen gefallen. Aber so war es nicht, es wäre töricht, es so darzustellen.

Isaac meinte, das wäre trotzdem richtig, denn so eng umschlungen am Strand waren sie lyrisch und naiv. Der Jude lauschte dem phantasiebegabten, fröhlichen Neger mit strahlenden Augen, wie ein Ausländer einem Lied aus seiner Heimat lauscht.

Henrique und Morena fingen damit an, daß sie sich am Strand umarmten und einander bissen. Morena ... hübsche Kleine aus der Rua dos Quinze Mistérios ... Er küßte ihre Lippen, und beim Quadrillespiel wurde sie seine Frau. Nur so konnte es gewesen sein. Das war so hübsch! Sie drückten sich so gern aneinander, und Henrique tastete nach der Brust unter ihrem Kleid, die noch gar nicht vorhanden war.

Hinweis eines Negersklaven 1

„Für zwei Tostões, Tantchen."

Die Negerin füllte die Kanne mit Pubabrei. „Da, mein Junge."

Sie verstellte fast die ganze Tür mit ihren Blechbüchsen, die mit Brei und Munguzá gefüllt waren. Vor ihr stand ein bemaltes, mit einem weißen Spitzentuch bedecktes Brett, unter dem die Töpfe mit Acarajé und Moqueca aus Krebsen und die Tongefäße mit Pimenttunke aufgereiht waren. Die Negerin blieb hier, bis der Morgen graute. Dann hatten sich die letzten Neger und Mulatten zur Ruhe begeben; die Stadt schlief, die noch aus der Kolonialzeit stammenden Fenster waren geschlossen, und die Glocken der unzähligen Kirchen schwiegen. Das krause Haar der Negerin war bereits weiß, und sie kannte Geschichten, die so alt waren wie die Kirchen, Geschichten von der Sklaverei, von Ioiôs und Ioiás, von Sklaven und Mucamas. Die jungen Neger setzten sich im Halbkreis um sie, nicht etwa weil sie angelockt wurden von den Brüsten der Negerin, die aus dem offenen Hemd hervorsahen und einst fest gewesen waren, jetzt aber wie die Ketten und geweihten Skapuliere, die sie am Hals trug, hin und her schaukelten, sondern sie versammelten sich um den weiten Kattunrock, um den Geschichten der Alten aus vergangenen Zeiten zu lauschen. Es waren Hafenarbeiter, Fuhrleute, Fabrikarbeiter. Manchmal blieben auch Studenten stehen; sie gingen aber bald weiter, denn ihre Eltern waren jetzt reich, und sie wollten nicht daran erinnert werden, daß ihre Großeltern noch Sklaven gewesen waren. Heute waren sie es, die Neger, Mulatten oder Weiße als Sklaven auf ihren endlosen Tabak-, Kakao- oder Viehzuchtfazendas oder in ihren Schnapsbrennereien für sich arbeiten ließen.

2

Der Bettler ging schwerfällig die abschüssige Straße hinunter und zog dabei den dick in Lumpen gehüllten Fuß nach; er stützte sich auf einen Stock, den er auf dem Markt von Água-de-Meninos erworben hatte. Das Haar fiel ihm ins Gesicht; es war grau, keiner wußte, ob durch Alter oder durch Leid. In der Hand hielt er eine Käseschachtel, in die man die Almosen warf, unter dem Arm die zerknüllte Abendzeitung. Neben der Negerin blieb er stehen. Auch er wohnte in der 68 auf der Ladeira do Pelourinho. Wie die Ratten zahlte auch er keine Miete, denn er schlief unter der Treppe, eingerollt in eine schmutzstarrende Decke, die er seit zwei Jahren benutzte, ohne sie einmal gewaschen zu haben, obwohl die Urinlachen sie durchtränkt und die Ratten Löcher hineingefressen hatten.

Der Bettler wünschte der Negerin einen guten Abend. Er schleppte sich bis unter die Lampe des gegenüberliegenden Hauses und las die Zeitung. Den politischen Teil überschlug er, daran lag ihm nichts. Nur ein paar Meldungen aus Rio und den Polizeibericht las er.

Dann kehrte er zur 68 zurück. Dort unterhielten sich jetzt einige Neger und Mulatten mit der Frau und aßen Mingau und Acarajé. Sie hatten eine Gitarre bei sich, trugen Hemden mit Kragen und hatten Blumen hinter dem Ohr.

„Guten Abend."

„Guten Abend, Cabaça."

Cabaça ließ sich nieder und streckte die Beine aus. Der Lichtschein fiel auf den Fuß, so daß man die Wunden sehen konnte. Schweigend kratzte er sich die Beine.

Ein Mulatte fragte: „Viel Neues?"

„Fast nichts. In Rio streiken die Straßenbahnarbeiter."

„Das müßte hier in Bahia auch gemacht werden."

„Wenn es doch so wäre! Diesen Hurensöhnen von Amerikanern eins auswischen!"

Der Bettler wandte sich an die Negerin: „Entschuldige, bitte, die Hurensöhne, meine Liebe." Die Negerin lachte, und Cabaça fuhr fort: „Diese Grobiane sind wirklich keine Menschen mehr."

Er war Straßenbahnschaffner gewesen und hatte sich beim Abspringen den Fuß an einem Eisenteil aufgeschlagen. Einen Monat später konnte er nicht mehr arbeiten und wurde entlassen. Allmählich bereitete ihm der Fuß immer mehr Beschwerden, vielleicht weil es an ärztlicher Behandlung fehlte, vielleicht aus einem anderen Grunde; schließlich war er gezwungen zu betteln. Anfangs schimpfte er noch auf die Straßenbahngesellschaft, dann fand er sich damit ab. Wenn er sich darüber mit Isaac unterhielt, erhob er wieder Forderungen gegen das Verkehrsunternehmen.

„Du mußt unbedingt mit Isaac darüber sprechen."

„Jetzt arbeitet Álvaro Lima dort."

„Álvaro Lima? Wer ist das?"

„Ein guter Kamerad. Ich finde, solange der hier ist ..."

Zwei Polizisten kamen die abschüssige Straße herunter, wünschten eine gute Nacht und stiegen die Treppe hinauf. Sie wohnten im ersten Stock. Das Gespräch versiegte. Die Neger wünschten ebenfalls eine gute Nacht und entfernten sich.

Der Bettler nahm einen Becher Munguzá und kaufte

sich eine Portion Acarajé, zu der er aber keine Piment-tunke haben wollte. So machte er es jeden Abend.

3

Er breitete die Zeitung aus und legte sich darauf. Dicht daneben war eine Urinlache, doch das kümmerte Cabaça nicht, er war es gewohnt. Ganz leise pfiff er, auf eine besondere Weise, und achtete auf den Lärm, den die Ratten verursachten, die in der Dunkelheit über die Treppe huschten. Bald darauf vernahm er ein vertrautes Geräusch. Er pfiff ein wenig lauter, bis eine große, fette Ratte zu ihm kam.

„Guten Abend, Pelado."

Er strich der Ratte mit der Hand über den Rücken; sie war tatsächlich nackt und sehr fett, mit einem großen Schnurrbart, wie eine Katze.

Cabaça teilte den Acarajé in kleine Stücke, die die Ratte gierig verschlang. Eine Zeitlang strich er dem Tier über den Rücken, schließlich wurde es ungeduldig.

„Geh schlafen, Pelado."

Er ließ die Ratte los, und sie verschwand auf der Treppe. Cabaça rollte sich in seine Decke ein und schlief, ohne die Schritte der Männer und der Frauen zu hören, die hereinkamen und die Treppe hinaufstiegen.

4

Der Neger Henrique öffnete den Mund zu einem breiten Lächeln und rief der kleinen Negerin zu, die leichtfüßig vorbeilief: „Mein Engel, dich hat der Herr vom Guten Ende geschickt!"

„Der Engel ist die Mutter ..."

„... die dich zur Welt gebracht hat, meine Schöne."

Er nahm der alten Negerin die Kanne aus der Hand und trank zwei Schluck.

„Ist er noch warm, mein Sohn? Es ist noch ein kleiner Rest da."

„Ja, Tantchen. Gib mir mehr."

Als er genug hatte, sagte er: „Denkst du noch an die Geschichten, die du weißt, Tantchen?"

„Was für Geschichten?"

„Die Geschichten von der Sklaverei."

„Warum?"

„Du wirst sie alle vergessen."

„Wann wohl?"

„An dem Tag, an dem wir die Herren sind."

„Die Herren? Wovon?"

„Von allem hier. Von Bahia, von Brasilien..."

„Was heißt das, mein Sohn?"

„Die Herren der Straßenbahn, der Häuser, der Lebensmittel."

„Wann wird das sein, mein Sohn?"

„Wenn die Leute nicht länger Sklaven der Reichen sein wollen, Tantchen, und Schluß machen mit ihnen."

„Wer soll denn so mächtig zaubern können, daß die Reichen ganz arm werden?"

„Die Armen selbst, Tantchen."

„Aha, ich weiß schon! Cabaça und dieser fremdländische alte Händler sprechen dauernd davon. Eben haben sie sich auch wieder darüber unterhalten. Aber das wird nie geschehen, mein Lieber."

„Und warum nicht?"

„Der Neger ist nun einmal ein Sklave. Der Neger kämpft nicht gegen den Weißen. Der Weiße ist eben sein Herr. Ich kannte mal einen Neger, der es mit einem Weißen aufnehmen wollte. Das ist lange her."

„Der Neger ist frei, Tantchen."

„Ich weiß. Durch die Prinzessin Isabel in der Kaiserzeit. Aber der Neger respektiert den Weißen nach wie vor."

„Doch jetzt werden die Neger endgültig befreit, Alte."

Am Anfang der abschüssigen Straße sang ein betrunkener Neger das Lied des Sklaven:

„Xiquexique ist dornenvolles Holz,
Umburana ist Bienenholz,
die Krawatte des Ochsen ist das Joch,
der Rock des Negers ist die Peitsche."

Die Negerin lächelte. „Hörst du?"

„Ja. Man befreit den Neger."

Die Negerin nahm das Brett auf. Henrique half ihr, die leeren Büchsen daraufzustellen.

„Weißt du, was das Beste auf der Welt ist?" fragte sie.

„Was denn, Tantchen?"

„Rate mal."

„Die Frau."

„Nein."

„Cachaça."

„Nein."

„Bohnensuppe."

„Weißt du's wirklich nicht? Es ist das Pferd. Wenn es keine Pferde gäbe, würde sich der Weiße noch auf den Neger setzen."

Museum 1

Als die Lungenkranke oben einen langen Hustenanfall hatte, riß Sebastiana den Mund auf und schrie fürchterlich. Der mit den Raffzähnen, der gerade mit nackter Brust und schweißtriefend hereinkam, fragte sie: „Was ist denn los, Sebastiana?“

Da die Taubstumme ihn nicht hörte, fragte er sie noch einmal mit Gesten. Sie antwortete ebenso, zeigte zu dem Dachgeschoß hin, legte sich die rechte Hand auf die Brust und stieß Laute aus. Dann grunzte sie schrecklich wie einer, der erstickt, oder wie ein Kind, das der Schwarze Mann würgt. Wenn man sie so sah, hätte man meinen können, sie weinte, aber der mit den Raffzähnen wußte, daß sie lachte, daß die Leiden anderer ihr Genugtuung verschafften. Mit Gesten fragte er sie, ob sie kein Mitleid habe. Sebastiana schüttelte heftig den Kopf, nein, sie hatte kein Mitleid. Sie streckte die Arme vor, als wollte sie das ganze Haus umfassen, schlug sich mit den Händen an die Brust, ahmte das Husten der Lungenkranken nach und lächelte. So machte sie dem mit den Raffzähnen begreiflich, daß es sie mächtig freuen würde, wenn das ganze Haus Tuberkulose bekäme.

Der mit den Raffzähnen lächelte und kniff die Frau in die Wange. Sie bildete Laute, die ihre Freude ausdrükken sollten, und röchelte, als müßte sie ersticken; aber durch eine Handbewegung gab sie zu verstehen, daß sie ihm selbst nicht die Tuberkulose wünschte.

Aus dem dritten Stock kam das blaugekleidete Mädchen. Der mit den Raffzähnen dachte, daß sie trotz ihrer Schönheit wohl nur dieses eine Kleid besaß. Als er ihr in die Augen blickte, war ihm, als weinte sie. Er lehnte sich gegen das Treppengeländer, damit sie vorbeigehen konnte. Die Taubstumme drückte sich an die Wand. Als das blaugekleidete Mädchen neben ihr war, lachte sie unheimlich und lange wie eine Verlorene. Sie strengte sich dabei tüchtig an. Doch das blaugekleidete Mädchen stieg weiter die Treppe hinunter, ohne sich umzuwenden. Der mit den Raffzähnen packte die Taubstumme am Arm, bis ihr die Tränen in die bösen Augen traten. Sie lief weg und streckte zu einer obszönen Geste die Zunge heraus.

Der mit den Raffzähnen dachte: Sie verhöhnt meine Mutter. Mit einem Satz übersprang er die beiden Stufen, die ihn von Sebastiana trennten, und schrie ihr die Frage in die Ohren. Sie verstand ihn und stimmte mit strahlender Miene zu. Der mit den Raffzähnen hob die Hand, ließ sie aber wieder sinken, als er die Taubstumme ansah. Sie war eine kleine, hagere Negerin mit weißdurchzogenem Kraushaar und falschen, dämonischen Augen – Augen, die sprechender waren als alle Zungen im Haus.

Die Lungenkranke im Dachgeschoß hustete wieder; es war der verzweifelte Husten der Agonie, der das ganze Haus erschütterte und an den Nerven des Mannes zerrte.

Ich sehe ja fast wie eine Dame aus, sollte das Lächeln der Taubstummen sagen.

Doch von neuem überlief es ihn kalt, der Schweiß, der ihm über den Rücken rann, erstarrte. Die Taubstumme wollte lachen, sie stieß schreckliche Laute aus, ein entsetzliches, barbarisches Wimmern. Der mit den Raffzähnen stürzte die Treppe hinauf, er erschauerte, als hätte er das Wechselfieber.

2

Die Maschine hatte ihm beide Arme abgerissen. Erst den einen, dann den anderen. Als er den ersten durch Unachtsamkeit verlor, hatte ihm der Fabrikbesitzer aus Gefälligkeit einen Arbeitsplatz an einer anderen Maschine zugewiesen, mit weniger Lohn und gleich großer Gefahr. Wieder war er unaufmerksam, und die Maschine fraß den zweiten Arm. Der Chef meinte, es tue ihm leid, doch er gab ihm keinen anderen Arbeitsplatz. Das liebe Geld, das zu verdienen so viel Mühe koste, tue ihm weit mehr leid, sagte er. Und seinem christlichen Gewissen suchte er einzureden, daß dieser Mann ja ein Faulpelz sei und fahrlässig gehandelt habe. Nun müsse er selbst sehen, wo er bleibe, er habe es ja nicht anders gewollt. Sein Gewissen akzeptierte diese Entschuldigung, und so lebten sie weiter in Frieden. Schlimm war nur, daß die Fabrikarbeiter diese Entschuldigung nicht anerkennen wollten. Sie streikten, und im Laufe dieses Streiks wurden neun Arbeiter verhaftet und entlassen. Doch der Chef war erschrocken, und als die Streikenden die Arbeit wiederaufnahmen, zeigte er einen Anflug von Edelmut. Er teilte mit, er werde dem Krüppel zweihundert Milréis schenken.

Artur sah furchtbar aus, so rot, kahlköpfig und mit den beiden Armstümpfen. Cabaça versicherte ihm, daß er als Bettler genug Geld bekommen könnte, aber Artur war zu stolz, betteln zu gehen. Er brauchte nicht zu hungern, weil ihn seine Kumpel aus der Fabrik zum Essen nach Hause mitnahmen. So ging das eine ganze Weile. Eines Tages trat Artur eine Stellung bei einem ambulanten Händler an, dessen Waren sich schlecht verkauften und der von Arturs Äußerem hell begeistert war. Von nun an wohnte er mit dem Händler in einem Zimmer der 68, in dem sie zu dritt schliefen. Der Dritte im Bunde war eine harmlose Schlange, die tanzte und Ratten fraß. Sie schlief von den dreien am bequemsten in einem Kasten mit Messingdeckel. Der Händler stellte auf der Treppe Rattenfallen auf, um die Mahlzeiten der Schlange zu bestreiten. Artur, schweigsam und gedemütigt, haßte alle Leute, die Autos und Sklaven besaßen. In seiner Freizeit lauschte er dem Juden. Vorher hatte er dem spanischen Anarchisten zugehört, aber was der sagte, das befriedigte den Krüppel nicht. Er haßte auch den weißen Puder und die rote Farbe, die man ihm ins Gesicht schmierte, bevor er zur Arbeit ging; aber er mochte den fliegenden Händler gern, einen blassen, kränklichen jungen Mann von zweiundzwanzig Jahren, der mit ihm alles teilte, was er verdiente, und der obendrein den schneidernden Schwestern half.

Wenn Artur mit geschminktem Gesicht und bloßen Armstümpfen, die Schlange wie ein seltsames Halsband umgehängt, durch die Straßen zog, schrien die Gassenjungen hinter ihm her: „Armstumpf!" – „Einarm!"

Der Erfolg blieb nicht aus. Eine Gruppe Arbeitsloser umringte den ambulanten Händler. Sie klatschten der Schlange Beifall, foppten den Krüppel, und einige kauften die Wundsalbe und den besonderen Stein zum Säubern der Töpfe.

Wenn Artur abends groß und kahl, weiß und ohne Arme nach Hause zurückkehrte, erschien er den Liebespärchen auf der dunklen Treppe wie ein Gespenst, das den Qualen der Hölle entflohen war. Sie hatten Angst vor ihm.

3

Die Gassenjungen, die in der Ladeira do Pelourinho wohnten und sich auf der Baixa dos Sapateiros und auf dem Terreiro herumtrieben, lärmten zwar, wenn Artur mit seinen Armstümpfen nahte, aber das war noch gar nichts im Vergleich mit dem Gebrüll, das sie anstimmten, wenn oben auf der Anhöhe der zierliche, hagere Mann mit den tiefliegenden Augen und dem kleinen Gesicht in seiner Kaschmirhose, dem khakifarbenen Jackett aus Segeltuch und den großen Carlitoschuhen auftauchte. Von dem schmierigen Hemd war eigentlich nur noch die Brustpartie vorhanden, die er unbedingt unversehrt erhalten wollte; von dem steifen Kragen hing ein Stück knallrote Krawatte herunter, und auf dem Kopf trug er einen leuchtendblauen Hut. An seinem Arm baumelte ein zartfarbener Regenschirm, seine Waffe gegen die Bengel.

Sobald sie ihn erblickten, rannten sie hinter ihm her und schrien: „Pega pra capá! Pega pra capá!“

Der Lärm drang in die Häuser, und die Mädchen drängten sich wie bei einer Prozession an den Fenstern, sie lachten und kniffen einander. Auch die Männer lachten. Die Polizisten blieben stehen, um sich das anzuschauen. Die Bengel – Weiße, Schwarze, Mulatten, Araber und Spanier – umringten den Mann, der mit dem Regenschirm fuchtelte, um die Jungen wegzuscheuchen.

„Pega pra capá!“

Trotz des Regenschirmes zog sich der Kreis um ihn immer enger. Scharenweise kamen die Jungen von überallher, aus allen Gassen und Türen, und brüllten: „Pega pra capá!“

Er drohte gekränkt mit dem Regenschirm und rief: „Schert euch zum Teufel, ihr Hurensöhne! Elendes Volk! Gauner! Hornochsen! Schert euch zum Teufel!“

Der Kreis wurde immer enger.

„Pega pra capá!“

„Ich hab doch einen Namen, ihr verfluchten Schweine! Ich heiße Ricardo Bittencourt Viana! Zum Teufel mit eurem Pega pra capá!“

Die Jungen antworteten: „Pega pra capá!“

Die Mädchen an den Fenstern lachten. Auch die Männer und die Polizisten lachten. Der Spaß dauerte, bis er Mut faßte und sich mit dem geschwenkten Regenschirm einen Weg durch die Menge der Jungen bahnte, die abschüssige Straße hinuntereilte und seine hagere Gestalt auf der Treppe des Hauses 68 in Sicherheit brachte, noch immer begleitet von den Rufen der Jungen. „Pega pra capá!“

Steine trafen ihn an den Beinen und am Rücken.

„Schert euch zum Teufel!“

4

Als erste riefen auf dem Terreiro die Medizinstudenten. Er schlug einen großen Bogen, da er vor dieser täglich wiederkehrenden Szene Angst hatte, und bog rasch in die Straße ein. Mitunter tobten die Jungen weiter unten auf der Ladeira do Tabuão herum, dann hatte er eine Weile Ruhe. An manchen Tagen gelangte er sogar unbemerkt bis an die Haustür von Nummer 68. Im allgemeinen jedoch schlug ein Kleiner bereits Alarm, wenn er auch nur einen Fuß auf die Straße gesetzt hatte: „Pega pra capá!"

Oben von der Straße aus sah er die Bengel auf sich zukommen. Anfangs staunte er, daß es hier so viele Jungen gab, vielleicht hundert, vielleicht sogar zweihundert. Sie näherten sich ihm. Er wollte zurückweichen, aber die Medizinstudenten hetzten die Bengel auf und versperrten die Straße. Er wurde wütend und hieb mit dem Regenschirm um sich. Er wäre glücklich gewesen, hätte er einen Jungen erschlagen können. Als einer von ihnen an Sumpffieber starb, freute er sich im stillen. Seine Wut konzentrierte sich vor allem auf einen Jungen, den Sohn eines Arabers, der den Spitznamen Zèbedeu hatte; dieser Bursche hatte ihm eines Abends einen Stein an den Kopf geworfen. Pega-pra-capá sah ihn, der die anderen Jungen anführte, auf sich zukommen. Während er mit dem Regenschirm um sich schlug, sann er auf furchtbare Rache. Er wollte ihn lebendigen Leibes verbrennen sehen, die Flammen sollten an diesem feisten Körper lecken. Wie Öl sollte er mitten in die Flammen fallen. Er versuchte, Zèbedeu mit dem Regenschirm zu treffen, und rief: „Du dreckiger Ausländer! Du Hurensohn von einem dreckigen Ausländer!"

Je dichter der Kreis wurde, um so größer wurde seine

Wut. Er hätte am liebsten einen totgeschlagen oder geweint. Er sah die Polizisten an, die gleichmütig dabeistanden. Er haßte sie.

„Hurensöhne! Hurensöhne! Hierzulande hilft einem nicht mal die Polizei."

Plötzlich wurde er irrsinnig. Wild mit dem Regenschirm um sich schlagend, bahnte er sich einen Weg durch die Meute der Jungen und rannte davon.

„Pega pra capá!"

„Kastriert doch die Hure, die euch geboren hat!"

Als er in seinem Zimmer war, stellte er den Regenschirm in eine Ecke, hängte den Hut an einen Nagel, zog das Jackett aus und legte es sorgfältig auf dem Bett zusammen. Dann räumte er seinen Koffer auf, einen alten Lederkoffer, der seine Schatzkammer und sein ein und alles war. Vielleicht zwanzigmal am Tage räumte er ihn um, holte das wenige hervor, das er besaß, und legte es an eine andere Stelle, unermüdlich und glücklich. Die Jungen und der Spottname waren vergessen.

Geschlecht 1

Den ganzen Tag über schwitzten die Männer bei ihrer schweren Arbeit auf den Kais oder bei dem Dienst auf der Straßenbahn, wo sie von Trittbrett zu Trittbrett springen mußten, um das Fahrgeld zu kassieren; trotzdem hatten sie nicht immer Geld für das Essen, und schon gar nicht, um eine Frau zu bezahlen. Zwar waren sie auf der Ladeira do Tabuão und der Ladeira do Pelourinho nicht allzu teuer – fünf Milréis für die vornehmeren und anderthalb Milréis für schmutzige junge Negerinnen und siebzigjährige Polinnen. Und die Männer hatten keine Angst vor den Gefahren der Straße. Im Gegenteil, der

Neger Henrique versicherte ausdrücklich: „Ein Mann, der wirklich einer sein will, muß Cachaça trinken, im Knast schlafen und den Tripper haben."

Fast alle hatten chronischen Tripper. Sie hatten sich an ihn genauso gewöhnt wie an die Ratten auf der Treppe oder an den Schweißgeruch, der das ganze Gebäude erfüllte. Aber wenn es an Geld fehlte und die Arbeit seltener wurde, dann stiegen sie auch seltener in der Ladeira do Tabuão ab. Bei solchen Besuchen ging es immer stürmisch zu; es gab entweder Krawall und Verhaftungen oder Saufereien mit Gitarrenspiel und Gesang. Dann sielten sie sich auf den Pritschen, Matten und Matratzen. Sie spürten, wie ihnen in der Hitze der lauen Nacht der Schweiß herunterrann. Der Schlaf ließ auf sich warten, und kam er endlich, so träumten sie von weißen Frauen und sexuellen Genüssen, die ihnen, wenn sie aufwachten, nur einen schweren Kopf und eine verlorene, von der Wirklichkeit weit entfernte Phantasie hinterließen.

In solchen Nächten gingen sie auf die Suche nach Frauen, so wie nach zehn Uhr abends die Freudenmädchen Männer suchten, die ihnen das Mittagessen für den nächsten Tag bezahlten.

In der Nummer 68 gab es viele Dirnen und viele Männer, die sich eine Frau auf der Straße suchten. Die Männer wußten, daß die Frauen nicht umsonst mit ihnen schlafen konnten, aber sie hatten kein Geld, um den Frauen das Mittagessen zu bezahlen.

Sie gingen aus, um Köchinnen und Serviererinnen zu erobern; sie waren durchaus bereit, sich mit ausschweifenden Polizisten zu messen. Wenn sie schließlich nach langem Suchen in der ganzen Stadt eine Mulattin gefunden hatten, die bereit war, wandten sie sich dem Strand am Hafen zu, denn diese Frauen betraten nie die Räume der Nummer 68, um nicht verdorben zu werden.

Manchmal trafen die Männer, die zurückkamen, weil sie nichts gefunden hatten, auf der Treppe die Frauen, die ebenfalls erfolglos gewesen waren. Man sagte einander gute Nacht. Wenn ein ganz Ausgehungerter eine Frau mit der Absicht zu sich einlud, sie zu prellen, dann lehnte sie dankend ab, ohne zu unterlassen, ihn anzulächeln, was ihn dann noch mehr in Wallung brachte.

Sie machten ihre Witze über den schlafenden Bettler: „Du hast's gut, Cabaça, schläfst eben mit der Ratte."

2

Der Deutsche hieß Franz und war Sakristan in einem Kloster gewesen. Der Neger, den man Medonho nannte, verkaufte den Tag über Obst.

Franz wohnte im dritten Stock, Medonho hinten in der Mietskaserne.

Wenn der Appetit nach einer Frau zu groß war und die Serviererinnen immer seltener wurden, kamen die Männer zu diesen beiden, einige widerwillig, andere lächelnd. „Ich hab's verteufelt lange ausgehalten", meinten sie.

Franz war nicht leicht zu haben, denn er verdiente gut, er gab kleinen Mädchen aus der Umgebung Klavierunterricht. Man mußte ihn regelrecht erobern, Tag und Nacht umwerben, um Zugang zu seinem sauberen Zimmer zu erhalten, in dem es Obst, Postkarten und Heiligenbilder wie im Zimmer einer Dirne gab. Der einzige Unterschied bestand darin, daß Franz die Männer bezahlte, die zu ihm kamen. Schlimm war jedoch, daß er sich gern anfreundete und nur mit einem einzigen abgab. Wenn man ihn verließ, dann weinte er. Die Männer mochten das nicht. Das feste Verhältnis mit einem Mann war nicht nach ihrem Geschmack. Ihn einmal aufzusuchen, wenn man es allzu lange hatte aushalten müssen, das mochte noch angehen. Aber sich mit ihm anfreunden... Nur wenn jemand arbeitslos geworden war, wenn der Hunger an seine Tür klopfte und die Wirtin davon sprach, ihn an die Luft zu setzen, dann begann der Arme, um Franz zu werben, ihn zu umschmeicheln, als wäre er eine deutsche Blondine, wie sie sie vom Kino her kannten.

Medonho dagegen war viel liberaler. Von einer bestimmten Stunde an stand sein Zimmer allen offen, denen Geld oder eine Frau fehlte.

Obwohl er schmutzig und häßlich war, wulstige Lippen und eine platte Nase hatte, waren manche des Lobes voll über ihn.

Außerdem bot er seinen Verehrern Bohnensuppe und einen guten Tropfen an und sang Sambas und moderne Märsche. Er bekam weder Geld, noch gab er welches. Franz, „dieser schmutzige, perverse Deutsche", ekelte ihn an.

Vielleicht sagten deshalb die vor der Haustür sitzenden Männer nichts und witzelten auch nicht, wenn Medonho mit seinem Obst vorbeiging. Er hatte feste und gute Kunden. Kam jedoch der Deutsche in seinem alten, aber sauberen blauen Kaschmiranzug vorbei, dann pfiffen sie und riefen: „Gauner! Gauner!"

3

In Nummer 55 wohnte auch ein Homosexueller. Er hieß Machadinho. Er wusch weiße Segeltuchanzüge. Aber dieser Mann gehörte zu einem anderen Haus, und die Männer der Nummer 68 ließen sich nicht mit ihm ein.

4

Eines Nachts lehnte sich Cosme, der erfolglos eine Frau gesucht hatte, nach der Rückkehr an das Treppengeländer. Mitternacht war bereits vorüber, und die Negerin, die Acarajé verkaufte, machte sich zum Aufbruch bereit. Cosme erzählte ein bißchen, wobei er sich noch immer anlehnte, ihm fehlte die Kraft hinaufzusteigen.

Die Frau kam langsam daher. Auch sie hatte keinen Mann gefunden, und jetzt dachte sie nur noch an das Bett, in dem sie ausruhen konnte. Am anderen Tag würde sie für das Essen fünf Milréis von der Französin aus dem zweiten Stock borgen, die an diesem Abend einen vornehmen Oberst aufgegabelt hatte.

Cosme sagte: „Gute Nacht."

Sie erwiderte den Gruß und stieg die Treppe hinauf. Cosme folgte ihr. Sie konnten einander im Dunkeln nicht sehen, aber die Frau hörte die Schritte des Mannes hinter sich.

„Ich möcht mit dir schlafen."

Sie wußte, daß er kein Geld hatte. „Nein, mein Lieber, ich bin müde."

„Aber du hast doch keinen Mann gefunden."

„Was hat das damit zu tun?"

„Ich zahle."

Sie lachte gutmütig. „Du hast ja kein Geld! Schlagfertig bist du ... wo du doch keine Arbeit hast ..."

„Halt den Mund! Ich hab dir gesagt, daß ich zahle."

„Laß mich."

Er wollte sie an Ort und Stelle packen, zu Boden werfen und sich Befriedigung verschaffen. Er war ja kräftig, sie würde sich nicht wehren können. Er hob die Arme, ließ sie aber gleich wieder sinken. „Geh nur. Ich hab dich angeschwindelt."

Die Frau betrachtete die Laufmasche an ihrem Strumpf und fragte ihn mitleidig: „Du hast wohl lange keine Frau gehabt?"

„Zwei Monate."

„Das ist scheußlich, nicht?"

„Und ob!" Er sah zu Boden und fügte hinzu: „Aber jetzt geh, sonst krieg ich noch mehr Lust. Ich ..."

„Du bringst es fertig, mich am Handgelenk zu packen, was?"

„Du machst dich lustig über mich. Gute Nacht."

Sie hielt ihn zurück und strich ihm mit der Hand über das Gesicht. „Hör zu, Kleiner. Ich nehm dich. Aber nur heute. Und hier auf der Treppe. Wenn du in mein Zimmer mitkommst, dann will es jeder umsonst haben. Jeder weiß doch, daß du kein Geld hast."

Sie hob den Rock und lehnte sich zurück.

5

Toufik streckte sich auf dem Bett aus. Er dachte an Anita, die weggefahren war und ihn allein gelassen hatte. Doch er brauchte mit seinen lasterhaften neunzehn Jahren ganz dringend eine Frau. Die nächtliche Hitze, die ihn nicht schlafen ließ, erregte ihn. Er stand auf und kühlte sich den Kopf in dem Wassertrog, der im Dachgeschoß stand. Er spuckte aus und ging zurück. Er bemerkte, daß die Oberschenkel seiner Mutter entblößt waren. Zuerst war er entsetzt. Doch dann zögerte er nicht länger, sondern legte sich neben die Alte. Er preßte sich gegen die bloßen Beine, wie er es jeden Tag tat, aber in dieser Nacht schlief er fast gar nicht, er rieb sich nur an der schnarchenden Mutter.

6

Die Männer waren meist hemmungslos, wenn ihnen eine Frau fehlte. Sie nahmen die kleinen Negerinnen gewaltsam, um Befriedigung zu finden. Mancher saß deshalb im Gefängnis.

Die Neger dagegen blieben auch dann zartfühlend, ja sogar poetisch. Der Neger Henrique hatte ein eigenes Verfahren, sich Mulattinnen zu erobern.

Die Uhr schlug elf, als er vor der finsteren Kathedrale auf die Serviererin stieß.

„Wo gehst du denn hin, schönes Kind?"

Stolz, ohne zu antworten, lief sie weiter. Der Neger folgte ihr, wiegte sich in den Hüften und machte Witze. Die Mulattin aber blieb unnahbar. Da holte er sie ein und sagte vorwurfsvoll: „Sei doch nicht so hochmütig. Mama war auch hochmütig, und Papa hat sie geheiratet."

Die Mulattin lächelte, und er blieb an ihrer Seite. Sie unterhielten sich über alles mögliche. „Wollen wir schlafen, ohne zu träumen?"

Sie gingen hinunter zu den Hafenkais.

Zerstreuungen

1

Die großen Kinos waren für sie geschlossen, ebenso die Vergnügungslokale mit den feinen Getränken, so blieb ihnen nur das Kino „Olímpia" an der Baixa dos Sapateiros, wo neben Tonfilmen ganz alte Streifen geboten wurden. Das machte ihnen nichts aus. Wie die Kinder liebten diese verschwitzten Männer vor allem Cowboyfilme, in denen der junge Held bei der Eroberung der hübschen jungen Mädchen und des Goldes im amerikanischen Westen dem Banditen ordentlich das Fell gerbte.

Sie sahen sich alle Fortsetzungen an, kommentierten die einzelnen Passagen und unterhielten sich darüber.

Die Phantasie der Arbeiter, vor allem der Neger, akzeptierte widerspruchslos und ohne darüber nachzudenken die verrücktesten Abenteuer, die Flucht aus der Realität in diese Filmserien.

Wenn die Kinder der Weißen bereits an diesen übertriebenen Kraftakten und Zufällen zu zweifeln begannen, so lächelten die erwachsenen Neger noch immer leichtgläubig, und wenn jemand lautstark seine Zweifel anmeldete, dann diskutierten sie, behaupteten, daß so etwas doch möglich sei, und erzählten Fälle, die als Beweis dienen sollten.

„Hast du Justino gekannt? Dieser Neger hat einen Ochsen mit einem Faustschlag getötet. Und mit einem Bein hat er ein Auto angehalten!"

„Dabei hat er sich nicht das Bein gebrochen?"

„Aber nein, nur ein bißchen verrenkt. Wie ein Stück Vieh hat das Auto gehalten und ihn ganz verdutzt angeguckt."

Der Neger fand kein Ende. Die Umstehenden hörten teils beeindruckt, teils lächelnd zu. Als der Erzähler schließlich müde war und schwieg, ergriff ein anderer das Wort und spann den Faden weiter. Bis zu jenem Abend hatte er Justino überhaupt nicht gekannt, aber seine Phantasie brannte lichterloh.

„Und wißt ihr, was er einmal im Zirkus angestellt hat? Es war kurz nach der Sache mit dem Auto, bei der er sich das Bein verrenkt hatte. Ein riesengroßer Zirkus kam nach Barbalho, ein Zirkus mit einem Dreimastzelt, mit einem Clown und großartigen wilden Tieren: fünf Löwen, einer Riesenschlange, einem Kaiman, Tigern und allen möglichen anderen. Ich war damals noch klein und schlich dem Clown hinterher, um ohne Geld reinzukommen."

Er holte Luft, blickte seine Zuhörer an und lächelte.

„Bei der ersten Vorstellung war alles hell erleuchtet. Die Ränge waren brechend voll. Die Blaskapelle spielte, und die Besucher schrien. In den Logen saßen vornehme Leute. Es gab alles – purzelnde Clowns, eine junge Seiltänzerin, einen chinesischen Feuerschlucker. Dann wurde ein riesengroßes Gitter aufgebaut. Da hinein kamen alle Raubtiere. Der Dompteur, ein rotblonder großer Mann wie Chico, trat ein und reizte sie. Dann kehrten alle in den Käfig zurück. Dann ließen sie einen furchterregenden Löwen hinter das Gitter. Er war so groß wie ein Elefant. Jeder Zahn war so groß wie mein Finger. Eine Frau wurde ohnmächtig, als er brüllte. Diesmal ging der Dompteur nicht in den Gitterkäfig, sondern er hielt eine Ansprache. Er machte darauf aufmerksam, daß dieser Löwe, ein König im afrikanischen Busch, erst vor kurzem gefangen worden sei. Ein Dompteur habe einmal den Gitterkäfig betreten, da habe er ihn sofort aufgefressen. Keiner konnte ihn zähmen. Der Zirkusdirektor bot dem, der sich da hineinwagte, zwei Contos. Der Löwe lachte sogar. Da . . .“

Soviel Publikum hatte nicht einmal ein Fortsetzungsfilm. Der Erzähler hielt inne, um die Wirkung seiner Worte zu genießen.

„Da waren alle sprachlos. Der Löwe lachte. Der Dompteur zitterte. In diesem Augenblick rief Justino vom Rang herunter, er wolle in das Gitter hinein. Ich stand ganz nahe bei ihm. Die anderen hielten ihn fest und wollten ihn nicht fortlassen, aber er warf vier Mann mit einem Arm zu Boden, sprang mitten in den Zirkus, öffnete die Eisentür und betrat den Raubtierkäfig.“

„Ohne Waffe?“

„Ja, ohne Waffe. Das war ein Kerl! Er trat ein, und als der Löwe ihn angriff, da packte er das Tier am Hals und drückte zu ... Alle Leute waren aufgesprungen. Er drückte, drückte ... Da warf sich der Löwe zur Seite und steckte weit die Zunge heraus. Als er sich wieder erhob, leckte er Justino die Füße."

„Und die zwei Contos?"

„Ach ja, die zwei Contos ..."

Da folgte eine weitere Geschichte, die wieder eine andere nach sich zog, und so fort. Als sich die Runde auflöste, glaubten alle an diese Märchen, auch jene, die sie erzählt hatten.

2

Dienstags beeilten sich die Frauen immer mit der Arbeit und sangen fröhlich wie an Festtagen. Der Dienstag war in der Tat ein Festtag. Das Kino „Olímpia" gab eine Soiree mit freiem Eintritt für die Mädchen und einem zwar nicht auserlesenen, aber langen Programm von achtunddreißig Nummern. Ein richtiger Filmsalat, von allem etwas. Wochenschauen, die schon drei Jahre alt waren, verstaubte Lustspiele, die dem Kino gehörten und jede Woche an diesem Tage vorgeführt wurden. Die Frauen fanden immer wieder Vergnügen daran, sie hatten vergessen, daß sie eine Woche zuvor über dasselbe Lustspiel gelacht hatten. Sie sahen Cowboyfilme, die tollsten amerikanischen Reißer und Teile aus Fortsetzungsfilmen.

Außer den Prozessionen hatten sie keine Zerstreuung. Jeden Dienstag hörten sie beizeiten zu arbeiten auf, denn die Vorstellung fing bereits um sechs Uhr an, und sie wollten nichts verpassen. Sie strömten in das Kino, die Straßen waren voll von ihnen, sie lachten und hatten ihre besten Kleider angezogen. Manche brachten ganze Scharen von Kindern mit, die auf den Straßen um die Wette liefen und nicht auf das Geschrei ihrer Mütter und die Flüche ihrer Väter achteten. Alle genossen das Gedränge vor dem Eingang, und die jungen Mädchen begannen zu flirten.

Mancher andere hätte an den Wanzen, den Flöhen, der Hitze und dem Geruch nach Schweiß und Negern in dem Kino Anstoß genommen. Sie nicht; denn all das hatten sie ja auch in der Nummer 68, das waren sie gewohnt.

3

Am nächsten Morgen standen sie wie immer um fünf Uhr auf. Und bei ihrer Arbeit, beim Wäschewaschen, beim Ausbessern und Hemdenbügeln erinnerten sie sich an die Filme, die sie am Abend zuvor gesehen hatten, und mit viel Vergnügen redeten sie darüber. Die Jüngsten unter ihnen hatten einen bitteren Nachgeschmack. Sie alle träumten von einem reichen Ehemann, denn sie haßten das tägliche Einerlei mit viel Arbeit und wenig Brot. Dort im Film, das war doch ein anderes Leben, mit großen Autos und schönen Kleidern, ein Leben, das sie nur vom Kino her kannten. Wenn sich jedoch eine von ihnen mit einem reichen jungen Mann einließ, dann beneidete sie niemand. Jeder wußte, das Glück würde nur kurze Zeit dauern. Schon bald würde sie wieder dasein, und wenn sie zurückkam, hatte sie das Wäschewaschen verlernt. Dann würde sie sich nach zehn Uhr abends Männer suchen und Cachaça trinken, bis das Krankenhaus sie aufnahm.

4

Das Krankenhaus bot für die Bewohner des Hauses und der Straße eine weitere Zerstreuung. Sie fürchteten es. Wenn die Leute vom Krankenhaus die Straße herunterkamen, dann holten sie stets einen von ihnen, der nur selten wiederkehrte. Sobald sie das straßenräumende Signal des Autos hörten, eilten sie ans Fenster und ließen die Arbeit einen Augenblick liegen. Und wenn der Wagen vor einer Haustür anhielt, dann liefen sie auf die Straße hinunter. Sie wischten sich die Hände an den Kleidern ab, versammelten sich um den Wagen, fragten und machten ihre Bemerkungen.

„Wer war's denn?"

„Eine Hure."

„Woran ist sie denn gestorben?"

„Tot ist sie noch nicht, aber es sieht schlimm aus."

„Was hat sie denn?"

„Eine Allerweltskrankheit. Es soll Krebs sein."

Eine dicke Portugiesin meinte: „Mit solchen endet's immer so."

„Rede nicht so, zum Teufel noch mal. Sie mußte doch leben!"

„Ich kann sagen, was ich will."

„Gerade als ob du nicht auf den Strich gehst."

„Das ist meine Sache."

Eine andere sagte: „Wenn bei uns jemand krank ist, bleibt er zu Hause. Sollte er sterben, dann stirbt er wenigstens bei seinen Verwandten und nicht unter Fremden."

„Sehr richtig, Gevatterin. Aber manchmal braucht man Arzneien, und dort bekommt man sie."

„Meinst du? Einen Dreck bekommt man! Frag nur Raimunda."

Man suchte die kleine Mulattin, und sie erklärte ihnen: „Ich war zwanzig Tage dort. Ein Wunder, daß ich nicht gestorben bin. Ich hab Kohldampf geschoben. Arzneien? Der Krankenpfleger will einen nur betatschen, davon wird einem kaum besser."

Die Kranke wurde vorbeigetragen.

„Hier soll sie Krebs haben." Eine zeigte auf den Magen der Nachbarin. „Da drin."

5

Bei Hochzeiten oder Taufen ging es hinten in der Mietskaserne lustig zu mit Gitarren und Cachaça. Manchmal endeten die Feiern in Raufereien und Messerstechereien, so daß die Polizei eingriff.

Aber das war verhältnismäßig selten. Es geschah eigentlich nur, wenn jemand zuviel getrunken hatte und eine schon vergebene Frau allzusehr belästigte. Im allgemeinen tanzte man bis in die Nacht hinein. Die Männer – Arbeiter und Polizisten – waren weit in der Überzahl, Frauen waren nur wenige da. Akkordion wurde gespielt oder Gitarre, die Männer rissen Witze und tranken sich einen an. Kurze Zeit vergaßen sie die schwere Arbeit, die Ausbeutung, unter der sie litten, und den Hunger, der auf sie wartete. Die Arbeitslosen ertränkten ihren Kummer in Cachaça und machten nach Belieben ihrem Zorn auf die Unternehmer Luft. Dabei fanden sie sogar bei den Polizisten Unterstützung.

6

Anfangs betrachteten sie auch die Reden, die unrasierte junge Männer vor den Fabriktoren oder auf den Kais im Hafen hielten, nur als Zerstreuung. Sie mißtrauten diesen Männern ebenso wie den Wahlrednern, die sie gewinnen wollten, die Kandidaten der Regierungspartei als Abgeordnete zu wählen. Aber wenn Fabrikarbeiter ihre Rede mit „Genossen" begannen und von ihrem schweren Leben, ihren Leiden und der Ausbeutung sprachen, dann schenkten sie ihnen mehr Beachtung und hörten aufmerksam zu. Der Ruf: „Proletarier aller Länder, vereinigt euch!“ war keine Zerstreuung mehr. Dieser Ruf konnte ihnen Schläge, Gefängnis und Deportation einbringen, aber er konnte auch die Ketten sprengen und Schläge und Deportation für immer beseitigen.

Religion 1

Laut rufend stieg der Briefträger nach oben. Er war immer wütend, wenn ein Brief für einen Mieter in Nummer 68 dabei war. Hier wohnten zu viele Leute, und er mußte den Empfänger in allen Stockwerken suchen. Weil die Namen nicht oft vorkamen, behielt er sie nicht. Dieser Name zum Beispiel begegnete ihm zum erstenmal: Dona Risoleta Silva, Bahia, Ladeira do Pelourinho 68. Im ersten und zweiten Stock hatte er schon nach der Empfängerin gefragt. Im dritten Stock sagte man ihm, sie wohne im Dachgeschoß, da brauchte er nicht erst in der vierten Etage zu suchen. Trotzdem blieb er hier stehen, um Luft zu schöpfen. Dann stieg er brummend weiter die Treppe hinauf. Als er vor der Tür stand, konnte er nicht einmal mehr kräftig „Post!“ rufen. Er fragte Julieta, die gerade aus dem Abort kam: „Wohnt hier Dona Risoleta Silva?“

„Ja. Warum?“

„Ein Brief für sie ...“

„Dona Risoleta! Dona Risoleta!“

„Was ist denn?“

„Der Postbote hat einen Brief für Sie.“

2

Das Surren der Nähmaschine verstummte. Erstaunt erschienen Dona Risoleta und Linda an der Zimmertür. Der Briefträger hatte sich gegen das Geländer gelehnt, um zu verschnaufen, und musterte Julieta.

„Ein Brief für mich?“

„Für Dona Risoleta Silva. Sind Sie das?“

„Ja.“

„Hier haben Sie ihn.“ Die kriegen offenbar nie Post, dachte er.

Ein letztes Mal sah er Julietas Beine an, dann wünschte er einen guten Tag und stieg die Treppe hinunter.

Sie erhielten hier tatsächlich kaum Briefe, höchstens einmal von längst vergessenen Verwandten, die Geburten, Taufen, Hochzeiten oder Todesfälle mitteilten. Der Brief interessierte dann das ganze Dachgeschoß. Der Glückspilz, der ihn bekommen hatte, erzählte die Geschichte dieser Verwandten in allen Einzelheiten. Vergaß man beim Erzählen einmal etwas, so wurde es rasch nachgetragen.

Daher war Dona Risoleta nicht im geringsten erstaunt, alle Frauen aus dem Dachgeschoß um sich versammelt zu sehen. Aber der Brief wunderte sie. Von wem mochte er sein? Während sie in das Zimmer zurückging, prüfte sie den Brief.

Die Nachbarn folgten ihr.

„Sieht beinahe aus wie ein Brief von Malaquias.“

„Wer ist denn das?“

„Mein Bruder, der vor zwanzig Jahren gestorben ist.“

Bei der Erinnerung an ihren Bruder starrte sie vor sich hin, aber Linda wurde ungeduldig. „Am besten, du machst ihn gleich auf, Tantchen. Da ...“

„Ich finde auch“, unterstützte sie Julieta.

Als der Umschlag aufgerissen war, las Linda den inliegenden Prospekt vor.

„Für die Kirche Unserer Lieben Frau von Brasilien.

Letztmalig klopfe ich an die Tür Ihres edelmütigen Herzens und bitte inständig um eine weitere Spende, damit der Bau der Kirche Unserer Lieben Frau von Brasilien beendet werden kann. Um dieses erhabene Ziel zu erreichen, benötige ich 200 Personen, die 200 Milréis in 10 Monatsraten zu 20 Milréis zur Verfügung stellen, und weitere 50 Personen, die 100 Milréis in 10 Monatsraten zu je 10 Milréis beisteuern.

Ich wäre Ihnen zu größtem Dank verpflichtet, wenn Sie sich daran beteiligten.

Die Allerheiligste Jungfrau möge Ihnen als Dank für Ihre Spende die Gnade erweisen, die Sie am meisten ersehnen.

Ihr Diener in Christo,
Pater Solano Dalva."

Die Frauen waren sprachlos und ergriffen. Dona Risoleta blickte zu Boden. Ihr fehlten die Worte. Linda sagte eitel: „Welche Ehre, was, Tantchen? Nur 250 Personen. Ich wette, Pater Solano hat das genau überrechnet. Und da bist du nun dabei, was?"

Julieta meinte: „Wenn er auf mich verfallen wäre, meine Liebe, ich hätte ihn zum Teufel geschickt. Das sind doch Gauner, die wollen ja nur Geld von uns, um dick und fett zu werden."

Linda verzog das Gesicht, aber Julieta tat, als sähe sie es nicht.

„Die arme Dona Risoleta arbeitet wie eine Sklavin und kann doch am Monatsende kaum diese mistige Bude bezahlen. Ihr eßt nur das Brot, das der Teufel euch gebakken hat, und dann fühlt ihr euch noch geehrt, wenn dieser gaunerische Pfaffe euch ausersieht, beraubt zu werden. So eine dumme Eitelkeit!"

„Das ist schon möglich. Aber ich brauche Ihren Rat nicht. Tun Sie mir den einzigen Gefallen und sprechen Sie mich nicht mehr an."

„Meinetwegen. Wenn Sie durchaus bestohlen werden wollen, bitte. Meinetwegen. Sie sind viel zu einfältig. Soll dic arme Alte nur ..."

„Mach, daß du wegkommst!"

Die anderen hatten ihr Vergnügen an dieser Szene. Dona Risoleta wollte etwas sagen, aber sie schwieg mit erhobener Hand. Als die Lungenkranke im Nachbarzimmer hustete, erschrak sie und ließ den Prospekt fallen. Sie überlegte, ob sie nicht zu den fünfzig Personen gehören könnte, die hundert Milréis in Monatsraten zu je zehn Milréis gaben. Dann würde sie um die Gnade, die sie sich am meisten ersehnte, bitten: einen reichen und guten Mann für Linda.

Sie setzte sich wieder an ihre Nähmaschine und arbeitete bis zwei Uhr morgens. Ihre Augen schmerzten vom Kerzenlicht, und ihre schweißbedeckten Beine waren steif vom Treten. Ihr schien fast, daß ihr altes Rheuma wiederkam. Sie hatte sich gerade hingelegt, als die Lungenkranke hustete.

Fröstelnd dachte sie daran, daß sie einen kleinen Geldbetrag gespart hatte, den sie am Monatsende Vera leihen wollte. Dann könnte wieder ein Arzt kommen, und vielleicht hörte dann die Kranke auf zu husten.

Aber die Kirche Unserer Lieben Frau ... die Lungenkranke ... Unsere Liebe Frau ... Die Beine taten ihr entsetzlich weh, und die Augen brannten, es fiel ihr schwer, einzuschlafen. Außerdem war das Bett eigentlich nur für eine Person bestimmt, und sie lag ganz dicht an der Wand, damit es Linda nicht allzu warm wurde.

3

Mit schreckhaft aufgerissenen Augen hockte die Negerin auf der Treppenstufe. Galt ihr das? Sie hatte doch keine Feinde, hatte keiner den Mann weggenommen, sie war zu alt, als daß man sie begehrt hätte. Keinesfalls würde sie über diesen Despacho hinwegsteigen. So setzte sie sich hin und wartete.

Allmählich erwachte das Haus. Man wusch sich in dem Trog oben im Dachgeschoß. Fernandez' Laden wurde geöffnet, und unten an der Treppe erschienen Männer.

Toufik trat auf die Negerin zu. „Guten Morgen, Frau Maria."

„Guten Morgen, Weißer."

„Kommen Sie nicht mit runter?"

Sie streckte den Finger aus und zeigte auf das in Zeitungspapier eingewickelte Paket.

Toufik pfiff durch die Zähne. „Ein Fetisch, verdammt! Für wen denn?"

Auch der Araber glaubte daran. Wer ließ sich nicht von der wilden Religion der Neger beeindrucken?

Wenig später hatte sich die Gruppe wesentlich vergrößert. Männer und Frauen umringten den Despacho, sie waren außerstande, die Stufe zu überschreiten, auf der er lag.

Der spanische Schuster kam die Treppe herunter. Er ging ohne ein Zeichen von Neugier durch die Menschenansammlung und wollte gerade die unheilvolle Stufe betreten, als einer ihn am Hemdsärmel packte und zurückhielt. „Beinahe hättest du auf den Fetisch getreten."

„Aha! Deshalb geht ihr wohl nicht weiter?"

Er stieß mit dem Fuß an das Paket und riß es auf. Entsetzt sahen die anderen zu.

„Was für ein starker Fetisch! Gewiß soll er eine Frau

umbringen, die einer anderen den Mann weggenommen hat."

„Bestimmt!"

„Das ist für Nair, dieses eingebildete, durchtriebene Frauenzimmer aus dem Dachgeschoß."

Da waren Mehl, Palmöl, schwarze Hühnerfedern, vier silberne Milréis und vier Zwanzigermünzen, Haare, die offenbar aus einer Achselhöhle oder vom Krauskopf eines Negers stammten, und ein Schlüpfer.

„Was für ein Despacho!"

Mitleidig sahen sie den Spanier an. Der Zorn Ogums und der anderen Orixás würde sich über ihn entladen.

„Wer möchte die vier Milréis?" fragte der Anarchist.

Da niemand sie wollte, nahm er sie und steckte sie in die Tasche.

Schließlich gingen auch die anderen weiter. Die Überreste dieses geheimnisvollen Etwas versanken im Dreck der Treppe.

4

Als das Auto Nair auf der Rua Chile anfuhr und sie mit gebrochenen Rippen in das Krankenhaus eingeliefert wurde, da erinnerte die Negerin daran. „Ich hab's doch gesagt, der Despacho war für sie bestimmt." Sie schlug ein Kreuz und murmelte: „Dieser heidnische Ausländer, der den Despacho berührt hat, wird ein böses Ende nehmen. Einen Fetisch berühren ... Gott behüte mich." Und sie bekreuzigte sich noch einmal.

5

Ruth setzte sich an den kleinen Tisch und las zweimal. Sie legte den Korken unter das Tintenfaß, damit sich das bißchen Tinte in einer Ecke ansammeln konnte. An Stelle eines Federhalters hatte sie eine verbogene Feder, die an einen Bleistift gebunden war. Sie beugte sich über das Büropapier – für 500 Réis hatte sie einen ganzen Packen in Fernandez' Laden gekauft – und begann, schwerfällig zu schreiben. Sie beherrschte kaum die ersten Buchstaben, und keine Arbeit kostete sie mehr Mühe. Aber was half's? Sie schwitzte wie die Lastenträger im Hafen, und die Feder kratzte, als sie abzuschreiben versuchte:

Kopie der Kurrende des heiligen Antonius. Führen Sie diese Kurrende fort und schicken Sie sie an 13 intelligente Personen mit guten Eigenschaften. Diese Kurrende wurde in Frankreich von einem Soldaten amerikanischer Herkunft angefangen und soll in der ganzen Welt die Getreuen des heiligen Antonius erreichen. Fertigen Sie möglichst 24 Stunden nach dem Empfang dieser Kurrende eine Kopie an und schicken Sie sie an eine Person aus Ihrem Bekanntenkreise. Werfen Sie diese Kurrende nicht weg. Erfüllen Sie diese Bitte, dann wird der heilige Antonius Sie immer erhören, wenn Sie in Not sind. Damit Ihnen der ruhmreiche, wundertätige heilige Antonius von Padua große Wunder tun kann, beten Sie am Tage 13 Credos und fertigen Sie 13 Kopien wie diese an, eine je Tag, und senden Sie sie an befreundete Personen. Vorliegende Kurrende kann in jede beliebige Sprache übersetzt werden. Bitten Sie den wundertätigen heiligen Antonius von Padua täglich um eine Gnade, sie wird Ihnen erwiesen werden. Nach den 13 Credos sprechen Sie folgende Jakulatorien:

Heiliger Antonius von Padua, hab Mitleid mit uns.
Heiliger Antonius von Padua, bitte Jesus für uns.
Heiliger Antonius von Padua, behüte uns alle.

Der Arzt kam eilig heraus. Totenbleich zerrte die Frau ihn am Jackenärmel. Eine ganze Kinderschar begleitete sie.

„Doktor, sagen Sie mir doch beim Glück Ihrer Kinder, ob mein Mann wieder gesund wird."

Der Arzt setzte den Hut auf und betrachtete die Kinder. Sechs Jungen.

„Wie alt ist der Älteste?"

„Muß mein Joaquim sterben, Doktor?"

„Nein, alles wird gut werden, haben Sie keine Angst. Wie alt ist der Junge?"

„Der João ... Er heißt so nach seinem Großvater. Er ist zehn Jahre alt."

„Gewachsen wie ein Sechsjähriger ..."

Die Frau verstand ihn nicht. „Der Jüngste ist acht Monate."

„Und eins ist unterwegs, nicht?"

Sie blickte verschämt zu Boden. Im Zimmer stöhnte der Mann.

„Ich komme am Nachmittag wieder vorbei. Besorgen Sie die Arznei."

Er ging, wandte sich aber noch einmal um und fragte die Frau: „Haben Sie Geld für die Arznei?"

„Ich hab immer ein bißchen Geld, weil ich Wäsche wasche."

„Gut. Ich komme also am Nachmittag noch mal vorbei."

Zwischen den unzähligen, schmutzigen Kindern stieg er die Treppe hinunter. Wenn er diese Kinder sah mit den dicken Bäuchen, die voller Würmer waren, und den kleinen Mündern mit schlechten Zähnen, diese Kinder, die mit zerrissenen Hosen und Kattunhemden bekleidet waren, dann war ihm gar nicht wohl zumute. Er dachte an karitative Institutionen, an Institutionen zum Schutze der Kinder und an den Feldzug gegen das Analphabetentum.

2

An der Tür standen viele Leute. Der Neger Henrique, Chico, der mit den Raffzähnen, Álvaro Lima, Artur, der Händler und andere machten die Luft zum Ersticken.

Der mit den Raffzähnen berichtete das Neueste: „Der Doktor hat gesagt, Joaquim wird blind bleiben. Er wird zwar nicht sterben, aber ..."

„Es wäre besser, er stirbt."

„Er hat sechs Kinder."

„Und seine arme Frau. Das viele Wäschewaschen wird sie zugrunde richten. Sieben Mäuler stopfen ..."

„Verdammter Mist!"

„Wißt ihr, wie das passiert ist?" fragte Álvaro Lima.

Ein Kollege Joaquims erzählte laut, als hielte er eine Rede: „Er arbeitete bei Garcia als Maurergehilfe. Sie bauten an einem Haus für einen Doktor, der rasche Arbeit verlangte. Joaquim stand auf dem Baugerüst und fing die Ziegel auf, die Zé Mãozinha von unten heraufwarf. So was ist recht lustig. Der Kumpel warf einen Ziegel hoch und wieder einen. Das ging verteufelt schnell."

Immer mehr Leute kamen hinzu. Die Männer drängten sich an der Tür. Andere setzten sich auf den Bürgersteig.

„Der Doktor hat sich den Bau angesehen. Ihm ging alles viel zu langsam, er beschimpfte die Leute, nannte sie Faulpelze und Diebe, die ihm das Geld stehlen, ohne zu arbeiten. Ich hätte ihn mal oben sehen mögen, Ziegel auffangen."

„Ausbeuter!"

„Er befahl, überall schneller zu arbeiten. Zé Mãozinha,

der die Ziegel hochwarf, steigerte das Tempo. Joaquim kam durcheinander, ein Ziegel flog ihm genau an den Kopf, Ziegelstaub fiel ihm in die Augen, und da stürzte er vom Gerüst. Und wie er runterstürzte, Leute – wie ein Sack!"

Die anderen schwiegen und ballten die Fäuste.

Der Mann fuhr fort: „Der Krankenwagen kam nicht, Joaquim wurde auf einen Wagen geladen und nach Hause gebracht. Die Polizei war rasch da und nahm den armen Zé Mãozinha mit."

„Ist der Doktor dageblieben?"

„Er ist in sein Auto gestiegen und weggefahren."

„So ein Schwein!"

Álvaro Lima stand auf und sagte: „Genossen! Mit der Ausbeutung muß Schluß gemacht werden. Wir sind viele. Arm, verdreckt, ohne Nahrung, ohne Wohnung hausen wir in diesen elenden Löchern. Ausgebeutet von den Reichen, die nur wenige sind ... Wir müssen uns zusammenschließen, um uns zu verteidigen. Zur Revolution der Arbeiter. Die Arbeiter müssen sich um ihre Partei scharen und Schluß machen mit der Ausbeutung, mit den durch und durch korrupten Regierungen, diesen Gaunern. Eine Regierung der Arbeiter und Bauern schaffen ... Seht euch doch Joaquim an. Nur weil der Doktor sein Haus schneller haben wollte, verlor ein Mann das Augenlicht, und ein anderer kam ins Gefängnis."

„Und die Kinder ..."

„Die Kinder leiden Not. Nieder mit der Ausbeutung!"

3

Der Arzt kam noch mehrere Male. Die Apotheke verschlang das letzte Geld. Die Nachbarn gaben den Kindern zu essen. Schließlich, nach einem Monat, starb Joaquim. Der mit den Raffzähnen sammelte Geld für die Beerdigung, an der viele zu Fuß teilnahmen. Die Frau klammerte sich an den Sarg, doch am Ende mußte sie ihn freigeben, denn sie mußte ja dafür sorgen, daß die Kinder zu essen bekamen. Nur der Älteste, ein schmächtiger Junge mit aufgeblähtem Bauch und starrem Blick, schien etwas zu begreifen.

Eine Frau wollte wissen, woran Joaquim gestorben sei. Der Rote antwortete ihr: „Ein reicher Protz hat ihn umgebracht."

„Warum?"

„Weil er nervös war."

Der Junge stieß den Roten an. „Wer hat Papa umgebracht?"

„Die Reichen."

Die Augen des Jungen funkelten.

Die Witwe weinte und gab ihrem acht Monate alten Kind die Brust.

4

Wegen der vielen Kinder konnte sie bald die Arbeit nicht mehr schaffen. Ihre Kundschaft wurde kleiner. Die Unternehmerfrauen klagten, daß Bettücher und Strümpfe fehlten und daß von den weißen Anzügen Knöpfe abgerissen waren. Dann kam das Sumpffieber und warf sie um. Als sie sah, daß die Nachbarn ihr nicht mehr helfen konnten, stand sie trotz des Fiebers auf und ging in die Viertel der Reichen. Sie hatte ihren acht Monate alten Sohn und eine Bittschrift bei sich, die Pega-pra-capá verfaßt hatte:

Meine Lieben Brüder! Nur ungern komme ich und bitte Sie, verehrte Heroen Brasiliens, als ein Zeichen

Ihrer Barmherzigkeit um Beistand für eine Arme witwe, die für sechs Kinder zu sorgen hat. Ohne Arbeit und ohne Geld Hungern sie und ich ersuche sie hiermit bei der Liebe Gottes und bei der Liebe Ihrer Eltern und Söhne, ihnen Hilfe im Rahmen des möglichen nicht zu fersagen.

Auch Kleidungsstücke werden angenommen.

Gott vergilte es Ihnen.

Einige gaben ein paar Nickelmünzen, andere sagten: „Heute haben wir nichts."

Sie antwortete stets: „Gott stehe Ihnen allen in diesem Hause bei!"

Bei einem Haus am Hafen, einem herrschaftlichen Anwesen mit Mangobäumen davor und schattigen Bänken, nahm das Dienstmädchen die Bittschrift mit. Die Frau setzte sich vor die Garagentür und gab ihrem Kind die Brust. Aus dem Haus drangen Lachen und Tellerklappern. Sie hatte noch nicht zu Mittag gegessen, sie schwitzte, und die Füße schmerzten ihr von dem langen Weg. Da wurde drinnen im Hause schallend gelacht, und jemand sagte: „Diese Bittschrift ist ja köstlich. So viele Fehler ..."

Eine Frauenstimme riet entrüstet: „Wirf doch das Stück Papier weg, Jerônimo, das ist doch bestimmt voller Bazillen!"

Das Dienstmädchen kam mit der Bittschrift wieder heraus, gab sie ihr zurück und sagte entschuldigend: „Die Frau des Hauses hat gesagt, sie hätte heute nichts. Kommen Sie ein andermal."

Sie wollte gerade gehen, da wurde die Garagentür geöffnet, und ein Auto rollte heraus, in dem ein Ehepaar saß. Die Frau sprang zur Seite, um nicht überfahren zu werden.

„Scher dich doch weg, dummes Weib!" brüllte der Fahrer.

Das Ehepaar musterte sie mißtrauisch. „Was treibst du denn hier?"

„Ich bin die Frau mit der Bittschrift. Ich wollte gerade gehen."

Die Frau im Auto murmelte: „Sie ist sicherlich eine Diebin."

Die Frau hörte es. „Ich bin keine Diebin, gnädige Frau."

„Halt den Mund!"

„Ich bin keine Diebin, Herr. Mein Mann ist umgekommen, weil ein reicher Protz es zu eilig hatte. Ich bin zwar krank, aber Ihr verfluchtes Geld brauche ich nicht."

„Mach, daß du wegkommst, sonst rufe ich die Polizei."

„Rufen Sie, wen Sie wollen. Ihr seid die Diebe, ihr werdet reich durch unseren Schweiß. Diebe! Mit dem Schweiß meines Mannes ist das Auto erkauft!"

Der Mann befahl dem Fahrer etwas, und der Wagen rollte ruhig auf dem Asphalt davon.

Noch immer rief die Frau: „Diebe!"

Sie drückte das Kind an die Brust und ging weiter.

5

Artur steckte die Schlange in die Kiste und setzte sich darauf. Der Händler zog das weiße Jackett aus, warf es auf das Bett und kramte in dem Durcheinander einer Schachtel nach Nadel und Garn. Er nahm die Nadel in die linke Hand und versuchte mit der rechten, den Faden in das winzige Öhr einzufädeln. Artur erhob sich und ging hinaus, um sich das noch immer mit Puder und roter Farbe beschmierte Gesicht zu waschen. Als er zurückkam, stopfte der Händler den fadenscheinigen Ärmel seiner Jacke. Die Schlange fuhr mit der Zunge zwischen die Stäbe der Kiste.

„Du könntest eine Frau gebrauchen."

„Meinst du wirklich?" fragte der Händler verwundert. „So wie das hier ... so etwas habe ich noch nicht gesehen. Tagelang hungern die Leute."

„Außer Genoveva." Artur zeigte auf die Schlange. „Solange es Ratten gibt, wird sie immer fetter."

„Wir werden's am Ende auch so machen wie sie."

„Was denn?"

„Na, Ratten fressen."

Der Händler legte das Jackett beiseite. „Wieviel haben wir denn heute verdient?"

„Fast nichts. Wir haben drei Allesreiniger und zwei Stück Seife verkauft. Und dafür haben wir den ganzen Nachmittag gebraucht."

„Das reicht nicht mal fürs Essen."

„Es sieht wirklich böse aus."

„Hoffen wir, daß es bald besser wird."

Artur lief im Zimmer auf und ab. „Besser werden? Wie soll's denn besser werden? Nur durch eine Revolution!"

„Wovon redest du?"

„Von der Revolution der Arbeiter. Das hier mußt du lesen. Sieh doch, was die Arbeiter in Rußland gemacht haben."

Der Händler nahm das Buch und blätterte darin. Es wurde Nacht, und sie dachten nicht ans Abendessen. Sie hatten zu Mittag etwas gehabt, und eine Mahlzeit mußte genügen. Nur die Schlange Genoveva bekam ein Abendbrot. Der Händler stieg die Treppe hinunter, um nachzusehen, ob etwas in den Rattenfallen war. Er brachte eine schöne dicke, nackte Ratte mit.

„Das gibt ein Beefsteak", meinte Artur, „daß einem das Wasser im Munde zusammenläuft." Er wandte sich um und fügte hinzu: „Ich heirate erst, wenn ich eine Frau finde, die Ratten frißt."

Der Händler ließ die Ratte los, sie lief ängstlich in eine Ecke. Die Schlange rührte sich nicht.

„Genoveva hat keinen Hunger."

Aber dann hörten sie ein wahnsinniges Kreischen.

„Genoveva hat sich doch entschlossen, Abendbrot zu essen."

„Junge, hab ich einen Hunger!" gestand der Händler. „Gib mir zweihundert Réis, damit ich mir einen Becher Mingau kaufen kann."

Er tappte die Treppe hinunter. Artur stieg in den vierten Stock hinauf und trat in Álvaro Limas Zimmer, in dem sich bereits fünf andere Männer unterhielten.

6

Der Mann kam zur gleichen Zeit herunter wie er. Als sie an der Tür waren, begann er ein Gespräch. Ein warmer, undefinierbarer Geruch schlug dem Händler mit Haushaltartikeln entgegen. Der Mann schien trotz der lauen, windstillen Nacht zu frieren und barg die Hände in den Jackentaschen. Er hatte sehr große, ruhige Augen und ein spitzes Kinn.

„Wohnen Sie hier?"

„Ja, im dritten Stock."

„Alles ist so teuer ..."

„Teuer? Das schon, man findet ja nichts Billigeres."

„Wirklich nirgends?"

Das Kinn schien noch spitzer zu werden, als er den Händler ängstlich fragte. Sein Blick heftete sich auf das Gesicht des anderen. Er fragte noch einmal: „Gibt's wirklich nichts Billigeres? Alles ist so teuer."

„Haben Sie schon mal im Dachgeschoß gefragt?"

„Dort ist auch kein Zimmer frei."

Er starrte auf die Straße, auf der die schwere Luft

lastete. Dabei zitterte er. Er nahm die Hände aus den Taschen und rieb sie aneinander. Dann sagte er plötzlich: „Ach, Sie wissen ja ... Alles teuer ... Ich schulde schon zwei Monate die Miete für das Zimmer. Ja, ich wohne in der Rua dos Capitães. Die Frau verlangt dauernd ihr Geld. Sie verfolgt uns regelrecht, mich und meine Frau Maria Clara, eine Sergipana. Und zwei Kinder ... Die müssen schließlich noch betteln gehen." Erschöpft hielt er inne, spuckte aus und zog sich den Hut tiefer ins Gesicht. Dann fuhr er fort: „Ich habe in den Aurorawerken gearbeitet, und die haben Pleite gemacht. Seit einem Vierteljahr bin ich arbeitslos. Die Frau hat angefangen, für andere zu waschen, aber sie hat's nicht geschafft. Noch heute muß ich umziehen, wissen Sie. Aber es ist ja alles so teuer. Dann wollen sie auch noch Geld im voraus haben. Was soll bloß werden?"

Er steckte die Hände wieder in die Taschen.

„Ist denn im Nachbarhaus was frei?"

„Ich glaube nicht. Warum gehen Sie nicht mal nach hinten in die Mietskaserne?"

„Dort war ich ja schon. Alles besetzt."

Schweigend sah er auf die Straße. Er spuckte aus und wischte mit dem Fuß darüber hinweg. Der Händler spielte mit seinen zweihundert Réis. Er hatte schon daran gedacht, sie dem Mann zu geben. Aber das war ja viel zuwenig. Der Mann schlug den Jackettkragen hoch, warf einen letzten Blick auf die Treppe und verabschiedete sich. „Na gut ... Entschuldigen Sie. Gute Nacht."

Einen Augenblick überlegte er, ob er die Straße hinauf- und hinuntergehen sollte. Dann entschloß er sich und ging die Straße hinauf. Noch lange sah der Händler sein Zittern und das spitze Kinn vor sich. Ihm war, als hörte er noch immer die müde Stimme und als fühlte er den warmen Atem. Er machte mit den Händen eine mutlose Bewegung. Auch er begann in der lauen Nacht zu frieren und zu zittern.

7

Die Italienerin, die die Zimmer im zweiten Stock vermietete, trug stets Kleider, die Hals und Arme bedeckten und so lang waren, daß sie fast bis auf den Boden reichten.

Der Neger Henrique sagte, wenn er sie sah: „Die ist aus Berufung eine alte Jungfer."

Sie schritt hochaufgerichtet vorbei, ohne zu grüßen, in schwarzen Schuhen und mit einer Goldrandbrille. Sie trug ein Gebiß, und nur Fernandez wünschte ihr aus dem Laden eine gute Nacht.

Als Cabaça bereits an der Tür war, ließ sie eine Nickelmünze in die Käseschachtel fallen. Der Bettler brummte Dankesworte, gemischt mit Flüchen. „Gott gebe, daß sich dieses Miststück eines Tages auf der Treppe die Knochen bricht."

Die Negerin, die Mingau verkaufte, lachte herzlich, aber die Italienerin, die schon weiter weg war auf ihrem üblichen Weg zu einer spiritistischen Sitzung, hörte nichts. Sie war ein bekanntes Medium; wenn der Geist sie packte, dann – so hieß es – tanzte sie, sang pikante Lieder in ihrer Muttersprache und benahm sich hemmungslos. Sie war das Lieblingsmedium von Geistern schamloser Priester und liederlicher Frauenzimmer, die die Perversitäten ihres Lebens erzählten, um Vergebung zu erreichen. Selten nur stiegen keusche Geister zu ihr herab. Wenn sie doch einmal zu diesem Weibsstück kamen, dann vermischten sie sich mit den schamlosen, die schließlich immer den Sieg davontrugen. Deshalb waren die Sitzungen in der Rua de São Miguel sehr überlaufen, und die Italienerin erwarb sich allmählich einen Heiligenschein.

Der Neger Henrique aber meinte: „Die Alte ist hysterisch, bestimmt! Die braucht mal einen Mann.“ Dabei lachte er den Gläubigen ins Gesicht.

8

Die Italienerin klopfte mit den Fingerknöcheln an die Zimmertür. Das Klopfen klang gebieterisch, wie ein Befehl. Die Tür blieb geschlossen. Die Frau klopfte von neuem, und diesmal rief sie dazu: „Herr João! Herr João!“

Von drinnen antwortete eine Stimme: „Ich komme schon.“

Die Italienerin hielt die Hände auf dem Rücken, und ein Lächeln lag auf ihren Lippen, als sich die Tür öffnete und ein Gesicht mit einem mehrere Tage alten Bart erschien.

„Da ist Ihre Rechnung. Heute ist der Achtzehnte. Schon am Fünften war die Miete fällig.“

Der Mann fuhr sich mit der Hand durch den Bart, nahm das Stück Papier, auf dem die Zahlen funkelten. „Sie werden doch Geduld haben! Können Sie nicht bis zum Wochenende warten? Mir ist eine Anstellung zugesagt worden.“

Das Lächeln wich von den welken Lippen der alten Jungfer; sie preßte sie zusammen, dadurch bekam ihr Gesicht einen bösartigen Zug.

„Ich habe lange genug gewartet, Herr João! Seit dem Fünften. Jeden Tag dasselbe Lied von Ihnen. Warten, warten ... Bei der Madonna, glauben Sie, ich hab nichts zu bezahlen? Ich hab bald nichts mehr zu essen! Ich kann nich länger warten ... Ich bin schließlich nich die Mutter der Menschheit."

Sie sagte nur nich. Dieses Nich klang bei ihr ganz traurig.

Drinnen im Zimmer weinte ein Säugling. Der Mann kratzte sich den Bart und erklärte: „Aber Sie wissen doch ... Meine Frau hat erst letzte Woche einen Jungen bekommen. Die Ausgaben ... Deshalb habe ich bei Ihnen nicht bezahlt. Dann hab ich die Arbeit verloren."

„Was geht mich das an? Warum setzen Sie denn Kinder in die Welt? Bin ich etwa daran schuld? Ich brauche das Zimmer. Sie müssen ausziehen, sonst setze ich Sie auf die Straße. Ich warte nich länger!"

Hochaufgerichtet ging sie in ihrem gestärkten Kleid davon. Der Mann schloß die Tür. Er hielt sich die Hand über die Augen, damit er seine Frau nicht sehen mußte, die neben dem armen kleinen Kind weinte. Da schaff ich neues Elend! dachte er.

9

Er fand kein Zimmer, in das er hätte umziehen können, und er hatte auch nicht das Geld für die Italienerin. Deshalb kam er nun nach Hause, wenn sie schon schlief. Er streifte durch die Straßen, in der einen Hand eine Zigarette, in der anderen ein paar Nickelmünzen, für die er seiner Frau etwas zu essen kaufte. Seiner Frau wurde das Leben zur Hölle. Sie konnte nicht einmal mehr in den Waschraum gehen, ohne daß die Italienerin sie anschrie: „Ziehen Sie aus! Ziehen Sie aus! Waschen Sie sich woanders!"

Sie erhielt kein Wasser mehr. Um den Säugling zu baden, ging sie nach hinten in die Mietskaserne, wo die

Wäscherinnen arbeiteten. Dann kam der Abort dran. Die Italienerin machte sich einen Spaß daraus, sie zu verfolgen. Sobald sie sie erblickte, verschloß sie den Abort und zog den Schlüssel ab. Das Zimmer starrte vor Schmutz. Mutlos kratzte sich João seinen mächtigen Bart.

Als er eines Tages lange nach Mitternacht nach Hause kam, stieß er auf die Italienerin, die ihn erwartete. Dicht an die Wand gedrückt, wollte er vorbeigehen.

„Gute Nacht!"

„Mich haben Sie hier wohl nich erwartet, nich wahr? Ich verlange, daß Sie sofort die Miete bezahlen, sonst setze ich Sie auf die Straße. Wenn nich, rufe ich morgen die Polizei."

„Aber ..."

„Hier gibt's kein Aber. Wollen Sie wieder das alte Lied mit Ihrer Stellung anstimmen? Nachts trinken Sie nur, und bei Tage wird geschlafen, nich wahr? Ich unterstütze Vagabunden nich. Raus mit Ihnen! Raus!"

„Aber meine Frau ..."

„Ihre Frau! Ihre Frau macht aus meinem Zimmer einen Schweinestall! Sie kann doch überhaupt nichts! Nich mal Wäsche waschen ... Warum sucht sie sich nich Männer? Dazu reicht's vielleicht noch bei ihr."

João riß die Augen auf. Er sah nichts mehr. Ein Faustschlag streckte die Italienerin zu Boden, sie gab kaum einen Laut von sich. Als die bemerkte, daß sich die Hände des Mannes ihrem Hals näherten, stürzte sie die Treppe hinunter und schrie laut um Hilfe. João ließ die Arme sinken, kratzte sich den Bart und ging in sein Zimmer, wo er auf die Polizei wartete.

Der Kommissar und die Zeitungen gaben allein der Italienerin recht. Eine Zeitung veröffentlichte sogar ihr Bild, das sie noch in Mailand hatte machen lassen, als sie achtzehn Jahre alt war. João kam ins Gefängnis, und mit seinen Möbeln – einem Stuhl, einem Kleiderständer und einem Bett – wurden seine Mietschulden beglichen.

Krise 1

Er legte die Geige aufs Bett. Das Heft mit den Sambanoten fiel herunter, die Blätter wurden geknickt. Er rührte sich nicht. Wozu auch? Er trat an das Fensterloch und sah auf die schwarzen Dächer der Altstadt hinunter. Die Ladeiras waren die Arme der Stadt, die sich dem Himmel entgegenstreckten. Dort unten, mitten auf der gepflasterten Ladeira, hatte der Pelourinho gestanden, der Schandpfahl, den die portugiesischen Kolonisatoren aufgestellt hatten. Heute war dieser Schandpfahl verschwunden, aber die Ladeira, die ihm ihren Namen verdankte, war selbst wie ein Schandpfahl. Alle, die hier wohnten, vegetierten dahin, ohne Brot, ohne Arbeit. Er erinnerte sich Álvaro Limas. Der Agitator hatte zu ihm gesagt, die Lage würde sich nicht bessern, bevor die Arbeiter Herren im Lande seien. Er hatte ihm zugehört, wenn er von geplanten Streiks und Versammlungen sprach.

Eine Gruppe schmutziger, verschwitzter Männer kam die Ladeira herauf. Zum erstenmal begriff der Geiger, was die Revolte dieser ausgebeuteten Männer bedeuten würde. An dem Tag, an dem sie entdeckten . . .

Er trat von dem Fensterchen zurück und wandte sich dem Bett zu. Es wurde dunkel, doch er dachte nicht daran, die Kerze anzuzünden. Er nahm die Geige aus dem Kasten, ließ die zarten Finger über die Saiten gleiten und schlug einen Ton an, der seinen Ohren wie die Klage der verschwitzten Männer vorkam. Er schaute in den Spiegel, strich sich das Haar glatt und betrachtete das Bild, das über dem Spiegel hing. In der Dämmerung, kaum sichtbar, schien ihm seine Mutter älter, verbrauchter, völlig mutlos. Er mußte an die ruhmreichen Fahrten denken, die seine Phantasie vor diesem Spiegel und vor diesem Bild unternommen hatte. Er schob die anderen Gedanken beiseite und versuchte zu reisen. Paris... Warum nur sprachen die Zeitungen so selten von ihm? Berlin... Die jungen Mädchen verlangten keine Autogramme von ihm. Wien... Die Menge erwartete ihn nicht mehr. Warum wohl? War die Menge mit einer Revolution beschäftigt? Seine Reise brachte ihm keinen Erfolg. Schweren Herzens kehrte er in die Wirklichkeit zurück, verbittert wie ein gealterter Künstler, den das Publikum vergessen hat. Die Dunkelheit verschlang das Bild seiner Mutter. Mit der Nacht füllte ein muffiger Geruch das Zimmer. Die Brillantinedose war leer.

Er lief im Zimmer auf und ab und bemühte sich, nicht zu denken. Er öffnete die Tür, schritt auf die Treppe zu, kehrte aber wieder um. Die Lungenkranke hustete. Es war ein schwacher, nahezu kraftloser Husten. Vera kam hastig aus dem Zimmer und holte ein Glas Wasser. Der Geiger grüßte sie. Sie antwortete kaum verständlich und zusammenhanglos: „Meine Schwester... meine Schwester..."

„Was?"

Doch sie verschwand bereits in dem Zimmer, denn die Lungenkranke hustete wieder. Die Nähmaschine in Dona Risoletas Zimmer wurde angehalten. Der Geiger hörte Julietas Stimme: „Die Arme! Es geht zu Ende mit ihr."

Er kehrte in die lastende Stille seines Zimmers zurück. Er hörte die Schritte der Männer, die jetzt die Treppe heraufkamen. Er nahm die Geige und liebkoste sie mit den Fingern. Wieder entrang sich ihr ein klagender Ton.

Erst jetzt dachte er wieder an das, was am Nachmittag geschehen war. Der Geschäftsführer des Cafés „Madrid" hatte ihn zu sich gerufen und ihm mitgeteilt, daß sich das Haus wegen der Krise entschlossen habe, einen Geiger zu entlassen. Da der zweite Geiger länger als er in dem Café beschäftigt war, traf es ihn, obwohl der andere längst nicht so gut spielte wie er. Rasch wurde mit ihm abgerechnet, er erhielt als Lohn noch 48 500 Réis, dann klopfte man ihm auf die Schulter und sagte tröstend: „Sie finden doch ganz leicht wieder Arbeit, mein Lieber."

Einige Minuten war er wie benommen. Erst auf der Straße erholte er sich von diesem Schlag. Er wollte in irgendeiner Kneipe Arbeit suchen. Das konnte doch nicht schwierig sein. Da traf er Borges, einen kleinen alten Mann, der einst sein Lehrer war und in einem Kino spielte. Beinahe hätte er ihn nicht erkannt, so sehr hatte er sich verändert. Das würdige Äußere von früher, der sichere Gang war verschwunden. Er benutzte auch nicht mehr den Spazierstock mit dem goldenen Griff, den ihm begeisterte Bewunderer einmal verehrt hatten. Und sein Schnurrbart, der buschige, schöne weiße Schnurrbart hing ihm über die Lippen herunter und verlieh ihm das Aussehen eines furchtbar gedemütigten Mannes.

„Sie!"

„Professor Borges!"

Der alte Mann erzählte ihm die Geschichte seines Lebens. Als der Tonfilm sich durchsetzte, verlor er die Beschäftigung, die er seit fünfzehn Jahren ausgeübt hatte. Dann spielte er in einem schäbigen Café, wurde aber durch ein Radio verdrängt. Damit seine Familie nicht hungern mußte, verkaufte er Lose für das Bichospiel. Er haßte diese Tätigkeit, aber es war ein Ausweg. Er sah sich gezwungen – und das schmerzte ihn am meisten –, Isaura vom Konservatorium zu nehmen, wo sie seit sechs

Jahren studiert und ausgezeichnete Fortschritte gemacht hatte. Er schloß: „Da haben Sie ja noch Glück. Sie haben wenigstens Arbeit. Hoffentlich werden Sie sie nicht los. Denn eine andere bekommt man nicht."

„Ich bin sie schon los."

„Was sagen Sie da?"

2

Die Nacht hüllte das Zimmer ein. In den Nachbarräumen hörte man sprechen. Frauen holten Wasser aus dem Trog. Ein lautes Wort verfing sich in dem finsteren Zimmer: Krise. Unten, in Álvaro Limas Zimmer, diskutierten Arbeiter und schmiedeten Pläne. Der Geiger fühlte sich diesem Maschinenschlosser aus den Circularwerken verbunden, der seinen Lohn für Bücher ausgab, sein Leben auf Versammlungen zubrachte und der Ansicht war, daß sich die Dinge erst dann ändern würden, wenn die Arbeiter endlich begriffen hätten, daß die Krise allein ihnen und nicht den Reichen galt.

Seine Füße traten auf das Heft mit den Sambanoten. Haßerfüllt packte er es und riß es in Stücke. Sambas, Foxtrotte ... Vielleicht hatte er gar schon verlernt, seine Lieblingsmusik zu spielen. Er zündete die Kerze an, nahm die Geige und begann die „Élégie" von Massenet. Mit großer Freude stellte er fest, daß er sie nicht vergessen hatte.

Er sah nichts mehr. Die Klänge füllten das Dachgeschoß, in dem es keinen elektrischen Strom gab, und verdrängten den Uringestank.

Als er endete, erlosch gerade der Kerzenstumpf, aber er sah noch die schmutzigen, abgerissenen, verschwitzten Männer und Frauen, die sich inzwischen angesammelt hatten und ergriffen und herzlich Beifall spendeten. Er wollte etwas sagen, aber er konnte es nicht. Etwas schnürte ihm die Kehle zu. Er stand da und ließ die Arme hängen wie frühreife Mädchen, wenn sie das Gedicht „Meus oito anos“ aufsagen.

3

Die Zeitung war voll von Politik, so daß sie nur eine halbspaltige Notiz mit dem Bild des Toten aus dem Leichenschauhaus brachte. Die fettgedruckte Schlagzeile lautete: „Ein Feigling hat sich erhängt, weil er arbeitslos war.“

Dann folgte die Nachricht:

„Die Bewohner des Hauses Nr. 68 in der Ladeira do Pelourinho erfuhren heute morgen, als sie erwachten, daß sich ein Mann in einem Zimmer im dritten Stock erhängt hatte. Es handelt sich um den Portugiesen Manuel X., einen Arbeiter, der vor Monaten aus dem Ribeirowerk entlassen worden war. Da er keine Arbeit fand und drei Monate die Miete schuldete, erhängte er sich mit einem Bettuch an dem Querbalken seines Zimmers. Der bedauernswerte Selbstmörder war 54 Jahre alt und lebte seit seinem 38. Lebensjahr in Brasilien. Er hinterläßt niemanden.

Dies ist ein neuer Fall von Feigheit vor dem Leben. Weil er seine Stellung verloren hatte, zog er es vor, sich davonzustehlen, ohne sich um eine andere Arbeit zu bemühen. Denn – wir sagen das mit berechtigtem Stolz – wenn es ein Land gibt, in dem der Arbeiter in größtem Wohlstand lebt, dann ist dieses Land Brasilien, wo es denen nicht an Arbeit mangelt, die nicht zu faul dazu sind.“

Der Journalist vergaß zu bemerken, daß Manuel X. in der ganzen Stadt versucht hatte, Arbeit zu finden, und daß ihm die Unternehmer stets nur mit einem Wort antworteten: Krise. Daß dieser Arbeiter seit zwei Tagen nichts gegessen hatte, daß man ihn aus seinem Zimmer werfen wollte, und manches andere war für diesen Provinzjournalisten völlig bedeutungslos. Er verfaßte lieber Verse und interviewte den Kapitalisten Rômulo Ribeiro, der eine Erholungsreise nach Europa antrat.

4

Da Dona Risoletas Beine viel heftiger schmerzten als sonst, hielt sie die Nähmaschine an und sah durch das Fensterloch. Die letzten Sterne verschwanden aus Angst vor dem heranbrechenden Morgen. Sie legte das fast fertige Kleid beiseite, nahm die Brille ab und murmelte, als schämte sie sich vor sich selbst: „Morgen bin ich fertig damit."

Sie zog sich aus und schlüpfte in das Nachthemd. Dabei grübelte sie darüber nach, wie sie Linda, ohne sie aufzuwecken, veranlassen könnte, sich auf die Seite zu drehen, damit die eine Hälfte des Bettes für sie frei wurde. Sie blieb vor ihrem Patenkind stehen und betrachtete es. Linda hatte sich in letzter Zeit sehr verändert. Sie hatte nicht geduldet, daß sie die Kirche Unserer Lieben Frau von Brasilien finanziell unterstützte, sondern hatte das Geld lieber der Lungenkranken geschenkt. Sie hatte mit Julieta Frieden geschlossen und ihre Liebesromane beiseite gelegt. Dafür las sie nun wertvolle Bücher, die ihr der Neger Henrique oder der alte Jude borgte. Sie sprach davon, daß sie arbeiten, nähen wollte. Dona Risoleta konnte diese rasche und gründliche Wandlung nicht verstehen. Sie hatte ihr Patenkind wie ein reiches Mädchen aufgezogen. Solange es ihre Finanzlage erlaubte, hatten sie in einem Häuschen in Tororó gewohnt, mit gutem Essen und guter Schule. Aber alles wurde anders, sie mußte nähen, um leben zu können. Sie liefen von Pontius zu Pilatus, bis sie schließlich im Dachgeschoß der 68 landeten. Etwas aber blieb wie früher: Sie ließ Linda nicht arbeiten. Sie träumte von einem reichen Mann für ihr Patenkind. Sie hatte vor den mächtigsten Heiligen Gelübde abgelegt, und sie hoffte, daß der Senhor do Bonfim ihre sehnlichsten Wünsche erhörte. Nun durchkreuzte Linda selbst ihre Pläne mit der Idee, arbeiten zu wollen. Sie konnte sich die Wandlung ihres Patenkindes einfach nicht erklären, sie wurde ganz traurig darüber. Ihre Beine schmerzten stärker. Sie schob Linda behutsam zur Seite und legte sich schlafen.

5

„Julieta!"

„Was ist denn, meine Liebe?"

„Tantchen ..."

Mit aufgerissenen Augen starrte Linda die andere entsetzt an. Das war noch nicht dagewesen. Sonst wachte sie erst auf, wenn der Kaffee fertig war, den Dona Risoleta früh am Morgen bereitete. Ihre Patentante stand aus alter Gewohnheit stets als erste auf. Heute jedoch war Linda als erste aufgestanden. Dona Risoletas Beine waren gelähmt, sie hatte hohes Fieber und konnte sich nicht rühren. Da die Nähmaschine stillstand, herrschte in dem Zimmer ungewohnte Ruhe. Linda war fast wahnsinnig. Als Julieta und Júlia ins Zimmer kamen, entschuldigte sich die Kranke beinahe, daß sie nicht arbeitete.

„Was ist denn, Dona Risoleta?"

„Was weiß ich, mein Kind! Gewiß ist's nichts Ernsthaftes. Morgen geht's mir bestimmt wieder besser. Am schlimmsten ist es mit dem Kleid für Dona Virgínia, das muß ich heute liefern."

Julieta erbot sich: „Das ist weiter nichts, ich mach's fertig." Sie wandte sich an Linda, die hilflos neben dem Bett stand. „Hol den Arzt. Ich bleib hier und mach das Kleid fertig."

„Ich weiß gar nicht, wie ich dir danken soll."

„Was ist denn schon dabei ..."

6

Ihre Beine blieben gelähmt. Das letzte bißchen Geld ging für die Arznei drauf. Linda versuchte, selbst zu schneidern, aber sie hatte kein Geschick. Eines Tages verkaufte sie die Nähmaschine, und von dem Erlös lebten sie einen Monat. Linda bemühte sich um eine Anstellung. Sie wollte als Verkäuferin oder als Kellnerin arbeiten. Als Antwort hörte sie immer nur das Wort Krise, es wurde ein Alp für sie. Julieta half ihr weiter. Zunächst mit Geld, dann mit Lebensmitteln. Aber auch für die Nachbarinnen standen die Dinge nicht gut. Es reichte kaum fürs Essen. Und eines Tages hatte Linda nichts mehr, was sie auf den Kocher stellen konnte. Sie schämte sich, daß sie Julieta von neuem in Anspruch nehmen mußte. Dona Risoleta sah ängstlich aus ihrem Schaukelstuhl auf, wie jemand, der sich schuldig fühlt. Linda umarmte sie lachend, sie wollte sie aufheitern, aber die Lungenkranke nebenan hustete; Linda zitterte, genauso nervös wie ihre Patentante.

7

Bedächtig stieg Álvaro Lima die Treppe hinauf. Er grüßte das blaugekleidete Mädchen, das dicht an der Wand still nach unten ging. Am Fuße der Treppe unterbrach eine Gruppe von Männern ihr Gespräch und ließ sie vorbei. Der Neger Henrique sagte: „Sie hat wieder geweint."

Álvaro Lima traf die Taubstumme auf dem dritten Treppenabsatz. Er blieb stehen und berührte sie. Sie lachte mit ihren teuflischen Augen. Álvaro Lima schrie: „Was ist denn passiert?"

Sie bewegte den Kopf hin und her, setzte sich auf eine Stufe und machte die Beine steif. Sie hielt die Hand an den Mund und murmelte. Dann schüttelte sie verneinend den Kopf. Dabei lachte sie böse, hämisch.

Álvaro Lima verstand sie nicht. „Warum, zum Teufel, lachst du denn?"

Sebastiana hörte nichts, sie lachte weiter; ihre kleinen Augen funkelten vor Freude und Genugtuung, denn sie wollte sagen, daß die Gelähmte oben im Dachgeschoß nichts mehr zu essen hatte.

8

Der mit den Raffzähnen erläuterte Álvaro Lima die Gesten der Taubstummen und beteiligte sich mit zwei Milréis an der Geldsammlung, die der Agitator rasch angeregt hatte.

Linda wollte das Geld erst nicht annehmen, aber Álvaro Lima sagte, es werde ihr ja nur geliehen. Sie könne es zurückzahlen, sobald sie in der Lage sei. Er sah ein Buch auf dem Bett liegen. Es war ein Band über die Situation der Frau in der Sowjetunion.

„Lesen Sie das?"

„Isaac hat's mir geborgt."

„Gefällt es Ihnen?"

Sie schwieg. Álvaro Lima blickte sie ernst an. „Ich hab Sie eigentlich immer für eine Faulenzerin gehalten, aber jetzt sind Sie auf dem richtigen Wege."

Dona Risoleta sah sie von ihrem Schaukelstuhl aus verständnislos an.

Von nun an sprachen sie ausführlicher miteinander. Álvaro Lima erklärte all das, was Linda häufig nicht begriff. Das Alltägliche indessen spürte sie, es arbeitete stärker in ihr als die Worte des Agitators. Linda mochte Álvaro Lima gern, und sie wunderte sich nicht, daß er ihr nie galante Worte sagte.

9

Das Köfferchen mit der Toilettenseife und dem Allesreiniger lag auf der Kiste mit der Schlange. Artur hatte sich auf dem Bett ausgestreckt, einer der Armstümpfe scheuerte gegen die Wand. Er sah ein, daß das Köfferchen jetzt nutzlos war. Sie wurden überhaupt nichts mehr los. Die beiden letzten Tage waren sie gar nicht mehr hinausgegangen. Sie liefen sich nur die Schuhsohlen ab und wurden heiser, ohne auch nur ein einziges Stück Seife oder einen Allesreiniger zu verkaufen. Der Hunger bedrohte sie. Der Bettler Cabaça, der unter der Treppe schlief, hatte sie schon mehr als einmal aufgefordert, mit ihm zusammen betteln zu gehen.

„Du siehst aus wie ein Gespenst mit deinen beiden Armstümpfen. Und die Reichen sind um ihr Seelenheil im Jenseits besorgt."

Der Händler kam herein und wartete auf eine Frage Arturs. Dieser aber war so sehr entmutigt, daß er gar nichts fragte.

„Heute hab ich mehr Glück gehabt."

„Was?"

„Wirklich. Ich hab für uns alle Arbeit gefunden."

Artur sprang auf. „Erzähl!"

„Wir machen Reklame für die Casa das Fazendas."

Er erklärte, der Inhaber wünschte eine Reklame, die die Aufmerksamkeit der Stadt erregte. „Etwas zum Lachen ... Zum Beispiel eine Bauernhochzeit." Alles wurde genau festgelegt. Das Paar sollte durch die Straßen der Stadt ziehen und so Reklame für die Casa das Fazendas machen.

„Ich spiel den Bräutigam, du den Trauzeugen. Die Firma liefert den Stoff für die Kleider. Nur die Braut fehlt noch. Es muß eine kleine Hübsche sein. Nur unter dieser Voraussetzung nimmt er uns."

Artur ging im Zimmer auf und ab.

„Kennst du die Kleine oben im Dachgeschoß? Sie sucht auch Arbeit."

„Das Patenkind der alten Schneiderin? Sie ist wirklich hübsch, aber sie macht sicherlich nicht mit. Zu dumm."

„Das Mädchen ist in Ordnung. Ich garantiere dafür."

„Na, dann sprich mit ihr. Zehn Milréis pro Tag. Aber ich glaube nicht, daß sie annimmt, denn ..." Er schwieg kurz, bevor er fortfuhr: „... denn diese Hochzeit ist doch recht lächerlich. Das ist ja fast eine Hanswursterei."

„Nun, wenn man Geld braucht ..."

10

Linda fand sich entsetzlich lächerlich. Der blumengeschmückte Hut, der ihren Kopf zierte, und die von dem Kattunkleid herabhängenden Lilien erstickten sie beinahe. Ihre Wangen waren rot geschminkt, ihre Augen sahen vor Scham zu Boden. Sie fühlte sich unmöglich und wollte nicht länger mitmachen, denn das war nichts für sie. Alle Tränen der Welt schienen ihr in der Kehle zu sitzen. Das Spiel der vier Musiker, die den Zug anführten, dröhnte ihr in den Ohren. Der Händler trug einen alten Frack mit viel zu kurzen Hosen und einen großen Strohhut. An Arturs Armstümpfe waren Blumen gebunden, und seine

Glatze war rot bemalt; er riß Witze, über die die Leute lachen sollten, und streute Informationen über die Casa das Fazendas ein. Hinter ihnen trugen zwei Männer ein großes Schild:

CASA DAS FAZENDAS
Vollständiges Sortiment an Seidenstoffen
Bräute, kauft eure Aussteuer in der
CASA DAS FAZENDAS
Besucht die CASA DAS FAZENDAS
Größtes Lager – günstigste Preise!

Linda hatte Erfolg. Die Vorbeigehenden meinten, daß sie so traurig und verschämt ihre Rolle vorzüglich spielte. Sie lachten und machten ihre Witze. Sie folgte stumm, mit niedergeschlagenen Augen. Jemand sagte: „Die typische Unschuld vom Lande."

„Wer ist es denn?"

„Bestimmt eine Schauspielerin."

Studenten und alte Männer warfen ihr zweideutige Scherzworte zu. In der Rua Chile spürte sie, daß man sie kniff. Beinahe wären ihr die Tränen gekommen. Am Ende des Weges aber war das Gefühl der Scham geschwunden, und an seine Stelle trat dumpfer Haß, der den Ausdruck ihrer Augen veränderte. Sie träumte nie mehr vom Heiraten und ging nie mehr in die Kirche. Still und ernst begann sie, mit dem Händler zu arbeiten, und fühlte sich von nun an mit all denen verwandt, die in der 68 wohnten, mit den Arbeitern, den umherziehenden Arabern, den Kranken, den Schneiderinnen und den Prostituierten.

Das Schild, das den Namen der Mietskaserne trug, war mit ungleichmäßigen blauen und roten Buchstaben bemalt, einige waren größer, andere kleiner. Jeder, der dort hinkam, stieß auf dieses Schild, das an der Veranda im ersten Stock hing. Aber nur wenige Leute wußten, daß es hinter der 68 eine Mietskaserne gab. Der dunkle Eingang lag unter der Treppe und wurde auch von Fernandez' Familie benutzt, die im Erdgeschoß hinter dem Laden wohnte. Wenn ein Hausbewohner einmal spät nach Hause kam, dann stolperte er entweder über Cabaça, oder er trat in eine Wasserlache. Die Männer pißten wie Hunde und Katzen in den Flur. Der Neger Henrique hatte ihn die „Schmutzgalerie" getauft.

Es gab zwei Stockwerke mit sechzehn Wohnungen – ja, Wohnungen, das stand zumindest auf der Quittung, die der Eigentümer der 68 jeden Monat ausschrieb: „Von Frau Ricardina Soundso habe ich 30 Milréis als Monatsmiete für die Wohnung 16 der Avenida K. T. Espero auf der Ladeira do Pelourinho Nummer 68 erhalten."

Doch nur der Hausbesitzer nannte so etwas eine Wohnung. Die Mieter sagten Loch. Und sie hatten recht. Alle Räume waren gleich groß, mit Holzwänden und Wellblechdächern, acht unten, acht darüber. Brannte die Sonne darauf, dann war es, als wollte die Mietskaserne Feuer fangen. Keiner hielt es in diesen engen Wohnungen aus, ein Wohnzimmer, ein Schlafzimmer und etwas, was sich Küche nannte und wo auf vier Steinen der Topf mit der Bohnensuppe stand. Manche hatten auch alte Kocher, die sie fahrendem Volk abgekauft hatten. Vor der Mietskaserne lag ein zementierter Hof mit einem Wasserbehälter. Dieser Hof diente den Wäscherinnen als Bleiche und den Kindern als Spielplatz. Schmachtende Kater und schamlose Hunde – die Frauen verjagten sie mit Steinen, die Männer lachten herzlich darüber – benutzten ihn als Ehebett. Auf diesem Hof verdienten die meisten Bewohner des K. T. Espero ihren Lebensunterhalt, denn fast alle Mieter dieser Kaserne waren Frauen, die Wäsche wuschen oder stärkten und damit ihren Männern, die Arbeiter waren, halfen, die Familie zu ernähren; oft brachten sie sogar das meiste Geld nach Hause. Daneben gab es etwas, was sie großzügig als Garten bezeichneten und wo einsam ein Pfefferstrauch wuchs. In einem kleinen, kuppelförmigen Gebäude dahinter war eine heimlich betriebene arabische Bäckerei, die ausgedehnte Kundschaft hatte. Der Hof stand den Frauen nicht immer voll zur Verfügung. Zweimal bereits hatte der Hausbesitzer ihn an Einwanderer vermietet, die dort ihre Matten ausbreiteten. Sie aßen Zucker, schliefen und warteten auf ein Schiff, das sie in die Sklaverei der Kakaofazendas von Ilhéus, Belmonte und Canavieiras bringen sollte. Da es zwecklos war, sich zu beschweren, bleichten die Frauen ihre Wäsche dann lieber auf der Veranda oder in den Zimmern, und den Rest trockneten sie mit dem Bügeleisen; doch das kostete sie wesentlich mehr Kohle.

2

Dos Reis wandte den Kopf, das Wäschebündel fiel herunter. Sie setzte sich auf die Gasflasche, streckte die müden Beine aus und knüpfte das Bettuch auf, in das die anderen Wäschestücke eingeknotet waren.

In der Mietskaserne war es still. Es war Montag, und die Männer gingen früh zur Arbeit. Die Frauen liefen die Häuser ihrer Kunden ab und holten die schmutzige Wäsche, die sie am Sonnabend gewaschen und gestärkt wieder hinbrachten.

Sie sortierte die Wäsche nach Kunden. Dabei überprüfte sie jede Wäscheliste genau, damit sie später nicht seidene Hemden und Bettücher ersetzen mußte.

Ihr Mann rührte sich im Schlafzimmer. „Dos Reis! Dos Reis!" rief er sie.

„Was ist denn?"

„Bist du schon wieder da?"

„Nein, noch nicht", antwortete sie und lächelte.

Ihr Mann kam ins Wohnzimmer, nur mit einem Bulgarenhemd bekleidet, das ihm kaum bis an den Nabel reichte. Er küßte seine Frau auf den Hals.

„Hast du das alles geschleppt?"

Sie blickte seine behaarten Beine an. „Zieh dir lieber eine Hose an. Und wasch dir das Gesicht. Deine Augen sind ja noch voll Schlaf."

„Mingau der Seelen, mein Schatz."

Er warf sich auf die Wäsche und packte Dos Reis, die schallend lachte. „Paß doch auf, ich fall gleich hin."

„Da fällst du weich."

Sie umarmten sich, ohne den Gestank zu spüren, der von der schmutzigen Wäsche aufstieg.

„Die Tür ist doch offen."

„Was tut's?"

Frau Ricardinas Papagei brach in Lachen aus, das bis in die letzte Wohnung der Mietskaserne drang.

Dos Reis murmelte mit versagender Stimme: „Siehst du, du Esel?"

3

Ihr Mann gab ihr noch einen Kuß zum Abschied. Frau Ricardinas Papagei schrie: „Dummer Bauer!"

Dos Reis ging auf die Veranda und winkte ihrem Mann nach, bis er nicht mehr zu sehen war.

Er arbeitete auf den Kais und würde erst am Morgen zurück sein.

Ein deutsches Schiff sollte zu Mittag einlaufen und am Nachmittag und in der Nacht entladen werden. Dos Reis stellte sich vor, wie ihr Mann die Kisten packte, die der Kran aus dem Laderaum heraushob. Stets kam er kohlschwarz und verschwitzt nach Hause und verbreitete einen undefinierbaren Geruch.

Ein paarmal hatte Dos Reis schon zu ihm gesagt: „Du riechst wie verdorbene Cachaça."

„Hast du jemals verdorbene Cachaça gesehen?"

Dos Reis hatte abergläubische Furcht vor den Kränen mit den Stahltrossen und Eisenrollen. Mehr als einer hatte unter diesen schwarzen Ungetümen das Leben eingebüßt. Wenn ihr Mann zur Arbeit ging, dann krampfte sich ihr das Herz zusammen, und ein Schauer durchlief ihren schwarzbraunen Körper. Den ganzen Nachmittag über war sie unruhig und wartete darauf, daß man ihr die traurige Nachricht brachte, ihr Mann sei unter der Maschine umgekommen. Bei der Arbeit war sie nervös und antwortete kaum auf die Fragen ihrer Arbeitskolleginnen. Sie beruhigte sich erst, wenn ihr Mann mit diesem eigentümlichen Geruch, der an seinen Kleidern und an seinem Körper haftete, bei ihr eintrat. Trotzdem tastete sie ihn von oben bis unten ab. Er belächelte ihre Angst, aber sie war überzeugt, daß etwas passieren würde. Sie bat ihn, diese Arbeit aufzugeben, sonst hätte sie keine Ruhe mehr.

„Sei doch nicht töricht, Dos Reis. Da passiert nichts."

„Aber ich hab Angst."

„Es ist doch jetzt so schwierig, Arbeit zu finden."

„Wenn sich anderswo was findet, gehst du dann weg vom Kai?"

Der Mann versprach es ihr: „Wenn sich was findet, dann geh ich dort weg."

„Ich bin ja so froh darüber."

„Du bist eben dumm."

Am nächsten Tag ging er wieder Schiffe entladen, die so seltsame Namen hatten, daß er sie kaum aussprechen konnte. Dos Reis blieb aufgeregt zurück und flog regelrecht an die Haustür der 68, wenn sie das Alarmsignal des Krankenwagens hörte. Und es fiel ihr bereits schwer, denn sie war im siebenten Monat schwanger.

4

Sie sangen, wenn sie Unterhosen und Hemden mit Seife scheuerten, wenn sie die Wäsche auswrangen oder Patschuli in das Spülwasser träufelten, damit die Wäsche recht schön duftete. Manche Kunden mochten Patschuli nicht, sie meinten, es stänke nach Neger.

Die Frauen aus dem Dachgeschoß und den anderen Stockwerken, die ebenfalls vom Wäschewaschen lebten, gesellten sich zu den Waschfrauen vom K. T. Espero, und wenn sie nicht sangen, dann unterhielten sie sich. Dabei wurde viel gelacht und geklagt. Die jungen und die alten Mulattinnen, Portugiesinnen und Araberinnen sprachen über ihre Kundschaft, sie wußten über alles Bescheid, was in dem Haus geschah. Sie klagten einander ihr Leid, verfluchten ihr Leben und gingen gemeinsam zu der Gratisvorstellung ins Kino „Olímpia". Sie banden die Kleider an den Oberschenkeln fest oder hatten Hosen ihrer Männer an. Sie alterten rasch unter der Sonne, die sie an den Sommernachmittagen arg peinigte.

Wenn sie auch darüber redeten, daß sich die alte Araberin aus dem Dachgeschoß, die von allen Waschfrauen die meiste Kundschaft hatte, mit ihrem Sohn eingelassen habe und daß der Schmutz, den sie aus der Wäsche wusch, sich auf ihrem Körper sammelte, daß Dos Reis wieder einen dicken Bauch hatte und Josefa mit den Männern schlief, für die sie wusch, und daß Vitória von ihrem Mann geprügelt wurde, so fühlten sie sich doch solidarisch. Sie liehen einander Seife, ohne Geld dafür zu verlangen, und gaben denen Arbeit ab, deren Kundschaft kleiner geworden war. Hatten diese dann wieder mehr gute Kunden gefunden, so gaben sie alles zurück, was sie in der schlechten Zeit ausgeliehen hatten. Sie halfen sogar der alten Maria, obwohl sie sie nicht leiden mochten. Sie wußten, daß sie von ihr nichts zu erwarten hatten. Die Alte schimpfte nur über die Söhne der anderen Frauen, diese Lausejungen, die auf die Wäsche pinkelten, wenn sie auf dem Hof ausgebreitet lag.

5

Aber die alte Maria bat nur selten um Unterstützung. Ihre Kundschaft war sehr groß. Sie wusch für eine Unmenge Studenten, die in den Pensionen des Terreiro und der Rua do Bispo wohnten. Ihnen zeigte sie sich ganz anders als den Waschfrauen und ihren Söhnen, da war sie unterwürfig und machte ständig Kratzfüße. Die anderen Frauen wuschen nicht gern für die Studenten, denn sie waren bekannt dafür, daß sie zu prellen versuchten und es im übrigen mit dem Bezahlen nicht eilig hatten. Sie rackerten sich lieber für Hausfrauen, für Familienmütter ab, die zwar über den Preis nörgelten, schließlich aber doch zahlten.

Die alte Maria hingegen arbeitete nur für Studenten, und sie bekam ihr Geld immer ohne Verzug. Sie kassierte nie selbst, sie schickte ihre dreizehnjährige Tochter Celuta, die sich damit abgefunden hatte. An ihren Armen sah man die Kratzer und die blauen Flecke, die ihre Mutter ihr beigebracht hatte. Aber die Schenkel und die kleinen Brüste wiesen keine Spuren auf von den Griffen der Studenten. Ihre Lippen gewannen keinen Geschmack an den Küssen und den Bissen. Anfangs waren sie sogar geschwollen. Sie konnte sich nicht an diese seltsame Methode gewöhnen, mit der ihre Mutter das Geld eintrieb. Doch Zeit und Schläge ließen sie resignieren, und am Ende war ihr alles völlig gleichgültig. Ihre einzige Freude bestand darin, für ihre Puppe, die ihr Pega-pra-capá geschenkt hatte und der schon ein Arm fehlte, Kleider zu nähen. Sie wußte, daß ihr das gleiche Schicksal drohte wie ihrer Schwester, die ein Student einen Tag vor seiner Abschlußprüfung entjungfert hatte; man munkelte, der Vater des jungen Mannes habe der Alten fünfhundert Milréis geben müssen, damit sie keinen Skandal machte. Dann hatte die Schwester in den Armen aller möglichen anderen Kunden gelegen und war schließlich auf der Ladeira do Tabuão gelandet, mit einem kleinen Jungen, verflucht von der alten Maria. Doch Celuta hatte sich in ihr Schicksal gefügt, sie dachte nicht mehr über das nach, was ihr bevorstand. Sie trachtete nur noch, den Schlägen ihrer Mutter zu entrinnen, die zwar alt und dürr war, aber Kräfte wie ein Mann hatte.

6

Vitória arbeitete wie besessen, sie wusch ganze Berge von Wäsche und bat alle anderen Waschfrauen, ihr zusätzlich Arbeit abzulassen; ihre Hände hielten nicht still, sie rieben ständig mit der Seife, die in Melonenblätter eingerollt war. Sie hörte auch nicht hin, als Josefa sagte: „Dieser Herr Luciano kackt offenbar in die Unterhosen. Das kriegt man ja mit keiner Seife 'raus!"

„Das ist noch gar nichts! Da müßtest du erst mal für

Dr. Pires waschen, die sind noch dreckiger. Die Bettücher wechseln sie nur alle vierzehn Tage. Eine Schweinerei!"

Dann sprachen sie über die Häuser der Kunden, den Reichtum und den Luxus, der dort herrschte. Aber Vitória hörte nicht zu. Sie tat nur den Mund auf, wenn es eine Katze zu verjagen galt, die gerade über ein Tuch lief, das auf der Bleiche lag. „Mach, daß du wegkommst, du Katzenvieh!" Und sie schwang den Holzpantoffel.

Als ihr Mann letzte Woche betrunken nach Hause kam, zerrte er sie vom Plättbrett weg. Er wollte unbedingt mit ihr schlafen. Vitória widersetzte sich, denn sie hatte noch viel zu bügeln. Er wurde wütend und gab ihr ein paar Ohrfeigen. Als sie mit verweinten Augen und zerknittertem Rock zurückkehrte, hatte das Bügeleisen das seidene Hemd des Dr. Almeida verbrannt, und Frau Almeida veranschlagte den Schaden auf 55 Milréis.

7

Obwohl die Mietskaserne bei Sonnenschein wie ein Backofen war, hatten ihre Bewohner doch die heißen Tage lieber als Regentage. Denn dann rann das Wasser durch die Löcher im Wellblech und überschwemmte die Zimmer. Der Wind pfiff durch die Bretterwände. Alles wurde schmutzig. Schon bei Sonnenschein war es schlimm, aber viel schlimmer war es bei Regen. Sie beschwerten sich bei dem Eigentümer, Herrn Samara, aber der entgegnete: „Wo findet ihr denn für dreißig Milréis was Besseres?"

Joaquim Zarolho kaufte sich einen Papagei und brachte ihm bei: „Cá te espero ... Cá te espero ..."

„Wen denn, mein Lieber?"

„Herrn Samara. Herrn Samara."

„Warum denn, mein Lieber?"

„Damit er hier mal wohnt. Damit er hier mal wohnt."

Aber Joaquim Zarolho wohnte nicht lange in der Mietskaserne. Eines Tages wurde er wegen einer Gaunerei verhaftet, und man hörte nie wieder von ihm.

Mieter 1

Mancher Mieter der 68 ließ, wenn er auszog, legendäre Spuren zurück, Geschichten, die die Mütter ihren Kindern erzählten und die sich bis in die benachbarten Straßen verbreiteten.

Ein solcher Mieter war der Neger Temístocles. Als er fortging, bestand sein Gepäck fast nur aus afrikanischen Fetischen und Zaubergegenständen. Die Mütter berichteten, daß zu seiner Zeit viele bedeutende Leute aus der Stadt die von Ratten bevölkerte Treppe hinaufgestiegen seien, um den Neger Temístocles zu konsultieren. Er verließ sein Zimmer nur, wenn er mal auf den Abort mußte. Ein Junge kaufte für ihn Bohnen und Trockenfleisch ein, und Temístocles bereitete es auf einem Kocher im Zimmer zu. Man munkelte, reiche Kunden schenkten ihm edles Obst und teure Süßigkeiten. An dem Tage, als er auszog, standen alle Hausbewohner dichtgedrängt auf der Treppe, um ihn vorbeikommen zu sehen. Die Leute behaupteten, er sei in Afrika geboren und weit über hundert Jahre alt, und früher sei er in Santo Amaro Sklave gewesen.

Die Vermieterin der zweiten Etage – Dulce erinnerte sich noch ganz genau – hatte ihr die Lebensgeschichte dieses Negers erzählt und anschließend bemerkt, das Zimmer habe Tradition, es sei ein Zimmer mit einem besonderen Schicksal. Als letzte Mieterin wohnte darin eine Französin mittleren Alters, die von der Rua do Baixa gekommen und schon recht verbraucht war. Aber hier schien sie wieder jung zu werden. Sie hatte immer genug Männer und zahlte stets pünktlich.

„Und schließlich gabelte sie einen verwitweten Oberst auf, einen Intendenten aus dem Landesinneren. Er ließ sich mit ihr ein, und am Ende heiratete er sie sogar. Heute ist sie eine reiche Dame."

Während Dulce ihr Köfferchen fertigpackte, dachte sie, daß sich bei ihr alles doch ganz anders abgespielt hatte. Sie hatte nicht immer einen Mann gefunden, war mit den Zahlungen im Rückstand und hatte ihren Umzug vorbereitet. Gleich zwei Straßen sank sie jetzt tiefer, die Ladeira do Pelourinho und die Ladeira do Tabuão, in der sie künftig wohnen würde. Die Ladeira do Tabuão war die letzte Stufe. Von dort führte der Weg entweder ins Leichenschauhaus oder ins Hospital.

Dulce war noch nicht einmal zwanzig Jahre alt.

Die Verhaftung des spanischen Schusters überraschte die Bewohner der 68. Einige glaubten sogar, er habe den Verstand verloren. Nur wenige Männer, die mit ihm gesprochen hatten, begriffen seine Tat, die zu seiner Festnahme und schließlich zu seiner Deportation führte.

Der Schuster lebte mit seiner Katze und seinen Broschüren ziemlich zurückgezogen, er genoß zwar nicht die Sympathie der Hausbewohner, aber er wurde auch nicht gehaßt. Die Leute ahnten, daß er Anarchist war und nicht an Gott glaubte. Er war ein alter Mieter, er bewohnte bereits seit sechs Jahren das Zimmer im Dachgeschoß, ohne daß man sich um seine Einstellung gekümmert hätte. Man sprach all die Jahre wenig von ihm, bis auf das eine Mal, als er einen Engländer tätlich angriff, der auf der Straße einen aussätzigen Hund verprügelt hatte. Aber bei dieser Gelegenheit war ihm nichts geschehen. Das

Volk und sogar die Polizisten stellten sich auf seine Seite, und man ließ ihn in Frieden. Seit dieser Affäre waren bereits drei Jahre vergangen, und man sprach längst nicht mehr davon. Jetzt aber wurde der Schuster wieder Gesprächsgegenstand der Waschfrauen und der Arbeiter, und diesmal hatte er das Volk und die Polizisten nicht auf seiner Seite. Sie wunderten sich und begriffen nichts. Nur die Männer, die immer bei Álvaro Lima zusammenkamen, und der alte Jude billigten das Verhalten des Anarchisten und erläuterten es an der Haustür der 68 den anderen.

2

Das Geschehen wuchs sich sofort zu einem großen Skandal aus. Keiner verstand, daß der Spanier ohne ein Wort die Leinwand im Kino gerade in einer der spannendsten Szenen des Films mit Steinen beworfen hatte.

Man spielte einen amerikanischen Streifen über die Oktoberrevolution. Revolutionäre steckten Paläste in Brand, zerstörten Häuser, töteten Unmengen von Menschen und verstümmelten kleine Kinder, so daß die Frauen, die sich den Film ansahen, in Tränen ausbrachen.

Der Spanier sagte zu seinem Nachbarn: „So war es gar nicht! Das ist eine Gemeinheit!“

Er schrie sogar. Keiner hörte auf ihn. Kurz vor Ende der Vorstellung ging er hinaus. Aber am nächsten Tage war er wieder da, die Taschen voller Steine. Genau in dem Augenblick, als ein Matrose mit einer Armbinde den Säbel über einen unschuldig lächelnden Säugling hob und die Frauen ein Schauder überlief, begannen die Steine zu regnen und zerrissen die Leinwand. Das Licht ging aus. In der ersten Reihe saß ein weißhaariger Mann, dessen prächtiger Kopf auffiel, weil ihn eine blaue Ader durchzog. Er sagte mit ruhiger Stimme: „Das ist eine Gemeinheit! So war es wirklich nicht!"

Die Polizei nahm ihn mit.

3

Die alte Negerin, die an der Haustür Acarajé, Mingau, Cuscuz und Munguzá verkaufte, stellte fest, daß die Wunde an Cabaças Fuß immer größer wurde. Sie griff schon auf das Bein über, und die Lehm- und Erdklumpen, die der Bettler auflegte, halfen überhaupt nicht. Die Schmerzen wurden mit jedem Tag heftiger. Er konnte kaum noch gehen, bei jedem Schritt verzog er das Gesicht. Zunächst bekam er mehr Almosen, aber bald verbreitete das Bein einen solchen Gestank, daß die Barmherzigen vor ihm zurückwichen. Manchmal drückte er verzweifelt seine schmutzigen Fingernägel in das brennende, faulende Fleisch der Wunde. Wenn er die Finger dann zurückzog, waren sie blutig. Die alte Negerin bestellte den Krankenwagen, und an einem trüben Morgen wurde Cabaça abgeholt; alles Schreien und Protestieren half ihm nichts.

In der Nacht wartete die nackte Ratte vergebens auf das Pfeifen des Bettlers. Die liegengebliebene Decke stank bis ins Erdgeschoß hinauf. Cabaça war nicht mehr da mit seinem Acarajé ohne Piment. Da er auch in den folgenden Nächten nicht mehr pfiff, vergaß die Ratte Pelado den Bettler ebenfalls.

4

Er schlief auf dem Bürgersteig vor der Kathedrale, selbst wenn Wolken die Sterne am Himmel verdrängt hatten. Nicht etwa, weil es ihm Spaß machte, sondern weil ihm nichts übrigblieb, als sich mit einer Zeitung statt einem Bett zuzudecken. Was er erbettelte, reichte nicht aus, ein Zimmer zu mieten, und er kannte kein Loch unter einer Treppe, wo er hätte schlafen können. Er rang die Hände, damit es nicht regnete, er murmelte Beschwörungen, wenn sich der Himmel bezog und der Wind in den engen Straßen den Staub aufwirbelte. Er hatte die Hoffnung aufgegeben, jemals eine bessere Schlafstatt zu finden. War irgendwo eine verlassene Türöffnung, ein überhängendes Dach, wo er seine Zeitung ausbreiten könnte?

Im Stadtzentrum ragten neue Wohnhäuser auf, zehnstöckige Wolkenkratzer, die die aus der Kolonialzeit stammenden Häuser in den Schatten stellten. Aber diese Wolkenkratzer hatten einen Pförtner in blauer Uniform mit goldenen Knöpfen, der nicht einmal mehr gestattete, daß sich die Bettler der Haustür näherten, um eine Nickelmünze aufzuheben.

Zefa, eine Witwe, die zusammen mit ihren vier Kindern, denen der Schlaf die Augen verklebte, betteln ging, sagte zu ihm, er solle den Mut nicht verlieren. Eines Tages werde er schon ein Fleckchen finden, auf dem er sich nach dem Betteln ausruhen könne. Er meinte jedoch, es sei besser, wenn sie sich zusammentäten und gemeinsam in ihrer Hütte in der fernen Stadt Palha lebten. Wo schon fünf schliefen, hätte auch ein sechster Platz, überdies brauchten sie beide doch kaum viel Raum. Das alles sagte er jedoch nicht zu Zefa; seine Schüchternheit hinderte ihn daran, die Worte blieben ihm in der Kehle stecken.

Zefa war nicht etwa eine Schönheit, sie hatte nicht das Antlitz einer unbefleckten Heiligen, die bei dem Vorschlag eines solchen Zusammenlebens traurig geworden wäre. Doch ihre Augen flößten Angst ein, der Bettler wußte nicht, was ihn eigentlich beunruhigte und ihn zwang, seine schmutzigen Hände und die Krücken anzusehen. Er fühlte sich Zefa unterlegen, sie war ihm so fern, und es schien ihm unmöglich, sie zu erreichen. Tag für Tag suchte er sie in der Rua Chile auf, wo sie den Vorbeigehenden ihre Kinder zeigte und um Almosen bettelte.

„Haben Sie Mitleid mit diesen armen vaterlosen Kindern ..."

Eines Morgens erschien Zefa zu seinem Erstaunen an seinem Platz bei der Kathedrale.

„Gibt's was Neues, Zefa?"

„Ich hab eine Tür gefunden, unter der du schlafen kannst."

„Wo denn?"

„In der Ladeira do Pelourinho. Ich weiß zwar nicht die Nummer, aber es ist das größte Gebäude in der Straße, rosa angestrichen, die Farbe verblaßt schon."

„Lassen die denn einen Bettler dort schlafen?"

„Warum nicht?"

„Wenn sie es gestattet haben, dann ist gewiß schon einer da."

„Ja. Cabaça. Hast du Cabaça nicht gekannt? Ein Alter mit einer Wunde am Bein. Gestern hat ihn der Krankenwagen abgeholt. Die Treppe ist noch frei."

„Du ..."

Er wollte sich bedanken, aber sie forderte ihn auf: „Geh noch heute hin und kümmere dich drum, sonst schnappt es dir ein anderer weg."

5

Am späten Abend traf er dort ein und begrüßte die Negerin, die Mingau verkaufte: „Guten Abend."

„Guten Abend, Weißer."

Er setzte sich neben die Bahianerin auf die Türschwelle und schwieg, denn er wußte nicht, wie er beginnen sollte. Mit der Krücke schlug er auf die Betondecke des Bürgersteigs. Die Frau erkannte seine Verlegenheit und fragte: „Willst du etwas haben?"

„Für zwei Tostões Pubabrei."

Während sie in dem hohen Gefäß herumrührte, faßte er sich ein Herz. „Hier hat doch ein Bettler geschlafen, nicht wahr?"

„Cabaça ... Der ist im Krankenhaus, ihm geht es sehr schlecht."

„Und es hat dem Mann nichts ausgemacht?"

„Wem? Cabaça? Was hat ihm nichts ausgemacht?"

„Nicht doch. Ich meine was anderes. Hat's dem Hausbesitzer nichts ausgemacht, daß er hier geschlafen hat?"

„Herrn Samara? Der kommt nicht hierher ... Willst du den Platz, wenn du so dumm fragst?"

„Ja. Das heißt, wenn keiner ..."

„Wenn du willst, dann greif zu, sonst taucht schließlich ein anderer auf."

Ein Kunde kam und kaufte Moqueca.

„Ich versteh ja nicht, wie man hier schlafen kann, bei den Ratten und dem unglaublichen Dreck."

„Ich hab auf dem Bürgersteig vor der Kathedrale geschlafen, da ist's noch schlimmer. Wenn es regnet ..."

„Cabaça hat eine Decke hiergelassen. Wenn sie noch keiner auf den Abfallhaufen geworfen hat, muß sie noch unter der Treppe liegen." Sie schwieg und sah zu den Sternen auf, dann fuhr sie fort: „Ich hab Cabaça gemocht. Er hatte so eine verrückte Art. Ich weiß, daß er hier unter der Treppe gut zurechtgekommen ist. Er hat sogar eine Ratte großgezogen."

„Eine Ratte?"

„Nicht, du findest das komisch? Ich auch. Zum erstenmal hab ich gesehen, daß eine Ratte gezüchtet wird. So ein dreckiges Viech. Jeden Tag hat Cabaça für seine Ratte einen Acarajé gekauft." Sie machte eine Handbewegung, als wollte sie die Zeit umfassen. „Heutzutage... Weißt du, ich kenne viele Geschichten, aber daß einer eine Ratte großzieht, das hab ich nur bei Cabaça gesehen."

Der Bettler klaubte zweihundert Réis aus der Tasche, um den Mingau zu bezahlen, aber die Negerin wehrte ab. „Nein, du wirst ja mein Kunde bleiben. Heute schenk ich ihn dir."

„Danke."

Er ging hinein und fand gleich die Decke. Er breitete die Zeitung aus, legte sich hin und zog die Decke über sich. In dieser Nacht schlief er kaum wegen des Uringestanks und des Lärms, den die Ratten vollführten. Aber er gewöhnte sich bald daran.

6

Er war schmächtig, die Augen schienen hervorzuquellen. Im Gegensatz zu den anderen Kindern aus Nummer 68 hatte er keinen dicken Bauch. Dafür sah man alle Knochen unter der gelblichen Haut. Er rauchte billige Zigaretten, sah sich Fortsetzungsfilme an, verspottete Pega-pra-capá und machte mit, wenn Zèbedeus Bande im Kino ihr Unwesen trieb. Seinen großen Erfolg bei den anderen Jungen verdankte er den Grimassen, die er schnitt, und den Verrenkungen seines Körpers. Er war gelenkig wie kein anderer, er konnte den Kopf an die Füße drücken. Er vollführte Todessprünge, die auf seine Gefährten großen Eindruck machten. Überdies war er der beste Stürmer bei FC Chuta Forte, der seine Meisterschaften auf offener Straße mit einem Stoffball austrug. Er war mächtig stolz, daß Pega-pra-capá ihn gleich nach Zèbedeu am meisten haßte und von ihm sagte: „Das ist ein Bursche, der bestimmt hoch hinauswollte, wenn er der Sohn reicher Eltern wäre."

Er träumte davon, Zirkusartist zu werden, am Trapez zu arbeiten. Im Frack wollte er herauskommen und sich vor den Augen des Publikums bis auf eine Turnhose auskleiden. Er sah sich schon das Seil zum Hochtrapez hinaufklettern und von dort in einem Salto mortale zu einem anderen Trapez hinüberfliegen. Vor diesem Sprung würde der Zirkusdirektor Publikum und Orchester um absolute Ruhe bitten, denn ein Verfehlen um einen Zentimeter konnte den Tod des berühmten Trapezkünstlers bedeuten. Dann würde der Beifall aufbrausen, die Mädchen würden ihre Tücher in die Manege werfen. Seinen Gefährten versicherte er, eines Tages mit einem Zirkus loszuziehen, und wenn er einmal zurückkehrte, dann würde ihn keiner wiedererkennen, dann wäre er ein schöner und berühmter Mann.

„Ihr werdet ja sehen!"

Die anderen hänselten ihn: „Wir möchten dann umsonst in Ihren geschätzten Zirkus."

„Spottet nur! Ihr werdet ja sehen ... Ihr müßt mich dann bitten, hineingelassen zu werden, und ich pfeif auf euch."

„Na, dann los, du Fliege! Man könnte denken, du bist ein Tier ..."

„Wer kann sich denn so verrenken wie ich?"

Er hob die Hände und beugte sich nach hinten, bis sie die Fersen berührten.

„Das kann ich auch."

„Dann mach's doch."

Er krümmte sich noch mehr und steckte den Kopf zwischen die Beine. Plötzlich hörte er die Stimme seiner Mutter: „José, du unverschämter Bengel, ich hau dich durch! Komm bloß erst nach Hause, du!"

7

Dieser Junge war ihr einziger Sohn aus einer unglücklichen Ehe, und sie liebte ihn abgöttisch. Auch sie hatte schon Pläne geschmiedet, sie wollte, daß er Doktor wurde und Reden hielt. Sie mochte Josés Streiche nicht, er hatte nichts übrig für Bücher und trieb sich auf den Straßen herum, immer eine Zigarette im Mund. Sie hatte auch nicht das Geld für die Privatschule, ja, sie konnte nicht einmal Schuhe kaufen, die er für den Besuch der Gemeindeschule brauchte. Sie wußte noch, wie es Ivones Tochter ergangen war, die ohne Schuhe in die Schule gegangen war. Die Lehrerin hatte ihr so sehr zugesetzt, daß die Kleine weinend nach Hause lief. Ivone hatte sich nicht wieder bei der Lehrerin sehen lassen. Wozu auch? Armer Leute Kind ...

Wie Ivone und die anderen Mütter hatte auch sie sich damit abgefunden. Was tun? Die Kinder verkamen auf der Straße. Frühzeitig gewöhnten sie sich an kleine Diebstähle und ans Cachaçatrinken. Einige galten schon als richtige Diebe. Die Mütter sagten: „So ist's nun mal."

Fatalistisch ließen sie den Dingen ihren Lauf. Aber nachts weinten sie, und dumpfer Haß nagte an ihrem Herzen.

8

Am nächsten Morgen konnte José kaum gehen. Die Lymphdrüsen in der Leistengegend waren stark angeschwollen.

„Das hast du nun von deinem Herumspringen und von der Ballspielerei."

Die Mutter fragte die Nachbarn um Rat.

„Am besten läßt du einen Gesundbeter holen. Und Rindenholz. Frau Ricardina soll ihre Sache sehr gut machen."

Gegen acht Uhr am Abend erschien Frau Ricardina mit einem Mastruçozweig. Der Kranke mußte aufstehen, sie klopfte ihm mit dem Zweig auf den Kopf, betete laut und führte ihn schließlich vor die Tür.

„Sieh den Mond an."

„Ich kann ihn nicht sehen, das Dach ist davor."

„Das macht nichts. Sieh nur in die Richtung."

Dann befahl sie ihm, ihr nachzusprechen:

„Deinen Segen, Onkel Mond.
Diese Schwellung ist sehr schlimm.
Nimm sie hin zu dir.
Hilf mir, daß gesund ich werde."

Er mußte es dreimal aufsagen. Dann verordnete Frau Ricardina: „Träufeln Sie mit diesem Zweig mildes Öl auf die verhexte Stelle und lassen Sie den Jungen drei Tage im Bett."

Sie erhielt zehn Tostões für das Gesundbeten, dann ging sie, Gebete murmelnd, davon.

9

Dona Risoleta winkte Linda zu sich, als sie hereintrat, und wies mit dem Finger auf das andere Zimmer.

„Der Arzt hat gesagt, daß sie den heutigen Tag kaum noch überleben wird."

„Ich geh mal zu Vera, ob sie etwas braucht."

Die gelähmte Frau riet ihr: „Sei vorsichtig, Mädchen. Die Krankheit ist sehr ansteckend."

Aus Furcht nannte sie die Krankheit nicht bei ihrem Namen. Anhaltendes Husten war zu hören. Mit dem bißchen Kraft, das Dona Risoleta noch verblieben war, bewegte sie den Schaukelstuhl. Linda ließ sich bedrückt nieder.

„Wie schrecklich! Ich hab nicht den Mut, rüberzugehen."

Wieder drang ein Hustenanfall aus dem Zimmer hinten und erschütterte sie.

„Ist das traurig!"

„Jetzt hustet sie so viel, die Arme! Es nimmt kein Ende. Am Nachmittag war der Pfarrer schon da. Die Arme, sie kann nichts dafür."

Die Lungenkranke hustete leise. Dona Risoleta faltete die Hände und betete. Linda preßte sich das Kopfkissen gegen die Ohren.

Julieta stieß die Tür auf. „Darf ich reinkommen?"

Sie setzte sich auf den durchlöcherten Stuhl und sagte über die Lungenkranke: „Es steht sehr schlimm um sie. Für sie wäre es besser, sie stirbt bald. Was soll sie noch länger leiden?"

Linda lenkte ab: „Und Júlia?"

„Sie heiratet am Achten. Sie ist ganz stolz darauf, daß sie einen Bankbeamten kriegt. Als ob Geld glücklich macht! Aber sie muß es ja wissen. Sie näht ihre Aussteuer ..." Da die Lungenkranke wieder hustete, philosophierte sie: „Die eine näht ihre Aussteuer, die andere ihr Totenhemd." Sie stöberte in den Büchern. „Was liest du denn da für einen Roman?"

„Das ist kein Roman, das ist ein ernstes Buch."

„Aha!"

10

Am Morgen brachte Vera mit verquollenen Augen die Nachricht. Ohne daß sie es wollte und ohne zu wissen warum, fühlte sich Dona Risoleta sehr erleichtert. Es war, als hätte der Tod der Lungenkranken sie von einer

Qual befreit. Sie schämte sich, weil sie es für eine Sünde hielt. Aber sosehr sie sich auch bemühte, sie empfand keine Trauer, nicht einmal Mitleid. Sie betete den Rosenkranz für ihr Seelenheil. Sie begriff nicht, warum sie sich so erleichtert fühlte, warum ihre Nerven beruhigt waren.

Trotzdem war es, als fehlte im Dachgeschoß die gewohnte Störung, die das Husten der Lungenkranken verursacht hatte. Jede Stimme, jedes Geräusch schien verstummt ohne diesen quälenden Husten, und in allen Wohnungen herrschte Stille.

11

Als der Sarg weggebracht worden war, erklärte der Kraftfahrer aus dem zweiten Stock dem mit den Raffzähnen: „Die Tuberkulose ist eine Klassenkrankheit. Wenn ein Armer lungenkrank wird, kann er sich nicht behandeln lassen."

Die Taubstumme auf der Treppe lachte ihr Lachen, das wie Weinen klang und selbst die Ratten erschreckte. Mit unverständlichen Gesten drückte sie ihre Freude aus.

Der mit den Raffzähnen spuckte aus. „Elendes Weib!"

12

Das blaugekleidete Mädchen schien nicht zu wissen, was im Hause vorging. Wie ein Schatten stieg sie zwischen den verschwitzten Männern weiter die Treppe hinunter. Für Linda indessen wurde jedes dieser Ereignisse bedeutungsvoll, sie lehrten sie mehr als alle Bücher, die sie nachts las.

Die Dürre trieb sie nach Süden; ebenso wie Soldaten fuhren sie in der dritten Klasse der „Santarém". Nachdem die Passagiere der ersten Klasse an Land gegangen waren, kamen sie mit ihren Bündeln, und die Frauen zerrten ihre Kinder hinter sich her.

Der Neger Henrique, der einen Sack Kakao im Lagerraum Nummer 6 hochhob, sagte zu dem Roten: „Sieh mal, die vielen Flüchtlinge!"

„Dort ist es ganz schlimm. Die Sonne hat alles verbrannt."

Man sah Männer mit grauen, ausgemergelten Gesichtern und hagere Frauen, gebeugt wie Greisinnen. Das Alter wurde bei ihnen nicht nach der Zahl der Jahre, sondern nach der Zahl der Kinder bemessen.

Die Lastträger blieben stehen und schauten diesen wirren Menschenhaufen an, der sich aus einzelnen Gruppen zusammensetzte.

„Jede Gruppe ist ja riesengroß!"

„Was heißt Gruppe, das ist immer eine Familie."

„Wirklich?"

„Ja, wirklich."

Wer noch ein wenig Geld hatte, erkundigte sich nach billigen Pensionen. Dorthin schleppten sie ihre Bündel und ihre Familien. Eine Gruppe von dreißig Mann blieb zurück und beratschlagte.

„Das sind die Allerärmsten."

„Die haben keinen roten Heller mehr."

Sie wählten offenbar einen Anführer, und ihm gaben sie die letzte Nickelmünze, die ihre mageren Hände noch ganz tief in den Taschen gefunden hatten. Der Neger Henrique und der Rote traten näher heran. Der Anführer verkündete: „Neunzig Milréis."

Ein Arbeiter erklärte, daß erst in drei Tagen wieder ein Schiff nach dem Süden ging.

Der Anführer fragte: „Könnten Sie mir einen Ort nennen, an dem die Leute für neunzig Milréis diese drei Tage schlafen können?"

„So viele Leute? Ich weiß nicht."

„Vielleicht in unserem Hof", meinte der Rote.

„Ja", stimmte Henrique zu. „Herr Samara hat vor etwa zwei Jahren schon mal Flüchtlinge aufgenommen."

„Es wäre möglich ..."

Der Anführer sah mehr wie ein Zigeuner aus als wie einer aus Ceará. Er war dunkelhäutig und größer als Henrique und trug eine Kaschmirjacke und um den Hals ein buntes Tuch.

Der Rote meinte: „Ich glaube, ich weiß ein Haus, wo ihr bleiben könnt. Eigentlich ist es ja kein Haus, sondern ein zementierter Hof in der Ladeira do Pelourinho. Aber das Wetter ist ja beständig" – er blickte zum Himmel auf –, „es ist beinahe frisch."

Er zeigte auf Herrn Samaras Büro. Die Flüchtlinge dankten und gingen dorthin. Sie nahmen ihre kleinen Bündel auf die Schultern und waren so gebeugt, als hätten sie hundert Kilo zu schleppen. Einige Frauen trugen Kisten, andere wieder Kinder. Ein zwölfjähriges Mädchen zog ihr dreijähriges Brüderchen an der Hand mit, und auf dem Arm hatte es ein sechs Monate altes weinendes Kind. Die Mutter hatten sie tot in Ceará zurückgelassen.

Der Neger Henrique sah ihnen nach, bis sie hinter den Häusern im unteren Teil der Stadt verschwunden waren. Er schlug dem Roten auf die Schulter. „Arme Kerle! Sie glauben, daß sie im Süden reich werden können."

Der Rote hob einen sechzig Kilo schweren Sack hoch. „Verdammter Mist! Arme Kerle!"

2

Herr Samara verlangte vierzig Milréis je Tag für seinen Hof. Sie boten dreißig.

„Na schön, ich bin einverstanden, weil es euch schlecht geht, ich will nicht ungefällig sein. Aber macht mir den Hof nicht dreckig!"

Der Anführer hielt nicht viel von dieser Gefälligkeit, sagte aber nichts dazu. Er zahlte im voraus, und wie ihnen ein Maurer den Weg beschrieben hatte, gingen sie alle die Ladeira do Tabuão hinauf.

3

Der Anführer achtete auf die Hausnummern. Vor der 68 blieb er stehen. An den Fenstern tauchten Neugierige auf.

„Das sind Zigeuner!"

„Keine Spur. Das sind Flüchtlinge."

Der Anführer wandte sich an die Frau, die an der Tür stand. „Können Sie mir sagen, ob es hier einen Hof gibt? Wir haben nämlich den Hof gemietet."

Die Frau starrte den Mann an, ihre kleinen Augen blickten vergnügt. Dann lachte sie so schrecklich, daß der Mann zurückwich. Herr Fernandez kam hinter dem Ladentisch hervor, näherte sich dem Anführer und sagte: „Achten Sie nicht darauf. Sie ist taubstumm und nicht ganz richtig im Kopf. Was wünschen Sie denn?"

Der Mann aus Ceará wiederholte seine Frage.

„Ach so, ja, das ist hier. Kommen Sie durch den Flur herein. Das ist hinten, im K. T. Espero."

Als die Männer in dem dunklen Gang verschwunden waren, murmelte Herr Fernandez: „Die Waschfrauen werden wütend sein." Und weil die Taubstumme noch immer lachte und auf das blasse Mädchen zeigte, das ihre beiden kleinen Brüder bei sich hatte, schrie Herr Fernandez sie an: „Halt die Klappe, du dummes Geschöpf!"

4

Mißmutig legten die Waschfrauen die ausgebreitete Wäsche zusammen; der Zementboden des Hofes sah naß aus. Die Flüchtiinge warfen ihre Bündel ab und schnürten die Matten auf. Die Hängematten, die sie nicht festmachen konnten, dienten als Decken. Sie tranken in großen Zügen Wasser aus der Leitung. Sie streckten sich auf dem feuchten Gras aus und schoben die Bauernstrohhüte auf das Gesicht. Die verschiedenartigsten Tücher waren zu sehen, rote und weiße mit Blumen, die wie eine Krawatte um den Hals oder aber um das Handgelenk gebunden waren. Die Frauen verknoteten in einem Tuchzipfel ihre Nickel- und Silbermünzen. Die Mütter gaben ihren Kindern Zucker und altbackenes Brot zu essen. Die Kinder aus dem K. T. Espero holten ihre Freunde aus der ganzen Straße zusammen, damit sie die Einwanderer bestaunten. Sie blieben an der Hausflurtür stehen, stießen und kniffen einander, um besser sehen zu können.

„Laß meinen Hintern in Ruhe, so was bin ich nicht."

„Du Kringel du . . ."

„Guck mal, die Frau da hat die Brust draußen und stillt ihr Kind."

„Wo denn?"

„Dort."

„Ich möchte auch mal trinken."

„Trink doch bei mir."

„Ich lange dir gleich eine."

Ein Flüchtling entdeckte die Bäckerei. „Leute, da ist eine Bäckerei."

„Ich hole frisches Brot."

Er kehrte mit einem arabischen Brot zurück, es sah komisch aus, wie eine Cuiafrucht.

„Das schmeckt ja nach gar nichts."

„Es ist fremdes Brot."

„Man sagt, daß sie Weinblätter essen."

„In Deutschland ißt man sogar Vogelnester", erklärte ein hagerer Mann.

„Mach's halblang."

„Na, was denn? Sind die Indianer etwa keine Menschenfresser?"

„Menschen sind schließlich keine Vogelnester."

„Was ist denn besser?"

„Iß mal beides, dann wirst du's merken."

Gitarren wurden hervorgeholt. Man sang Côcos der fernen Heimat und nahm es mit berühmten Sängern auf. Die Waschfrauen vergaßen den Ärger und kamen näher.

„Ich machte so viel von mir reden,
daß mich rufen ließ der König,
um seine Tochter zu heiraten.
Als Mitgift gab er mir
Europa, Frankreich und Bahia ..."

Ein junges Mädchen tanzte den Côco mit kleinen Schritten. Die Männer klatschten in die Hände. Der Cearense sang weiter:

„Und ich sagte, ich wolle nicht ..."

Die Waschfrauen kamen immer näher. Schließlich konnte Vitória nicht länger widerstehen und tanzte mit. Eine Ziehharmonika, von geschickten Händen gespielt, vervollständigte die Kapelle. Der Spieler tanzte ebenfalls mit, die Harmonika wurde auseinandergezogen und wieder zusammengedrückt, als begleitete sie den Tanz des Mannes.

„Als Mitgift gab er mir
Europa, Frankreich und Bahia . . .“

Die Flüchtlinge und die Waschfrauen tanzten, alles war vergessen. Plötzlich hielt die Musik inne, aber gleich begann sie von neuem.

„Lausch dem Côco aus Alagoas!
Lausch dem Côco aus Alagoas!“

Die Leute tänzelten hin und her, bewegten den Körper wie bei einem Bauchtanz, die Augen strahlten, die Finger huschten über die Gitarre. Die Sklaverei, aus der sie kamen, war vergessen, und sie dachten nicht an die Sklaverei, der sie entgegengingen.

„Lausch dem Côco aus Alagoas!“

5

Die Zwölfjährige wiegte ihr Brüderchen. Mit den Blicken folgte sie dem anderen, der sich von ihrer Hand losgerissen hatte und über das Gras lief. Der Vater, ein kräftiger Rinderhirt, war auf der ganzen Fahrt seekrank gewesen, er sah noch ganz gelb aus. Er hatte sich auf dem Boden ausgestreckt.

„Mir ist immer noch übel.“

„Und du willst ein Mann sein?“

„Ich bin ein Mann, der kräftig zupacken kann, aber diese Schaukelei auf dem Wasser – nie wieder!“

Der Kleine schrie und suchte bei seiner Schwester nach einer Brust, die sich noch nicht einmal andeutete. Eine Flüchtlingsfrau mit üppigen Brüsten, die vor wenigen Monaten entbunden hatte, erbot sich: „Ich geb dem Kleinen zu trinken.“

So wurde der Kleine ernährt. Er bekam seine Milch

einmal von dieser, einmal von jener Frau. Das Mädchen dankte mit einem Blick, seine Augen waren ernst wie die einer Erwachsenen. Der Junge sog hastig und gierig an der Brust. Dann schlief er ein, ohne sich von dem Gitarrenspiel stören zu lassen. Das Mädchen lief hinter dem anderen Bruder her, zog ihn neben sich und blieb den ganzen Tag über bei ihm sitzen, ohne mit den anderen Kindern herumzutoben, ohne zu lachen. Nur ab und zu sprach sie mit dem Vater.

6

Der Kranke nahm eine Dosis Chinin ein und lächelte den Mann an, der ihn betreute.

„Sobald es besser ist, versuch ich, etwas Geld zu bekommen, und fahre nach Ceará zurück."

„Hast du Heimweh?"

„Ach ..."

Er war schon krank, als er an Bord ging. Die anderen meinten, in dem anderen Klima würde das Wechselfieber verschwinden. Aber die Krankheit dauerte an, erfaßte ihn völlig, das Fieber stieg immer mehr. Im Fieberwahn sah er das ausgedörrte Land, das nach Regen lechzte, das tote Vieh und die fliehenden Menschen. Er wollte zurück. Er hatte Angst vor dem Süden, vor dem Kakao, von dem so viel gesprochen wurde und der so viele reich gemacht hatte. Er lauschte zwar diesen Erzählungen, aber er glaubte nicht recht daran. Wenn er nur ein wenig Geld für die Fahrt auftreiben konnte, dann würde er zurückkehren, selbst wenn die Dürre noch nicht vorüber war.

Doch er kehrte nicht zurück.

Drei Tage später starb er an Bord der „Maraú", als die Kokospalmen von Ilhéus in Sicht kamen. Der Leichnam wurde in eine schwarze Plane gewickelt. Die anderen sprachen nicht mehr von Rückkehr. Sie verteilten sich auf die Fazendas, auf denen sie nicht reich wurden. Ihre Söhne wurden von den Obersten zu Banditen erzogen. Sie vergaßen die Geschichten des Paters Cícero und lernten dafür die Geschichte Lampiãos kennen. Sie vergaßen auch, daß sie eigentlich hierhergekommen waren, um reich zu werden. Jetzt dachten sie nur noch an die phantastischen Summen, die sie den Fazendeiros schuldeten.

Kneipe

„Nur auf einen Schluck!"

„Das lohnt ja nicht."

Die Männer lehnten sich gegen den Ladentisch oder setzten sich auf die Seifenkisten. Gegen sechs Uhr abends wurde es in Fernandez' Laden immer voll.

„Willst du nun Cachaça oder nicht?"

Er nahm die Flasche, in der Wurzelwerk herumschwamm.

„Na schön, nur einen Schluck, Kumpel."

„Das lohnt ja nicht."

„Ein Rachenputzer."

„Der stillt den Hunger nicht."

Der mit dem rotgestreiften, kurzärmeligen Hemd pfiff durch seine schlechten Zähne. Er schüttete den Rachenputzer in den Hals, verzog das Gesicht und spuckte aus. Die Pflastersteine sahen rosa aus. Noch brannten die Lampen nicht.

„Gestern ist die Schlange des fliegenden Händlers ausgerissen. Die Frauen haben einen Mordsspektakel gemacht."

„Sie ist doch gar nicht giftig."

„Hast du die Zeitung von gestern gelesen?"

„Warum?"

„Eine Familie aus dem Sertão hat eine Schlange gegessen …"

„Schlangenmoqueca! Vielleicht schmeckt's ganz gut."

„Halt den Mund!"

Der andere senkte den Blick.

„Noch einen Tropfen, Fernandez."

„Sie sind vor der Dürre und vor Lampião geflohen."

„Du Aas, du verdammter Mischling!"

„Halt den Mund!"

„Mach schnell, Fernandez."

„Sie haben die Schlange gegessen, und alle sind tot."

„Schlangen sind ja auch nicht eßbar."

„Vater, Mutter und sechs Kinder."

Er spuckte mächtig. Vom Ladentisch aus sah man die finstere Treppe.

„Mancher Mischling hier kriegt es fertig und frißt noch die Ratten … bei dem Kohldampf, den sie haben."

Er schnitt eine eigenartige Grimasse, zog Mund, Nase und ein Auge gleichzeitig zusammen. Entsetzt sagte er: „Heilige Maria, du Schmerzensreiche!"

„Im Krieg soll man sogar …" Er sah den Soldaten an, der mit dem Seitengewehr den Dreck von seinem Stiefel kratzte. „Nicht wahr, Sergeant? Im Krieg soll man sogar Ratten gegessen haben."

Der Soldat entgegnete wichtigtuerisch: „Das ist nur bei den Deutschen vorgekommen."

„Damals."

Der Neger nahm den Zahnstocher aus dem Ohr, um besser zu hören.

„Sie haben sich sogar gegenseitig aufgefressen. Es war eine furchtbare Hungersnot."

„Da möchte man sich ja gleich übergeben." Wieder zog er Mund, Nase und ein Auge zusammen.

„Was ist denn dabei, du Zivilist?" Der Soldat sah ihn verächtlich an.

„Einen Zuckerrohrschnaps, Fernandez."

„Den Freunden bietet man wohl nichts an."

„Zu Befehl! Was mir gehört, gehört auch meinen Freunden."

„Aber wie ich schon sagte ..."

Sie wandten sich zu dem Soldaten um.

„... ein Zivilist ist auf so etwas nicht vorbereitet. Aber wir haben Übung darin. Es kann ja mal zum Krieg kommen. Argentinien braucht sich nur bedroht zu fühlen. Haben Sie nicht gesehen, wie es damals mit Paraguay war?"

„Mein Großvater war Kriegsfreiwilliger. Er hat einen Arm verloren."

Von der finsteren Treppe her drang die Stimme Álvaro Limas: „Und er kann nie wieder arbeiten, nicht wahr?"

„Er ..."

Der Soldat fuhr auf. „Aber er ist ein Held des Vaterlandes!"

„Das war er. Denn er ist ja bald verhungert, nicht?"

„Fast. Er ist als Bettler gestorben."

Der in dem gestreiften Hemd hatte sich gerade eine Zigarette gedreht. „Da ist's schon besser, man bringt Leute hinterrücks um."

„Aber das Vaterland ... Brasilien ..."

In der Dunkelheit schien die Stimme kräftiger, beherrschender. „Krieg bringt nur denen Vorteile, die an der Regierung sind, sie werden reich ... Und den Reichen, die noch mehr Geld scheffeln, wenn sie Nahrungsmittel verkaufen."

„Sehr richtig!"

„Wenn alle so dächten, würde man schließlich überall ernsthaft mit Brasilien rechnen."

„Ja, die denken wirklich an Brasilien! Die wollen nur Geld. Im Krieg stirbt nur der Soldat. Er fällt für seine Kameraden. Um den Interessen der Reichen zu dienen."

Der Soldat suchte nach einer Antwort. Aber er stand allein, und er hörte die Schritte des jungen Mannes, der die Treppe hinaufstieg. Er steckte das Seitengewehr in die Scheide und fuhr fort: „Nur die Deutschen haben Ratten gegessen."

Der Mann kam herein. Einzig sein dichter Bart fiel auf.

„Der Verstorbene war dicker."

Er schlotterte in seinen Sachen. Er lehnte sich an den Ladentisch und verlangte: „Ein Brot für zweihundert Réis."

In allen Taschen suchte er die Nickelmünze. Die anderen hörten ihn murmeln: „Bestimmt hab ich sie verloren."

Aber schließlich fand er sie. Noch im Laden biß er kräftig in das Brot.

„Das scheinen ordentliche Leute zu sein."

An der Tür blieb er stehen, er wollte umkehren, aber er schämte sich. Er steckte die Hände in die Hosentaschen und ging die Straße hinunter. Jetzt erst bemerkten sie, daß er einen Brillanten am Finger trug.

„Den ins Leihhaus!"

„Halt den Mund! Wer weiß, warum er ihn nicht versetzt."

„Ganz schön dumm, wenn man sich mit Frauen einläßt."

„Wer spricht denn von Frauen?"

„Na, keiner."

Fernandez kassierte. Der mit dem gestreiften Hemd fragte: „Was bin ich schuldig?"

„Tausendzweihundert."

„Schreib's an."

Fernandez wies auf das Schild, das über dem Regal hing: „Wir borgen erst morgen."

„Dieses Morgen wird's nie geben."
„Noch einen Schluck zum Abschluß."
„Tausendvierhundert."
Der Mann trug ein rotes Halstuch. Er trank das Glas Cachaça aus und sagte: „Guten Tag."
„Guten Abend."
„Ach ja, es hat schon sechs geschlagen."
Er schenkte ein großes Glas voll und sagte einladend: „Bekommen Sie schon?"
Der Wind wehte das Halstuch hoch.
„Wissen Sie, ob da oben ein Zimmer frei ist?"
Der mit dem Militärmantel antwortete: „Ja, eins ist frei. Ein Taschendieb ist von der Polizei geschnappt worden. Sein Zimmer ist noch zu vermieten."
„Jeder von uns kann stehlen."
„Das ist eine Frage des Hungers."
„Solange ich Arbeit habe ..."
„Und wenn du keine hast?"
„Stehlen würde ich jedenfalls nicht."
„Gelegenheit macht Diebe, mein Lieber."
„Nun ..."
„Hast du den alten Jerônimo nicht gekannt?"
„Noch einen Schluck?"
„Nicht der Mühe wert."
„Ehrlich wie kein zweiter. Aber als er zusehen mußte, wie seine Frau verhungerte ..."
„Das ist es ..."
„Er bekam fünf Jahre. Die Geschworenen haben keinen Hunger."
Der mit dem Halstuch hörte verwundert zu.
„Der Anklagevertreter sagte ihm dann noch ein paar häßliche Dinge. Zwei Polizisten saßen ja neben ihm. Denn Mut hatte der Alte!"
Ein alter Mann mit einem Sittich spielte auf einem

vierrädrigen Leierkasten alte Melodien für die Kinder der Straße. Mäuschenstill hörten sie zu. Fernandez zählte die Nickelmünzen. Die Musik drang in den dunklen Laden. Der Wind war stärker geworden und trug von der Treppe Uringestank herein.

Der mit dem gestreiften Hemd stand auf, zahlte und sagte kaum vernehmbar: „Ich hab schon einen Menschen umgebracht ... Dort im Amazonasgebiet ... Wegen des Essens."

Der mit dem Halstuch drückte sich in die Ecke. „Das passiert jedem mal."

Die Leierkastenmusik verklang. Fernandez schloß die Tür. Er sagte so laut, daß das blaugekleidete Mädchen, das gerade die Treppe hinaufging, es hörte: „Vertrauliches Gespräch ..."

Clowns 1

Nein, es war keins der großen Zirkusunternehmen, die durch die Hauptstädte der Welt reisen mit Raubtierkäfigen, internationalen Artisten und Clowns, die mehrere Sprachen sprechen, keins mit eigenen Schiffen und seltenen Tieren wie Giraffen oder Nilpferden. Nichts von alledem. Es war nur ein kleiner Jahrmarktzirkus, dessen größte Attraktion ein alter Bär war, der sich mit Bier betrank; ein Zirkus, der sein Zelt in Bahia auf der Calçada aufschlug, weit vom Stadtzentrum entfernt. Zwar nannte er sich „Europäischer Großzirkus", aber er war nur ein kleiner brasilianischer Zirkus, der im Landesinnern von Ort zu Ort zog und gelbe Plakate anbrachte, die von überwältigenden Erfolgen in Rio de Janeiro, Pôrto Alegre, Maceió und Oeiras kündeten. Viele der Anwesenden glaubten, Oeiras sei eine große Stadt in Europa.

Laudelino lebte bereits seit zehn Jahren mit seinen wehmütigen Erinnerungen an den Zirkus. Von jenem Tage an, als sich die Truppe in Juàzeiro aufgelöst, den Bären und die Zeltbahn verkauft hatte, um Geld für die Weiterfahrt zu erhalten, war Laudelino traurig. Seit zehn Jahren wohnte er auch hier im Hause. In seinem Zimmer hingen alte, teils schmutzige und zerrissene Fotografien, auf denen er kaum zu erkennen war. Er trug grüne Pumphosen, sein Gesicht war weiß geschminkt, sein Kopf bemalt. Damals war er der Clown Jujuba, der Liebling der Kinder und der Einwohner in den gottverlassenen Städten des Landesinnern. Er machte Witze, schlug Purzelbäume und hatte immer den großen Spazierstock bei sich, der nun an der Wand gegenüber dem Bett hing. Am meisten jedoch sehnte er sich nach dem Theater. Er war wirklich dafür begabt und spielte stets die erste männliche Rolle. Welch großartige Erfolge ... Er erinnerte sich noch an die Plakate:

Heute Europäischer Großzirkus!
Heute außergewöhnliches Programm!
Neue Nummern: Der gelehrige Bär –
Lili in neuen Trapeznummern – Die Todesleiter –
Der Herkules, der 200 Kilo hebt –
Die ergreifende Pantomime „Die zwei Sergeanten"
mit dem großen Künstler Jujuba.

Wenn er auftrat, gab es Beifall. Im „Sturm auf die Bastille" ergriff er das Publikum so, daß es schluchzte. Das war seine Glanznummer. Wenn er den Grafen am Hals packte und „Verräter!" rief, sprangen die Leute im Parkett von den Plätzen auf.

Das war alles so lange her ... zehn Jahre ... Hier in diesem Hause blieb ihm nur die Freude, von seinem vergangenen Ruhm zu erzählen. Seit jenem Abend, an dem er auf einem Fest, das Herr Fernandez gab, einen Monolog vorgetragen hatte, wies man mit den Fingern auf ihn als den „Künstler". Die Frauen sagten: „Im vierten Stock wohnt ein Künstler, Herr Laudelino. Er hat schon in einem Zirkus gearbeitet."

Wenn Laudelino unten an der Treppe von seinem einstigen Ruhm erzählt hatte, riegelte er sich in seinem Zimmer ein, zog die grüne Pumphose an und deklamierte, wiederholte uralte Witze und sah von neuem die vielen kleinen Städte vor sich, die er besucht hatte. Wenn er dann plötzlich in die Wirklichkeit seines übelriechenden Zimmers zurückfand, weinte er, so wie er an dem Tage geweint hatte, an dem ihn die Bevölkerung von Oeiras im Triumphzug getragen hatte.

2

Es hieß, er sei nicht mehr ganz normal, seit seine Tochter in einer Stadt im Sertão an Tuberkulose gestorben war. Als junger Mann hatte er Pharmazie studiert, immer in der Hoffnung, eines Tages zur Medizin überwechseln zu können. Aber alles kam anders, als er es sich gewünscht hatte. Sein Vater, ein Schneider, starb. Er hatte ihn unterstützt. Dann die hohen Studiengebühren. Er lebte von Physik-, Chemie- und Biologiestunden für Schüler, die sich auf das Studium vorbereiteten. Er heiratete. Seine Frau war schwächlich, er wußte es. Zwei Jahre lang waren sie glücklich. Nie fehlten Blumen in ihrer Wohnung, in die das Lachen seiner leidenden Frau eine gewisse melancholische Stimmung brachte. Seine Kurse gehörten zu den meistbesuchten. Er galt als guter Lehrer, und seine Schüler verehrten ihn. Er erschien ihnen sehr korrekt mit dem langen, lockigen Haar und den dicken Brillengläsern, denn er war sehr kurzsichtig. Einige Schüler zahlten nichts, deshalb schätzte er sie aber nicht weniger. Manchmal veranstalteten die jungen Leute ihm zu Ehren Kundgebungen, sie hielten Reden und tranken Likör.

Nach zwei Jahren starb seine Frau, sie hinterließ ihm eine kleine Tochter, die die Krankheit ihrer Mutter auch schon in sich trug. Fünfzehn Jahre später riet ihm der Arzt, alles im Stich zu lassen und in den Sertão zu gehen, wenn er seine Tochter nicht verlieren wolle. Otávio beendete seine Kurse, fand eine erstklassige Lehrerstelle in Bonfim und übersiedelte dorthin.

Trotz des Klimawechsels und aller Medikamente verfiel das Mädchen immer mehr. Otávio unterrichtete in der Grundschule Schreiben und Lesen. Wie einst die jungen Männer, liebten ihn auch die Kinder. Seine Vorgängerin hatte, obwohl es verboten war, einen Stock, den sie unablässig gebrauchte. Der neue Lehrer tat das nicht. Er lächelte gütig und sah abgespannt aus, wie einer, der von einer langen Reise zurückkehrt.

So lebten sie drei Jahre. Dann starb die Tochter. Sie war durch ihr Leiden kaum abgemagert und hustete wenig. Sie verschied ganz ruhig, wie die Tochter eines Grundschullehrers. Otávio weinte nicht, aber er benahm sich von nun an ganz eigenartig. Er unterrichtete noch viele Jahre in der Stadt, aber er lächelte nicht mehr. Und plötzlich vergaß er alles um sich und starrte durch das Fenster in den weiten Himmel. Die Kinder sagten: „Unsern Lehrer hat's erwischt!"

Schließlich wurde er pensioniert. Er kehrte nach Bahia zurück; nachdem er in mehreren Pensionen gewohnt hatte, wo man über ihn lachte, mietete er sich im dritten Stock der 68 ein. Er führte Selbstgespräche und bastelte mit Holz in seinem Zimmer herum.

Eines Tages veröffentlichte eine Zeitung sein Bild mit einer langen Meldung. Daneben war die Fotografie eines außergewöhnlichen Apparates. Der Lehrer hatte behauptet, das Perpetuum mobile erfunden zu haben. Der Journalist erzählte seinen ganzen Lebenslauf, er erinnerte an seine goldenen Jahre und beklagte dann den Wahnsinn, „der seinen so glänzenden und fruchtbaren Verstand befallen" hatte.

Otávio kümmerte es wenig, was die Zeitung schrieb. Nachts erklärte er dem mit den Raffzähnen den Mechanismus seiner Erfindung, die Teile, die ihr noch fehlten, die Revolution, die sie in Industrie und Wissenschaft auslösen würde. Er sprach zwar zu dem mit den Raffzähnen, doch sein Blick schweifte in die Ferne zu den Sternen, als unterhielte er sich mit ihnen oder mit der, die sich in jenen Gefilden befand.

Er sagte schließlich, der Apparat heiße Helena.

„Ein hübscher Name, nicht wahr?"

„Ja..."

„Es ist der Name meiner Frau und meiner Tochter."

Bevor der mit den Raffzähnen einschlief, hörte er ihn in seinem Zimmer rhythmisch auf und ab gehen, fünf Schritte hin, Pause, fünf Schritte her.

Namen ohne Zunamen 1

Frauen ohne Zunamen, Marias der verschiedensten Nationalitäten, manche verheiratet mit Männern, die ebenfalls keinen Zunamen hatten, andere ledig, hager oder dick, krank oder gesund. Nur eins verband sie alle: die Armut, in der sie lebten.

Einige fügten dem Namen Maria einen weiteren hinzu: Maria des Friedens, Maria der Empfängnis, Maria der Fleischwerdung, Maria der Engel, Maria des Heiligen Geistes. Andere eigneten sich einfach einen beliebigen Familiennamen an: Maria Cotó, Maria da Sandália, Maria Doceira, Maria Visgo de Jaca, Maria Machadão. Die meisten aber waren nur Maria Soundso, Töchter von Antonio oder Manuel Soundso, verheiratet mit Cosme oder Jesuíno Soundso.

Sie verkauften Obst, wuschen Wäsche, arbeiteten in Fabriken, schneiderten oder verkauften ihren Körper. Diese Frauen ohne Zunamen kamen aus der Ladeira do Pelourinho 68 oder aus ähnlichen Häusern. Für sie hat noch kein Dichter ein Sonett geschrieben, sie versinnbildlichen einfach das Proletariat, das in den dunklen Straßen und Gassen lebt. Man nannte sie nur anonym: namenloses Volk, vaterloses Volk, Hurentöchter.

2

Doch wer hätte den Mut, so etwas zu Maria Cabaçu zu sagen? Noch immer erinnerte man sich im Haus an sie und erzählte sich auf der Treppe die Geschichten, die sie in Umlauf gesetzt hatte.

Sie war genauso plötzlich wieder verschwunden, wie sie einige Jahre zuvor aufgetaucht war; man wußte weder, woher sie kam, noch, wohin sie ging.

Sie war kräftig wie ein Wachtmeister, groß und stämmig wie wenige Männer im Hause, und sie hatte schütteres Haar und ein mächtiges Hinterteil. Mit ihrem massigen Körper zog sie die Blicke auf sich, obwohl sie eine flache Brust und eine platte Boxernase hatte.

Den Dolch, den sie einem „kräftigen Burschen" in Rio Grande do Sul abgenommen hatte, legte sie nicht aus der Hand. Sie behauptete, sie sei im Gebiet von Acre und in Bolivien gewesen. Wenn sie betrunken war, sprach sie spanisch, ein Spanisch, das der Ladeninhaber Herr Fernandez nicht ganz verstand.

„Die hat Haare auf den Zähnen", hieß es von ihr.

An dem Tage, an dem sie einzog, fing sie wegen des Aborts gleich Streit mit einem Mieter an. Es gab einen großen Auflauf, und am nächsten Tag war die neue Mieterin Gesprächsthema der Waschfrauen.

Anfangs ging alles gut. Doch die Männer suchten sie immer nur einmal auf. Sie war fast nie mit der Bezahlung zufrieden und verprügelte sogar einige ihrer Kunden. Einer von ihnen hätte beinahe den Dolch zu spüren bekommen. Ein Polizist flog die Treppe hinunter, und oben stand Maria Cabaçu, freute sich kindlich und lachte schallend. Die unwahrscheinlichsten Geschichten kursierten über sie, sie mußte auf der Polizeiwache erscheinen und begann Streitereien. Der Etagenvermieterin wurde das zuviel, sie hätte sonst etwas darum gegeben, sie loszuwerden. Aber sie traute sich nicht, mit Maria Cabaçu darüber zu sprechen. Antonio Joaquim aus der 43 war in die Fänge dieses Weibsbilds geraten und litt Teufelsqualen. Sie hielt ihn zwar aus, aber der Bedauernswerte war im Gesicht gezeichnet. Schließlich verschwand er spurlos. Nun stellte sie dem Roten nach, aber der wich ihr aus, um Unannehmlichkeiten zu vermeiden.

Da machte ein hagerer junger Mann ihrer ganzen Berühmtheit ein Ende. Er sah aus wie ein Chinese, hatte ausdruckslose Augen und dünne Arme und war ebenfalls in die 68 eingezogen. Später erfuhr man, daß er aus Ceará stammte und in einem Restaurant arbeitete.

Eines Abends traf er ein, und schon in der nächsten Nacht schlief er mit Maria Cabaçu. Am Morgen gab er ihr die üblichen fünf Milréis. Maria Cabaçu lächelte nur.

„Ich kriege zwanzigtausend."

„Frauen für zwanzig Milréis wohnen in der Pension ‚Monte Carlo'."

„Du mußt dich schon damit abfinden, mein Lieber, sonst ..."

„Was sonst?"

Sie hielt ihm den Dolch unter die Nase. Hätten die Mieter den Lärm nicht gehört und einige nicht den Schluß der Szene selbst mit angesehen, so würden sie es gar nicht glauben. Der hagere Mann ergriff den Dolch und ohrfeigte Maria Cabaçu, daß ihr das Blut über das ganze Gesicht lief.

Gleich darauf sprach der Rote ihn an: „Weißt du, wen du geschlagen hast?"

„Die Negerin von oben. Die hat verrückt gespielt."

„Maria Cabaçu ..."

Er erzählte ihm alles, was er noch nicht wußte. Der Hagere wurde gelb und grün vor Angst und verschwand. Maria Cabaçu suchte ihn überall, aber nicht, um sich zu rächen. Sie wollte mit ihm zusammen leben. Als sie ihn nicht fand, packte sie ihren Pappkoffer und verließ Bahia, voller Sehnsucht nach diesem Mann, der sie verprügelt hatte. Sie schuldete die Miete für drei Monate. Sie bezahlte nicht.

3

Sie war eine kleine alte Frau mit weißem Haar und schwerfälligem Gang. Jeden Monat bekam sie in dem großen Kaufhaus die hundertfünfzig Milréis, die sie zum Leben brauchte. Dieses Geld schickte ihr der Sohn des Obersten Lima, des Chefs, der sie zwar nicht geheiratet, der aber jahrelang mit ihr gelebt hatte. Nach dem Tode seiner Frau Dona Maria Ricardina Leite Lima rief der Oberst diese andere Maria zu sich – sie war Serviererin und noch immer hübsch –, um die Gattin im Bett und bei den Söhnen zu ersetzen. Der Oberst starb, und die Söhne flogen aus. Doch in dem großen Kaufhaus war festgelegt worden, daß sie monatlich hundertfünfzig Milréis erhalten sollte. Damit kam sie gut zurecht. Ihre Ausgaben waren nicht hoch. Sechzig Milréis für das Essen, dreißig fürs Zimmer, fünfhundert Réis in der Woche für ein Unterhaltungsblättchen, das ein kleiner Jude verkaufte, mit dem sensationellen Roman „In der Hochzeitsnacht auf die Straße gesetzt", der sie zum Weinen brachte. Sie weinte auch, wenn sie den Waschfrauen Streiche ihrer Kinder, wie sie die Söhne des Obersten Lima nannte, erzählte. Vor ihrem Tode wollte sie sie gern noch einmal sehen, deshalb ließ sie von dem restlichen Geld in der Jesuitenkirche Messen lesen. Sie besaß von ihren Adoptivkindern noch blonde Locken und Fotos, die im Laufe der Zeit unansehnlich geworden waren.

Jeden Morgen, ganz gleich, ob es regnete oder ob die Sonne schien, genehmigte sie sich ein Gläschen für einen Tostão, nachdem Frau Ricardina ihr den Traum gedeutet hatte.

„Haben Sie von Wolken geträumt? Sicherlich ein Kaiman."

„Wieso?"

„Wolken bedeuten Wasser, und im Wasser lebt der Kaiman."

4

Sie konnte sich weder an ihren Vater noch an ihre Mutter erinnern. Und an das Waisenhaus dachte sie nicht gern. Als sie dort war, hatte man sich eines schrecklichen Systems bedient, um die ältesten Mädchen loszuwerden, denn das Haus war überfüllt. Für jedes Mädchen, das man aufnahm, wurden zweihundert Milréis deponiert. War es dann fünfzehn oder sechzehn Jahre alt, so stellte man es eines Tages mit einigen anderen Mädchen an den

Gartenzaun, damit Portugiesen und Mulatten sich eine Frau zum Heiraten aussuchen konnten. Vorher nähten sich die Mädchen aus Baumwollstoff eine kleine Aussteuer. Sie erwarteten die Hochzeit wie eine Befreiung. Doch im allgemeinen war es das nicht. Die Portugiesen hatten es nur auf die zweihundert Milréis abgesehen, nicht aber auf die Frau. So war es auch bei Maria do Espírito-Santo. Dem Portugiesen mit dem langen Schnurrbart gefiel ihr bescheidenes Wesen, und er erwählte sie. In der Kapelle des Waisenhauses wurden sie getraut. In der Nacht nahm er sie halbbetrunken mit roher Gewalt. Noch in derselben Woche bekam sie die ersten Prügel; hätte er sie nicht einen Monat später selbst verlassen, dann wäre sie davongelaufen. Von den zweihundert Milréis hörte sie nie wieder etwas. Eine ganze Nacht lang irrte sie umher. Sie näherte sich auch dem Waisenhaus, hatte aber nicht den Mut, an die Tür zu klopfen. Gegen Morgen lief sie einem Kokainhändler über den Weg, der sich ihrer erbarmte.

Sie lebte lange mit ihm zusammen. Er war knochendürr, hatte zittrige Hände, war schweigsam und taktvoll und belästigte sie nicht. Vielleicht liebte er sie sogar. Viel mehr aber war er dem Kokain zugetan, das er selbst schnupfte und auch verkommenen Frauenzimmern verkaufte.

Weil ihn in Rio die Polizei suchte, ging er mit Maria do Espírito-Santo nach Bahia. Dort hatte er wenig Kundschaft, und das zwang ihn, seinen Handel zu erweitern. Er verkaufte nun außer Rauschgift unanständige Fotos und pornographische Schriften. Niemals aber bot er Maria do Espírito-Santo Kokain an. Als es ihnen immer schlechter ging und sie in die 68 zogen, bat sie ihn, ihr ein wenig zu geben. Sie bekam tiefe Schatten unter den Augen, und ihre Hände begannen zu zittern. Eines Nachts wurde der

Mann auf frischer Tat ertappt. Da trat sie bei den Kunden an seine Stelle, stets darauf gefaßt, ebenfalls eingesperrt zu werden. Nachts betete sie dieselben Gebete wie im Waisenhaus, aber sie glaubte bereits an nichts mehr, nur an das weiße Pulver, das sie alles vergessen ließ.

5

Nur von wenigen Mietern der 68 kannten die anderen Hausbewohner die Familiennamen. Von dem blaugekleideten Mädchen wußten sie nicht einmal den Vornamen, geschweige denn den Zunamen; aber es war anzunehmen, daß sie beides hatte, sicherlich einen hübschen Vornamen und einen großartigen Familiennamen.

Ladeira do Pelourinho 68 1

Die stechende Sonne des Sommertages verbreitete in dem ganzen Gebäude erstickende Hitze. In den Zimmern hörte man, wie die Waschfrauen aus der Mietskaserne die Wäsche auf dem Zementboden des Hofes klopften. Bei dieser Hitze sangen die Frauen nicht.

Der Neger Henrique sah von seinem Zimmer aus den tiefblauen Himmel mit weißen Wolkenfetzen und das grüne Meer, das in der Ferne seinem Blick entschwand. Er sagte zu dem mit den Raffzähnen: „Eines Tages laß ich mich als Matrose anheuern. Ich möchte die Welt kennenlernen. Ich sehne mich nach anderen Orten ..."

„Bist du schon mal aus Bahia rausgekommen?"

„Nein, noch nicht."

Der Rote lachte, aber der mit den Raffzähnen legte die Hand an den Mund und sagte: „Ich weiß nicht, was das ist, aber manchmal möchte ich auch fort. Andere Menschen kennenlernen. Wie Isaac ..."

„Und es regnet nicht."

„Vom Regen will ich jetzt nicht reden, mein Lieber! In der Kneipe war gestern wieder mächtiger Krach, verdammt noch mal!"

Das interessierte den Roten. „Was war denn los?"

Der Neger sah den Himmel und das Meer an, als wollte er sich verabschieden; dann wandte er sich zu seinen Gefährten um.

„Ich hab mir gerade in der Formoso-Kneipe seelenruhig ein Gläschen genehmigt, da kommt ein Betrunkener auf mich zu und pöbelt mich an. Ich wünsch ihn zum Teufel. Ein Kerl, den das gar nichts angeht, mischt sich ein und unterstützt den Saufbruder. Bei mir nicht, mein Lieber! Ich stieß dem Kerl mit dem Bein in den Magen, da fiel er hin. Und ich hab mich aus dem Staube gemacht." Da der Rote offensichtlich zweifelte, fügte er hinzu: „Das stimmt, ich hab nicht mal das Gläschen Cachaça bezahlt." Er drehte sich wieder um und sah ganz verliebt aufs Meer hinaus, als blickte er einen Freund an, den er lange nicht gesehen hatte.

„Ach, unendliches Meer, eines Tages fahre ich auf dir herum!"

2

Das Haus Ladeira do Pelourinho 68 schien in der Nachmittagshitze zu schlummern. Aber es hatte einen leichten Schlaf, jede Fliege, die sich auf dieses tausendarmige Tier setzte, konnte es plötzlich wecken, und dann würden die unzähligen Arme wutentbrannt den zermalmen, der es in seinem Schlaf gestört hatte.

Am späten Nachmittag gelangten die beiden Moskitovernichter ins Dachgeschoß. Sie stellten fest, daß zum drittenmal das Warnschild an der Aborttür entfernt worden war. Unmißverständlich hieß es dort: „Der Vermieter oder sein verantwortlicher Vertreter wird mit einer Geldstrafe belegt, wenn bei ihm Moskitos gefunden werden oder wenn er nicht für die Unversehrtheit dieses Schildes sorgt gemäß Richtlinie Nr ..."

Sie blickten einander an. Es war klar, daß der dicke Mulatte seinem Kollegen, einem hageren Moskitojäger mit elegantem Schnurrbart, überlegen war.

„Das ist nun das dritte Mal."

„Was sollen wir da machen?"

„Unsere Pflicht tun – Geldstrafen verhängen."

Sie verließen den Abort. Im Dachgeschoß war kein Mensch.

„Wer ist denn hier der Vermieter?"

„Da müssen wir fragen."

„Wen denn?"

„Wir klopfen einfach irgendwo an."

Das war nicht nötig, denn in diesem Augenblick erschien Toufik.

„Wer vermietet das Dachgeschoß?" fragte der dicke Moskitojäger.

Der Araber sah sich erstaunt um.

Der Hagere fragte ihn: „Haben Sie etwas verloren?"

„Nein, ich suche den Hund, mit dem Ihr Freund eben gesprochen hat. Der kann ja nicht mal bitte sagen."

„Entschuldigen Sie nur, aber da hat schon wieder jemand das Schild abgerissen."

„Was hab ich damit zu tun? Hier im Dachgeschoß gibt

es keine Vermieterin. Nur in den anderen Etagen. Wir bezahlen bei Herrn Samara selbst."

„Aha! Danke."

Der Araber ging in sein Zimmer. Der dicke Mulatte meinte: „Ich hab dem Kerl nur deshalb keine runtergehauen, weil ein Beamter der Gesundheitsbehörde immer mit gutem Beispiel vorangehen muß."

Der andere stimmte ihm zu.

„Da wollen wir mal dem Chef Meldung machen."

4

Herr Samara erhielt die Geldstrafe, aber er weigerte sich, sie zu bezahlen. Das sollten sie mit den Mietern selbst regeln. Die sollten sich zusammentun und zahlen. Aber auch die Mieter waren nicht dazu zu bewegen. Nun wurde die Sache kompliziert. Der dicke Mulatte teilte dem Arzt mit, die Latrine sei ein regelrechter Moskitoherd. Daraufhin bestellte der Arzt Herrn Samara zu sich, und sie begaben sich zusammen mit den beiden Moskitojägern in das Gebäude. Kaum hatten sie den Fuß auf die Treppe gesetzt, da kursierte diese Neuigkeit schon in allen Stockwerken. Männer und Frauen liefen die Treppen hinauf und drängten sich am Eingang des Dachgeschosses. Dort diskutierten die Mieter bald mit dem Arzt, bald mit dem Hausbesitzer.

„Ich bin nicht schuld an dem Dreck. Ihr versaut ja alles, weil ihr selbst Schweine seid!"

„Deine Mutter ist höchstens ein Schwein!"

Herr Samara blies sich auf. „Welcher Lump hat das gesagt?"

Unter den Männern entstand Unruhe. Herr Samara wich zurück. Der Arzt hatte gerade den Abort inspiziert und verdoppelte nun die Geldstrafe. Eine Geldstrafe, weil das Schild abgerissen worden war, die zweite, weil Moskitos auf dem Abort angetroffen wurden. Er präsentierte die Scheine dem Hauseigentümer.

„Halten Sie sich doch an das Gesindel da!"

„Zum Gesindel gehört die Hure, die ihn zur Welt gebracht hat."

Herr Samara wurde rot vor Wut. Der Arzt wandte sich als Respektsperson an die Mieter: „Hören Sie auf! Sammeln Sie und zahlen Sie!"

„Gehen Sie zum Teufel!"

„Ist das Ihre Antwort?"

Ein Mädchen löste sich aus der Gruppe und trat auf den Arzt zu. Es war Julieta, sie war barfuß und trug ein seidenes Kleid von Nair. „Ich sage es Ihnen ganz deutlich: Das hier ist wirklich eine Schweinerei. Herrn Samara ist das einerlei, er will nur Geld scheffeln."

„So ist es!"

„Wir arbeiten den ganzen Tag. Nachts machen wir unsere Zimmer sauber. Wer von uns hat denn Zeit, sich um den Abort zu kümmern?"

Herr Samara fragte: „Das nennst du arbeiten? Eine Hure wie du!"

Julieta ging auf den Araber los, die Masse der Männer und der Frauen hinter sich. Der Arzt, der offensichtlich zu dem Hausbesitzer hielt, mischte sich ein: „Ruhe! Ruhe!"

Die Treppe war voller Leute. Doch keiner achtete darauf, daß das blaugekleidete Mädchen gleichgültig auf die Straße hinaustrat. Niemand bemerkte, daß sie wieder weinte. Die Auseinandersetzung im Dachgeschoß nahm sie alle gefangen. Der Arzt, der von den beiden Moskitojägern beschützt wurde, sagte: „Damit habe ich nichts zu tun. Wenn die Strafen nicht gezahlt werden, dann lasse ich den Abort sperren."

Dieses Ereignis im Dachgeschoß lieferte den Frauen lange Zeit Gesprächsstoff. Obwohl sich Herr Samara am Ende doch entschlossen hatte, die Strafe zu zahlen, wurde immer wieder über diesen Streit gesprochen. Es war doch erstaunlich, daß sich unter so vielen unterschiedlichen Leuten, die nur die Treppe des Hauses 68 miteinander verband, keine Stimme fand, die anderer Meinung war und den Hauseigentümer unterstützte.

„Herr Samara soll zahlen!"

Die Menge rückte näher. Die vier Männer wichen zur Treppe zurück.

„Hab ich das Schild abgerissen? Hab ich Moskitos in den Abort getan?"

„Der Herr hat recht", sagte der Arzt, „ihr müßt zahlen."

„Zwingen Sie uns doch!" schrie jemand.

„Ich werde euch schon zwingen! Ich werde die Polizei rufen!"

„Rufen Sie sie doch, Sie Hurensohn!"

Da hob Herr Samara die Hand und erklärte großzügig: „Schon gut. Wir brauchen nicht zu streiten. Ich zahle."

5

Von kleinen Meinungsverschiedenheiten, von der Gleichgültigkeit gegenüber anderen und von Klatschereien abgesehen, gab es unter ihnen eine Klassensolidarität, an der seit dem Vorfall im Dachgeschoß nicht mehr zu zweifeln war.

Einen noch besseren, deutlicheren Beweis von der Existenz dieses Gefühls bekam das ganze Haus, als es um den Streik ging. Offensichtlich hatte der Streit mit dem Hausbesitzer und dem Arzt von der Gesundheitsbehörde die Angst der Hausbewohner beseitigt. Sie hatten begriffen, daß es gar nicht so schwierig war, Massen in Aufruhr zu bringen. Der Hauseigentümer war nicht länger tabu.

Die Ladeira do Pelourinho 68 schlief nicht mehr. Sie war plötzlich aufgewacht, ihre mehr als tausend Arme waren unruhig geworden, und ihre sechshundert Münder zögerten nicht länger, aufzuschreien.

Treppe 1

Der Rote gähnte vor Langerweile, aber die dicke Frau aus dem zweiten Stock zupfte ihn am Ärmel seines alten Kaschmirjacketts.

„Was ist denn?"

Sie standen am Fuß der Treppe, und die Mittagssonne machte aus der Dunkelheit, die sonst hier herrschte, ein Dämmergrau, da einige Sonnenstrahlen auf die ersten Stufen fielen.

Die Dirne hob die Hand, mit der sie sonst ihren wabbligen Bauch hielt, und zeigte zum ersten Stock hinauf. Der Rote sah zunächst nur das Spinngewebe, das sich vor ihm ausdehnte, und mißmutig dachte er, es lohne nicht, aufzublicken, um etwas so Alltägliches – wie eine Spinne eine Fliege verspeist – zu betrachten.

Aber weil ihn die Frau nun einmal darauf aufmerksam gemacht hatte, schaute er weiter zu, ja es fesselte ihn sogar. Ganz vorsichtig näherte sich die Spinne der Fliege, ruhig, berechnend, ohne Eile lief sie um ihre Gefangene herum. Plötzlich machte sie einen Satz und stürzte sich auf die Fliege. Der Rote senkte den Kopf und sah die Frau an.

„Die Böse!"

Aber überrascht stellte er fest, daß die Dirne das

Spinnennetz gar nicht beachtete. Sie starrte die Tür im ersten Stock an und lächelte. Ihre verquollenen Augen hatten einen zärtlichen Blick. Der Rote folgte diesem Blick, und nun bemerkte er dort oben das Ehepaar.

Der Mann war barfuß, und seine lehmbeschmierten Sachen verrieten, daß er Maurer war. Die Frau sah nicht wie eine Mulattin aus, so bleich war ihr Gesicht. Das vom Baden noch nasse Haar hing ihr ins Gesicht. Sie verabschiedete sich von ihrem Mann, der nach dem Mittagessen wieder zur Arbeit ging; sie umarmte ihn, trotzdem waren sie entfernt voneinander, denn zwischen ihnen war der gewölbte Leib der Schwangeren, der lächerlich dick war. Wegen dieses komischen Bauches sah der Mann seine Frau so liebevoll an. Mit seinen schwieligen Händen umfaßte er das feuchte Gesicht seiner Lebensgefährtin und streichelte es sanft.

„Es ist ihr erstes Kind", sagte die Dirne zu dem Roten.

Der Rote war plötzlich beklommen, aber er beherrschte sich und sah die Prostituierte freundlich an. Sie beobachtete weiter das Ehepaar.

„Das erinnert mich an meinen kleinen Jungen."

„Du hast einen Sohn?"

„Er ist mit vier Jahren gestorben. Er war ein hübsches Kerlchen."

Der Rote fragte sich, wie diese dicke Frau wohl aussähe, wenn sie schwanger wäre. Er lächelte. Sollte es wirklich einen Mann gegeben haben, der dieses von den Spuren des Dirnendaseins gezeichnete Gesicht liebevoll gestreichelt hatte?

Er lächelte von neuem. Lange betrachtete er die fette Frau, und er hätte beinahe laut gelacht. Aber über die Wangen der dicken, verbrauchten Prostituierten rannen Tränen.

Der Rote wandte den Blick dem Ehepaar im ersten

Stockwerk zu. Doch beunruhigt sah er gleich darauf wieder die Dirne an.

Die Tränen strömten ihr noch immer über das Gesicht, das sich vor den getrübten Augen des Roten seltsam verschönte. Sie kam ihm auf einmal hübsch, ja sogar schlank vor. Und als Ausdruck seines grenzenlosen Mitgefühls strich er der Vagabundin über das Haar und versuchte, ihr nie gekannte Worte zu sagen.

2

Der Lehrer Otávio bat Linda, auf ihn zu warten. Immer drei Stufen auf einmal, lief er die Treppe hinauf. Die Taubstumme tauchte auf. Schon von weitem machte sie mit Gesten auf die Nelke aufmerksam. Kaum war der Lehrer verschwunden, da trat sie auf Linda zu und gab ihr die Blume. Das Mädchen streichelte der Taubstummen die Wangen, die Taubstumme lächelte.

„Wer hat dir denn die Nelke gegeben, Sebastiana?"

Mit vielen Handbewegungen erklärte sie ausführlich, daß sie sie von einem Blumenbeet gestohlen habe, um sie Linda zu bringen.

Das Mädchen strich ihr über das krause Haar. Sebastiana lachte still, ohne das übliche Grunzen.

Der Lehrer Otávio kam mit den einzelnen Teilen seiner Erfindung die Treppe herunter. Da brach Sebastiana in ein entsetzliches Lachen aus, zeigte auf den Lehrer und tippte sich mit dem Finger an den Kopf. Otávio blieb stehen, Linda legte einen Finger auf die Lippen und brachte damit die Taubstumme zur Ruhe. Dann umarmte sie sie lächelnd. Die Alte ging glücklich davon, und jeden, den sie traf, hielt sie an und machte ihm verständlich, daß das hübsche Mädchen aus dem Dachgeschoß sie umarmt hatte.

3

Otávio zeigte Linda ein Teil nach dem anderen. Lang und breit erklärte er ihr, wie der Apparat im einzelnen funktionierte. Linda ermunterte ihn dadurch, daß sie den Apparat lobte. Aber er hörte das gar nicht. Sein Blick richtete sich auf das kleine Stück Himmel, das von dieser Stelle der Treppe aus sichtbar war. Schließlich wandte er sich dem Mädchen zu und sagte: „Keiner glaubt mir. Die Menschen glauben ja niemals. Aber eines Tages werden sie sehen. Sie werden mich schon noch rühmen, mich, den Erfinder des Perpetuum mobile." Er beugte sich zu Linda vor. „Ich werde sehr reich werden... Wir werden sehr reich werden... Wollen Sie meine Teilhaberin werden?" Er wartete ihre Antwort gar nicht erst ab, sondern fuhr fort: „Sie sind meiner Tochter sehr ähnlich. Sagen Sie" – seine Stimme wurde unruhig –, „halten Sie mich für verrückt?"

„Aber nein!"

„Die Leute behaupten es, aber Sie dürfen es nicht glauben. Das ist nur Neid. Weil ich das Perpetuum mobile erfunden habe. Haben Sie es neulich nicht in der Zeitung gelesen? Aber glauben Sie es nicht!"

„Ich glaub's auch nicht, nein..."

„Große Männer werden immer für verrückt erklärt. Aber wenn meine Tochter und meine Frau noch lebten, dann wäre alles anders."

Er sah zu dem Stückchen Himmel auf. „Wir hatten ein Häuschen... Aber sie waren zu gut für diese Welt... Glauben Sie an Gott?"

Linda verneinte. Das befremdete ihn nicht.

„Warum hat Gott sie zu sich genommen? Er hat doch genau gewußt, wie sehr sie mir fehlen würden. Und ich habe an Gott geglaubt... Ich habe wirklich das Perpetuum mobile erfunden ... Aber meine Tochter und meine Frau, das war etwas anderes, nicht wahr?"

Er hörte die Schritte der Männer, die die Treppe heraufstiegen, und flüsterte Linda zu: „Sie werden meine Teilhaberin. Wir werden viel Geld verdienen. Wenn jemand zu Ihnen sagt, ich sei verrückt, glauben Sie es nicht ..."

Er setzte die Teile des Apparats zusammen. Erst als die Männer stehenblieben, bemerkte Linda, daß der Lehrer Otávio einen Frack trug, einen uralten grauen Frack; aber eine Krawatte hatte er nicht.

4

Die Männer blieben stehen, um ein wenig zu schwatzen. Álvaro Lima sagte zu Linda: „Ende der Woche ..."

Der mit den Raffzähnen lächelte. Sie sprachen über den geplanten Streik der Straßenbahner. Der Neger Henrique lehnte sich gegen das Geländer.

„Eines Tages wird auch auf den Kais gestreikt werden."

„Wolltest du dich nicht anheuern lassen, Neger?" Der Rote lachte.

„Er will nicht glauben, daß ich eines Tages auf See gehe."

Von der Treppe aus erlebte man alles mit, was im Hause geschah. Da war das Geschrei Toufiks im Dachgeschoß, Herrn Fernandez' Stimme im Laden, die Schritte der Italienerin aus dem zweiten Stock, das blaugekleidete Mädchen, das hinausging, das Singen der Waschfrauen, die ihre Arbeit beendeten.

Nachts war es auf der Treppe noch dunkler.

Der Jude Isaac gesellte sich zu der Gruppe. „Haben Sie schon gesehen?" fragte er Linda. „Wir haben eine neue Treppe im Haus."

„Was?“ Der Rote verstand das nicht.

„Ja, diese Treppe war bisher das einzige, was die Mieter miteinander verband. Aber jetzt gibt's eine zweite: die Solidarität, die wir wachgerufen haben.“

„Arbeit in aller Stille.“

Linda lächelte. Sie hörte alles.

„Tatsächlich, eine neue Treppe.“

Der Jude schloß: „Heute sind es nicht mehr nur Männer und Frauen, nicht mehr nur Mieter. Es ist eine Menschenmenge.“

Da an diesem Tage die Gratisvorstellung im Kino „Olímpia“ stattfand, war das ganze Haus in Bewegung, und bald würden alle die Treppe hinuntereilen. Im Dachgeschoß hörte man Julietas Stimme: „Beeilt euch, sonst verpaßt ihr die Komödie.“

Linda wiederholte: „Eine zweite Treppe ... Er hat recht.“

Menge 1

Die Auseinandersetzung im Dachgeschoß war noch immer Gesprächsthema, als der Streik ausbrach. Diesmal ging das ganze Haus so geschlossen vor, als wären die Mieter Teile einer einzigen Maschine.

Es scheint verwunderlich, daß die ganze 68 von den Folgen des Streiks betroffen wurde, an dem doch nur die Arbeiter der Straßenbahngesellschaft interessiert waren.

Der Streik war auf einen Freitag festgesetzt worden. Álvaro Lima und die anderen Agitatoren waren mit ihrer Arbeit zufrieden. Nicht nur der Straßenbahnverkehr würde lahmgelegt werden, sondern auch das Elektrizitätswerk; so würde die Stadt ohne Strom sein. Die Arbeiter forderten höhere Löhne. Alles wickelte sich planmäßig ab, und alle Arbeiter hatten sich verpflichtet, an dem Streik teilzunehmen.

Man glaubte, daß auch die Eisenbahner, die Busfahrer und die Arbeiter aus mehreren Fabriken sich dem Streik anschließen würden. Aber zwei Tage vor Beginn der Aktion kursierten alarmierende Gerüchte. Es hieß, die Streikenden seien verraten worden, eine Nachricht, die sogleich durch einige Verhaftungen bekräftigt wurde.

Der Streik brach zusammen.

2

In der 68 machte die Polizei eine Razzia. Der Kommissar sagte zu Herrn Samara, er glaube, in dem Haus arbeite die Zelle einer extremistischen Partei. Herr Samara fiel aus allen Wolken. Das war doch ein ganz übler Scherz!

Der mit den Raffzähnen, der Rote, Isaac und einige andere, die nichts damit zu tun hatten, wurden eingesperrt. Nur der Neger Henrique entkam, da er zur Zeit der Razzia am Strand beim Hafenkai gerade ganz poetisch eine Negerin liebte.

Im Zimmer des Juden wurden revolutionäre Schriften und Bücher von Lenin gefunden. Herr Samara schlug die Hände über dem Kopf zusammen, wenn er an dieses demoralisierte Haus dachte.

Álvaro Lima, den die Polizei eifrig suchte, hatte sich in Lindas Zimmer versteckt. Dona Risoleta, die gelähmt in ihrem Stuhl saß, fand das ganz außergewöhnlich. Ein junger Mann im Zimmer zweier Frauen ...

Aber sie sagte nichts, aus Angst, ihr Patenkind zu verärgern. Nachts schlief sie nicht, weil sie glaubte, Linda und der Agitator hätten etwas miteinander. Aber das

Ergebnis ihrer Beobachtungen überraschte sie. Der junge Mann lag auf dem Fußboden, schlief fest und kümmerte sich gar nicht um das Mädchen, das in seinem Bett träumte. Dona Risoleta betete mehrere Vaterunser, damit alles gut endete.

3

Eine große Anzahl Proletarier war verhaftet worden, Straßenbahnarbeiter, Mieter aus den Häusern 68 und 77. Inzwischen wurden Versammlungen einberufen, auf denen die Freilassung der Streikenden gefordert wurde. Die beiden ersten Versammlungen verliefen normal. Eine Zeitung, die zur Regierung in Opposition stand, schrieb einen Artikel über die „ungerechtfertigte Inhaftierung friedlicher und die Ordnung liebender Arbeiter".

4

Vielleicht war es der Reiz des Neuen, der bewirkte, daß alle Mieter der 68 die Treppe hinunterliefen und dabei die Ratten aufscheuchten, die entsetzt die Flucht ergriffen. Die Männer und die Frauen reihten sich in die Volksmenge ein, die die Ladeira do Pelourinho füllte und gegen die Verhaftung der Arbeiter protestierte.

Arme wurden gehoben, Arturs Stümpfe und Henriques schwarze Arme. Die Taubstumme rannte von einer Seite auf die andere und amüsierte sich köstlich. Die Menge wogte, wie vom Wind getrieben. Julieta rief: „Gauner! Gauner!"

Die Menge stimmte in die Rufe ein.

Alvaro Lima stieg mit zerzaustem Haar auf eine Kiste und schrie: „... unsere verhafteten und mißhandelten Genossen ..."

Flugblätter wurden verteilt. Mädchen standen an den Fenstern. Es war beinahe wie ein Fest. Da war das hagere Gesicht des ambulanten Hausartikelhändlers. Manche riefen arabische Wörter, andere spanische. Herr Fernandez hatte seinen Laden geschlossen. Man sah das wohlgeglättete Haar des Geigers und den seit Tagen unrasierten Toufik. Die ganze 68 war da. Wie ein einziger Mann waren sie alle die Treppe heruntergestiegen.

Die Polizei kam vom Terreiro die Baixa dos Sapateiros herauf. Die erste Kugel verspritzte zwischen den Pflastersteinen. Die Menge flüchtete nicht. Das zweite Geschoß streckte die Taubstumme nieder, die einen fürchterlichen Schrei der Verwünschung ausstieß.

Álvaro Lima rief: „Proletarier aller Länder ..."

Die Kugel traf ihn am Kopf, er fiel gegen Linda. Das Mädchen spürte das Blut im Gesicht und an ihren Kleidern. Aber sie hatte keine Angst, sie rührte sich nicht.

Dann ging die Menge mit erhobenen Armen gegen die Polizisten vor.

5

Der Nachtwind brachte von der Treppe den Gestank schmutziger Wäsche mit, einen Geruch wie aus einem Zimmer, in dem jemand gestorben ist. Diesmal nahmen ihn die Männer und die Frauen deutlich wahr.

6

Der Winter mit anhaltendem Regen, kaltem Wind und langen Nächten war bereits ins Land gezogen. In der Mietskaserne winselte kläglich ein Hund, oben auf dem Dach miauten liebestolle Kater. Eines Tages traf Linda das blaugekleidete Mädchen, das zwar immer noch dasselbe Kleid trug, dessen Gesicht aber keine Spur von Traurigkeit mehr zeigte. Sie blieb vor Linda stehen und sagte: „Entschuldigen Sie, aber ich bin so froh. Denken Sie nur, ich heirate meinen Chef. Gehobene Gesellschaft ... Entschuldigen Sie, aber ich mußte es jemandem sagen. Ich wünsche Ihnen das gleiche Glück."

Linda sah ihr freundlich in die Augen, klemmte das Bündel Flugblätter unter dem Mantel fester unter den Arm und stieg die Treppe hinauf, auf der die gleichgültigen Ratten um die Wette hin und her liefen.

Bahia, Ladeira do Pelourinho, 1928
Rio de Janeiro, 1934

Worterklärungen

Acaçá	Brei aus Reis- und Maismehl
Acarajé	Gericht aus gekochten, in Palmöl gebackenen Bohnen
Amarelo	Baum aus der Familie der Hülsenfrüchtler
Arroba	altes Gewicht, etwa 15 kg
Bacuraus em Folia	lustige Nachtschwärmer, in Rio de Janeiro Spitzname für Neger
Baixa	Senke
Cachaça	Zuckerschnaps
Cana	Zuckerrohr
Canjica	Maisbrei mit Zucker, Zimt und Kokosmilch
Casa	Haus
Cá te espero	Hier erwarte ich dich. Daraus erklärt sich die Kapitelüberschrift: K. T. Espero
Cearense	Einwohner von (Mann aus) Ceará, einem brasilianischen Bundesstaat
Côco	Volkstanz in Nordostbrasilien, vor allem im Bundesstaat Alagoas
Conto	1000 Milréis oder 1000 heutige Cruzeiros (brasilian. Währungseinheit)
Cu com Bunda	Hintern mit Hinterbacke
Cuscuz	Maisbrei
Despacho	Paket mit einem Fetisch
Fazenda	Farm, Plantage
Fazendeiro	Farmer
Fraternidade	Brüderlichkeit

Intendent	früher Bezeichnung für den Präfekten (Chef der Exekutive in den brasilianischen Städten)
Ioiá, Ioiô	Anredeformen, die die Sklaven für ihre Herren und Herrinnen gebrauchten
Jakulatorien	Kurzgebete
Jiló	Frucht einer Gartenpflanze
Jurema	Zaubertrank
Ladeira	Berghang, Halde
Macumba	Kultzeremonie der Schwarzen
Mané Miserável Saqueia Tudo	Schäbiger, alles plündernder Manuel
Manuê	Art Kuchen aus Maismehl mit Honig und anderen Zutaten
Mastruço	eine Heilpflanze
Merda Mexida Sem Tempêro	Fader, zusammengerührter Dreck
Meus oito anos	Meine acht Jahre
Milréis	1000 Réis (früher brasilianische Währungseinheit)
Mingau	Brei aus Weizen- oder Maniokmehl
Môço Louro	Blonder junger Mann
Moqueca	Ragout aus Meerestieren, mit Piment und Palmöl zubereitet
Mucama	junge Negersklavin
Mula-sem-cabeça	Maultier ohne Kopf; im Volksglauben verwandelt sich eine Frau, die mit einem Priester in wilder Ehe lebt, in ein Maultier ohne Kopf, das in bestimmten Nächten umgeht
Munguzá	in Zuckerwasser oder Kokosmilch mit Schellfisch gekochte Maiskörner
Murici	Destillat aus einer Frucht
Nosso Senhor do Bonfim	Unser Herr vom Guten Ende
Ogum	Kriegsgottheit
Orixa-lá	höchste Gottheit des Negerkults

Orixás	Gottheiten des Negerkults
Pamonha	Maiskuchen
Pega pra capá	(etwa:) Fang doch und kastrier
Pelado	kahl, nackt
Pubabrei	Maniok, der zum Gären in Wasser eingeweicht wird
Quiabo	eine Schalenfrucht
Recôncavo	großes fruchtbares Gebiet im brasilianischen Bundesstaat Bahia
Rua	Straße
Rua da Lama	Schlammstraße, Schlammgasse
Sarapatel	Gericht aus Blut und Innereien von Schwein oder Hammel
Senhor do Bonfim	Herr vom Guten Ende
Sergipana	Einwohnerin von (Frau aus) Sergipe, einem brasilianischen Bundesstaat
Sergipano	Einwohner von (Mann aus) Sergipe
Sertão	das Landesinnere, die Wildnis; unwirtliches Gebiet im Nordosten Brasiliens
Terreiro	freier Platz, Gelände
Tostão (Mz.: Tostões)	früher brasilianische Münze, heute 10 Centavos – „ein Groschen"
Travessa	Gasse, Querstraße
Umburana	eine Pflanze
Xiquexique	Kaktusart